萨默塞特郡的迈因赫德镇。他从小就喜欢阅读美国科幻杂志，沉溺于对未来的神奇幻想之中。但是在中学毕业后，由于无法支付上大学的费用，他只好在伦敦教育委员会负责养老金的部门中担任审计员。第二次世界大战期间，他在英国皇家空军服役，从事与雷达技术相关的工作。

在克拉克服役的最后一年，即1945年，他在《无线电世界》(Wireless World)杂志十月号上发表了一篇具有历史意义的关于卫星通信的科学设想论文：《地球外的中继——卫星能提供全球范围的无线电覆盖吗？》(Extra-Terrestrial Relays, Can Rocket Stations Give World-wide Radio Coverage?)。该论文详细论述了卫星通信的可行性，为日后全球卫星通信系统的建立奠定了理论基础。战后，克拉克到伦敦的国王大学攻读物理学和数学，1948年获物理学学士学位。

1946年，克拉克在《惊奇科幻故事》(Astounding Science Fiction)杂志上发表了第一篇科幻小说《援救队》(Rescue Party)。在进行写作的同时，他还担任了《科学文摘》(Science Abstracts)杂志的助理编辑。1951年，克拉克出版了他两部科幻长篇《太空序曲》(Prelude to Space)和《火星之砂》(The Sand of Mars)，成为一名全职作家。克拉克的早期小说深受英国早期科幻代表人物奥拉夫·斯特普尔顿的影响，充满了利用科学知识探索开发太阳系的乐观主义情绪。

1951年，克拉克为BBC(英国广播公司)创作了短篇小说《岗哨》(The Sentinel)。尽管该作品最后并没有被采用，但它却深刻地改变了克拉克的作家生涯。因为克拉克最著名的作品之一《2001：太空漫游》(2001: A Space Odyssey, 1968)便是以《岗哨》为蓝本写成的，而且从此之后，克拉克的小说中开始出现神秘主义元素，并将背景放在宏大的宇宙之中，讲述的大都是技术高度发达却又充满偏见的人类在遭遇了更高级的外星智慧生物后的故事。在这类小说的代表作《童年的终结》(Childhood´s End, 1953)、《城市与群星》(The City and the Stars, 1956)，以及"太空漫游系列"(2001 Series)和"拉玛系列"(Rama Series)中，这种不同文明之间的遭遇最终促使人类"进化"到了一个新的阶段。

《童年的终结》是克拉克第一部堪称经典的科幻小说。小说开始的场面，即外星人的太空飞船突然降临人类各大主要城市，曾先后被多部影视剧借鉴，比如著名的《独立日》。而在风靡世界的即时战略游戏《星际争霸》中，虫族(Zerg)也与小说中的外星人颇为相似：它们都拥有"母巢"(hive mind)式的集群意志，而虫族的宿主的名字"overlord"甚至就是直接照搬小说中外星人的称谓。在1988年《轨迹》(Locus)杂志读者投票奖中，《童年的终结》位列"永恒经典"(All-Time Best)排行榜第三位，其深远影响可见一斑。

《城市与群星》描绘了一座与外部世界完全隔绝的宇宙城市，亿万年的时光流逝，城市居民已经忘却了城市穹顶外灿烂的星光。英国《星期日泰晤士报》称其为"描写远未来最富想象力的作品"。

在1961年的《月海沉船》(A Fall of Moondust)中，克拉克的目光重新回到了太阳系，它讲述了月球旅游资源开发过程中的一场灾难。一艘满载游客的游轮在由尘埃构成的月"海"中沉没，由于月尘有着独特的物理特性，加之月球没有大气，一场太阳系瞩目的救援行动一开始就困难重重。英国著名科幻作家约翰·温德姆说《月海沉船》是克拉克最好的一本书。笔者对此并不认同，笔者认为克拉克最好的五本书当数《天堂的喷泉》《与拉玛相会》《2001：太空漫游》《童年的终结》和《城市与群星》，但无法否认，《月海沉船》有其独特的魅力。

1968年，《2001：太空漫游》出版。这部史诗般的作品场面宏大、气势雄伟，展现出人类的过去、现在以及可能的未来，与另一位英国作家乔治·奥威尔的《1984》分享硬、软科幻最佳作品的宝座。这部作品首先是以电影的形式展现给观众的，由著名导演斯坦利·库布里克执导。影片一经公映便引起巨大反响，使科幻电影在人们心目中的地位迅速提高。它吸引、激励、启发了整整一代人，而这部影片也获得了奥斯卡最佳导演、最佳电影剧本、最佳艺术指导等多项提名，并赢得了最佳视觉效果奖。

凭《2001：太空漫游》名声大噪之后，克拉克经常以评论家的身份出现，讲评科学技术的发展现状与前景。1968年～1970年，克拉克在哥伦比亚广播公司电视部主持了关于"阿波罗"11号、12号和15号的节目；1980年，克拉克开始写作并主持十三集国际电视系列片《阿瑟·C.克拉克的神秘世界》和《阿瑟·C.克拉克的奇异力量》，这两部电视系列片分别于1981年和1984年在世界各国播出。

1972年，《与拉玛相会》（Rendezvous with Rama）出版，旋即将几乎所有的科幻奖项收入囊中，成为克拉克最受欢迎的小说。随后，它被扩展为一个独立的系列，与"太空漫游"系列并驾齐驱，成为克拉克晚年创作的核心。

1979年，克拉克创作了另一部代表作《天堂的喷泉》（The Fountains of Paradise）。在这部小说中，他构想出了一种新技术——"太空升降机"（space elevator）。克拉克预言，这一技术将来必定会取代航天飞机，从而超越他以前做出的关于地球同步卫星的设想，成为新的传奇。

　　1986年，克拉克出资创建了"阿瑟·C.克拉克奖"，每年评奖一次，以奖励前一年出版的最佳英国科幻小说。

　　从1956年起，克拉克便移居到斯里兰卡居住。1988年，克拉克不幸罹患后小儿麻痹症候群，从此只能靠轮椅生活，但他仍然笔耕不辍。进入21世纪之后，步入耄耋之年的克拉克又与英国新锐科幻领军人物斯蒂芬·巴克斯特合写了三部小说。

　　总的来说，克拉克的科幻小说以出色的科学预见、东方式的神秘情调以及海明威式的硬汉笔法而著称，光明的前景和成就往往同怀疑和自我反省并存，具有深刻的哲理性，能够引发读者深层次的思考。

　　除科幻小说外，克拉克在科学写作方面也硕果累累。1962年，联合国教科文组织为表彰克拉克在科普方面的贡献，授予了他卡林加奖。1969年，克拉克荣获华盛顿美国科学发展协会科学作品奖。1994年，克拉克因其在1945年提出的有关全球卫星通信的贡献而被提名诺贝尔和平奖。2000年5月26日，克拉克在获得英国女王授予的爵士爵位两年之后，在斯里兰卡首都科伦坡被授予"爵士奖"。克拉克的名字甚至被用于命名一颗小行星和一种在澳大利亚发现的角龙。此外，克拉克还是多个国家的科学和文学协会的会员，并被多所大学授予科学和文学博士学位。2008年3月25日，克拉克因呼吸衰竭在斯里兰卡首都科伦坡家中去世，享年90岁。

　　克拉克在数十年的科幻创作和科技研究中，积累了丰富的经验，并以"定律"的形式加以总结，这就是所谓的"克拉克定律"。

　　定律一：一个德高望重的前辈科学家，如果他说某件事是可能的，那他几乎肯定是正确的；如果他说某件事是不可能的，那他非常可能是错误的。

定律二：只有一个方法能够弄清什么是可能的，什么是不可能的，那就是：稍稍突破两者的分界线，进入不可能的领域。

定律三：任何技术，只要足够高深，都无法与魔法区分开来。

这三条定律虽带有一定的诙谐成分，但也包含很强的真理成分，成为人们在进行科学研究时时常参考的规范和准则。

纵观阿瑟·克拉克的一生，他当之无愧地是世界科幻史上最伟大的作家，而他的作品也将永远是所有科幻爱好者必读的绝对经典。

楔　子

那座城市犹如一块熠熠闪光的宝石,躺在沙漠的胸膛之上。它历经沧桑与更迭,不过现在,时间对它已不起作用。夜和昼在沙漠的表面交替,但在迪阿斯巴的街道上,时光总是下午,黑暗从不降临。当留在地球稀薄空气中的最后一丝水分冻结之时,漫长的冬夜会给沙漠撒上一层浓霜。然而那个城市却不知有炎热,也不知有寒冷。它和外部世界没有接触,它自成一个宇宙。

人类以前建造过很多城市,但从来没有一座城市跟这座一样。有些城市存在了几个世纪,有些则延续了数千年,直到时间将它们一扫而光,甚至它们的名字也湮没无存。唯有迪阿斯巴向永恒挑战,保卫自己和它所庇护的一切免受岁月的消磨、衰败的蹂躏和惰性的腐蚀。

自那座城市建成以来,地球上的海洋消失了,沙漠吞没了全球,最后的山脉被风雨碾为齑粉。世界荒芜了,再无所生之物产生,但这一切都与那座城市无缘。地球本身可以分崩离析,迪阿斯巴却仍然会保护其建造者的孩子,带着他们和他们的财富稳稳当当地顺着时间之流而下。

　　孩子们忘却了许多，可他们并不知道这一点。他们完完全全适应了他们的环境，一如环境适应了他们——因为二者是在一起被设计出来的。他们不关心城墙外面是什么，那些东西已经被排斥在他们的心灵之外。迪阿斯巴是所存在的一切，是他们所需要的一切，是他们所能想象的一切。人类曾经拥有群星，但这事跟他们毫不相干。

　　然而，古老的神话有时候会苏醒过来，萦绕在他们心头。当他们记起关于帝国的传说时，就会惊惶不安。那些传说产生时，迪阿斯巴还年轻，正从许多太阳中汲取生命的活力。他们不希望回到旧时代，因为他们满足于永恒的现在。帝国的荣耀属于过去，可以留在过去。他们记得帝国是如何迎来它的末日的，一想到入侵者，寒意就会渗入骨髓。

　　然后，他们会再次沉溺到那座城市的生活和温暖中去，沉溺到那个其开端已经被遗忘、其结局更为遥远的漫长的黄金时代中去。别人也曾梦想过这样一个时代，但唯有他们实现了它。

　　他们在同一座城市里生活，在那些同样奇迹般一成不变的街道上行走，虚度了十多亿年。

一

他们花了许多小时才杀出白虫洞。即便此时,他们还是拿不准那些白生生的怪物是否已不再追赶他们。他们的武器能量几乎已经耗尽。前面,那个飘浮的箭头仍在指引他们向前,他们就是在它的引导下走出水晶山的迷宫的。除了跟着它,他们别无选择——尽管它可能会把他们引入更加令人毛骨悚然的险境,就像以前曾多次发生过的那样。

阿尔文往后面瞥了一眼,看看同伴是否都跟他在一起。阿莉丝特拉提着那个冷冷的、却始终明亮的光球紧跟在他身后。自打他们的历险开始以来,那个光球映照出了多少触目惊心的恐怖与美丽啊。苍白的光芒如流水一般漫进狭窄的通道,在熠熠生辉的墙壁上激起水花似的光点。光球能量充足时,他们能看到自己正在往哪儿走,并能察看到任何可见的危险。但是,阿尔文清楚地知道,在这些洞穴之中,最大的危险是不可见的。

阿莉丝特拉身后是娜丽莲和弗洛拉纳斯,他们正在各自的投影机的重量下挣扎。阿尔文忽然想,既然已经给投影机安装上了反重力装置,为什么它们还会如此沉重呢?他老是想到这样的问题,即使在最危险的历险活动中也是如此。当他心中闪过这个念头时,现实似乎在刹那间崩溃,他好像瞥见了感官世界之外的另一个完全不同的宇宙……

通道被一堵白花花的岩壁堵住了。那个箭头又把他们出卖了?不——他们刚走近,岩石便碎成齑粉。一支旋转着的巨型螺旋状金属钻头穿透了岩壁。阿尔文和他的朋友们赶忙后退,等待那台机器使劲儿钻到洞穴里来。随着一声震耳欲聋的金属撞击岩石的巨响——这声音激起的回声必定会传遍那座山的一切隐蔽之处,将其噩梦般可怕的族类全都唤醒!——那辆潜行车穿过岩壁,停在他们身旁。一扇巨门开启,卡利斯特隆出现了,对他们大叫着:"快!快!"(卡利斯特隆为啥会出现?阿尔文想,他在这儿干什么?)过了一会儿,他们安全了,那台机器晃动着继续前行,开始了穿越地球深处的旅程。

冒险结束了。像往常一样,他们不久就会回到家里,所有的惊奇、恐怖和激动都会被抛到脑后。他们既疲惫又满足。

阿尔文感觉到地板的倾斜,由此可知那辆潜行车正在向下进入地球深处。卡利斯特隆也许知道自己正在干什么,这是回家之路。然而,事实似乎令人遗憾……

"卡利斯特隆,"阿尔文忽然说,"我们为何不往上走?水晶山的模样谁也不知道。要是到外面山坡上看看天空和周围的大地,那会有多奇妙!我们在地底下待得够久了。"

说这些话时,他忽然意识到这是不该说的。阿莉丝特拉发出一声压抑已久的尖叫,潜行车里的东西如水中倒影般晃动起来。在围绕他的金属墙外面,阿尔文又一次瞥见了另一个宇宙。两个世界好像在争斗,一会儿这个占上风,一会儿又是那个取胜。

蓦然间,那景象消失了,伴随着一种撕心裂肺的感觉——梦幻终止了。阿尔文回到了迪阿斯巴,回到了自己熟悉的那个房间,他在地板之上一两英尺①处飘浮着,那是重力场对他的保护,使他不会被撞得鼻青脸肿。

他恢复了常态。这就是现实。他知道接下来会发生什么。

第一个出现的是阿莉丝特拉。她与其说有些气恼,不如说是忐忑不安,因为她非常爱阿尔文。

"呵,阿尔文!"她清晰地显现于一堵墙上,伤心地俯看着他说,"这是一次多么激动人心的历险啊!你为何非把它搞砸不可?"

"对不起。我不是有意的——我只是以为那是个好主意……"

他的话被卡利斯特隆和弗洛拉纳斯的同时来到打断了。

"听着,阿尔文,"卡利斯特隆道,"这是你第三次打断我们的历险了。昨天你想要爬出彩虹谷,从而打乱了进程。前天你千方百计地要回到我们正在探测的时间轨道的原点,结果把一切都搞乱了。要是你不遵守规则,你就只好一个人玩儿了。"

他带着弗洛拉纳斯怒气冲冲地消失了。娜丽莲压根儿没有出现,她或许对整件事感到厌倦了。唯有阿莉丝特拉的影像留了下来,伤心地俯看着阿尔文。

阿尔文调整重力场,用脚站立起来,走向一张桌子。是阿尔文让那张桌子出现的。桌子上有一碗异域水果——并不是他所想要的食物,因为在惶惑之中,他的思想开了小差。他不愿让她看出自己出了错,于是拿起一个看似无毒的水果,小心翼翼地吭

---

①1英尺 = 0.3048米

起来。

"嗯,"阿莉丝特拉说,"你想要做什么?"

"我情不自禁,"他稍有点生气地说,"我认为那些规则是愚蠢的。再说,当我正处于历险之中时,我怎么能记住那些规则呢?我只是以看似自然的方式行事。你不想看看那座山吗?"

阿莉丝特拉的眼睛由于恐惧而瞪大了。

"那就是说要到外面去啊!"她气喘吁吁地说。

阿尔文知道再争论下去也没有用。他与他所在的世界格格不入,这一点可能注定他一生一事无成。他总是想要到外面去,无论是在现实还是在梦幻中。但对迪阿斯巴的每个人而言,"外面"是他们无法面对的噩梦。只要能避免,他们就绝不会谈到它。那可是不干不净的邪恶之地啊。就连他的老师杰塞拉克也不会告诉他原因何在。

阿莉丝特拉仍然用困惑而温柔的目光望着他,"你不高兴了,阿尔文。"她说,"在迪阿斯巴,不该有人不高兴。让我过来和你谈谈。"

阿尔文不解温柔地摇摇头。他知道谈不出什么结果,此刻他想独自待着。阿莉丝特拉失望地从视野里消失了。

阿尔文想,在一个一千万人的城市里,竟然没有一个可以与他真心实意交谈的人。埃里斯顿和埃塔尼娅以自己的方式喜欢他,可现在他的监护期行将结束,他们很高兴让他一个人去寻找自己的乐趣和生活。在最近几年里,他的离经叛道越来越明显,他经常感觉到父母的不满,并不是对他不满——倘若是这样,他应该能正视——而是对坏透了的运气:二十年前当他走出创造大厅的时候,幸运之神竟在全城一千万人中挑选了他们来迎接他。

二十年。他能够回忆起那个最初的时刻,以及他听到的第一句话:"欢迎你,阿尔文。我是埃里斯顿,你的指定父亲。这是埃塔尼娅,你的指定母亲。"那时候,这话毫无意义,但他精确无误地录下了这句话。他记得埃里斯顿是如何俯看自己身体的,现在,除了他的个头长高了一两英寸①,同出生时几乎没什么变化。他差不多是充分长大后才来到世上的,除了身高之外,不会有什么改变,即使到一千年之后也是如此。

在那初始记忆之前是一片混沌。也许有一天,这种混沌又会到来,但那一天太遥远了,丝毫触动不了他的感情。

他转而再次去思考自己那神秘的出身。对阿尔文而言,他会在一个特定的时刻被创造出来,这似乎并不奇怪,他日常生活中的一切其他事物都是由那股神力创造的。但有一个谜他永远没法猜透,也永远不会有人向他做出解释,那就是——他的特异性。

特异性——这是个古怪的、令人悲伤的字眼,而成为特异的人,是件令人悲伤的怪事。当这个字眼运用到他身上的时候——他经常无意间听见别人说起——它好像具有某种威胁他的幸福的不祥之意。

他的父母,他的导师,他所认识的每一个人,都竭力不让他知道真相,仿佛处心积虑地要把他那漫长的童年时代的率真稚气保持住。这些借口很快就会失效。几天之后,他将成为迪阿斯巴的足龄市民,他想知道的事情将没有一件能够瞒住他。

比如,他为何不宜参加历险活动?在这个城市的成千上万种娱乐活动中,历险可是最受欢迎的一种。参加了历险,你就不只是一个被动的旁观者——阿尔文曾在一些原始时代的粗野娱

①1 英寸 = 2.54 厘米

乐活动中做过旁观者——而是一个主动的参与者,具有——抑或看似具有——自由意志。历险的内容和场景是由已被遗忘的艺术家事先安排好的,但是运用的灵活性大着呢,尽可以花样翻新、千变万化。你可以和朋友们一起进入梦幻世界,寻求迪阿斯巴所没有的刺激——只要梦境持续下去,就根本没法分辨它是不是现实。说实在的,谁能肯定迪阿斯巴本身不是梦境呢?

自这座城市建立以来,没有一个人能玩遍那些被设计出来的历险活动。它们撩拨一切感情,变化多端,巧妙无穷。有些是不太复杂、会有所发现的冒险剧,在青年中广受欢迎;有些是纯粹的心理探索;有些则是逻辑或数学训练,能为知识丰富的人提供最强烈的快感。

可是,尽管这些历险活动好像能使阿尔文的伙伴们感到满足,阿尔文却觉得它们并不尽善尽美。无论它们怎么有声有色、激动人心,他总觉得缺少了什么东西。

他断定,那些历险活动从来没有让人们真正到达过什么地方。它们总是被限定在一块无比狭小的画布上。他的灵魂所渴望的波澜壮阔之景、一望无际的山川之胜,是一概没有的。最重要的是,那些历险活动对古人建立过丰功伟绩的无限太空——群星间那片灿烂的虚空——从来没有做出过一点暗示。那些设计出种种历险活动的艺术家受到了控制迪阿斯巴所有市民的古怪恐惧症的感染,就连他们为别人设计的那些冒险活动也必须安安稳稳地在室内、在地下洞穴中,或者在群山环绕、与世界其他部分完全隔绝的小山谷里进行。

唯有一个解释。在很久很久之前,也许是在迪阿斯巴建立之前,曾经发生过某件事,它不仅摧毁了人类的好奇心和雄心壮志,还把人类从群星送回了家,蜷缩在地球最后一座城市的小小的封闭世界里,以求庇护。人类放弃了宇宙,回到迪阿斯巴那人工造就的栖息之所。曾经驱使人类穿越银河系,抵达遥远的迷雾之岛的那股火焰般不可战胜的激情已经消失殆尽。无数亿年间,没有一艘太空船进入过太阳系。在那里,人类的后裔或许还在建造帝国——只是地球既不知情,也不放在心上。

地球不把这事放在心上,可阿尔文放在心上。

二

房间是黑的,只有一面墙壁在发光。当阿尔文描绘梦境时,色彩之潮就在那面墙壁上涌动。部分图景使他感到满意。他爱上了直插云霄的山脉,高耸的崇山峻岭显露着力量与自豪。他仔细看了很长时间,然后将它们输入图像显示器的储存单元里。在他就画面的其余部分进行试验时,它们会在那儿被保存下来。但有些东西却在躲避他,尽管他不知道那是什么。他一次又一次努力去把那些空白的地方填满,那台仪器读取着他心中不断变换的图景,并将它们显现在墙壁上。但这样做成效微弱。线条是模糊的、不确定的,色彩黯淡而又单调。若艺术家不知道自己的目标,那即便最神奇的工具也无法为艺术家找到它。

阿尔文把他不满意的那些草图消除掉,闷闷不乐地瞪着那个他曾竭力要用美去填满的、尚有四分之三空白的长方形。他冲动地将现有图像放大一倍,并将它移到画面的中央。这样做无济于事,还打乱了画面的平衡。更糟的是,改变比例使他构图中的缺点显露无遗,那些乍看上去整齐的线条都变得凌乱起来。他不得不从头开始再来一遍。

"统统消除。"他对机器下令。蓝色的海洋消退了,山脉雾一般散去,最后只留下空白的墙壁,仿佛它们从来没有存在过。

光重新涌进房间,阿尔文在其上设计梦境的那个发亮的长方形与周围融合,跟其他墙壁成为一体。但那些确实是墙壁吗?对以前从未见过这么一个地方的人而言,这确实是一个非常独特的房间。这里一件家具也没有,阿尔文看似站在一个球体的中心,墙壁和地板或天花板之间没有可见的分界线。把阿尔文围住的那个空间可能有十英尺宽,也可能有十英里①,视觉无法分辨。伸出双手,举步向前,去找出这个异常之地的界限,这一诱惑很难抗拒。

不过,在人类历史的大部分时间里,这样的房间就是大多数人类的"家"。阿尔文只要生出一个念头,那些墙壁就会变成他所要的朝城市任何一处打开的窗户。只要换个念头,他从未看见过的那些机器就会在房间摆满他可能需要的、按预定的模样出现的任何家具。它们"真实"与否,是近十亿年间令少数人困惑的问题。当它们不再被需要时,便可以回到城市记忆库里。跟迪阿斯巴的每件东西一样,它们绝不会用坏——它们永远不会改变,除非它们的储存模式被蓄意消除。

一个经久不息的、洪钟般的声音在阿尔文耳中响起。他心里产生了一个允许进入的信号,他在其上作画的那堵墙又一次消失了。这时,原来是墙壁的地方站着他的父母,杰塞拉克在他们身后。他的老师在场,意味着这不是一次寻常的家人重聚。

画面十分清晰,当埃里斯顿开口说话时,画面并没有消失。阿尔文清楚地知道,实际上,埃里斯顿、埃塔尼娅和杰塞拉克之间相距遥远,因为城市建造者们不仅彻底征服了时间,也彻底征服了空间。阿尔文甚至拿不准,在迪阿斯巴数不胜数的塔楼式

---

①1英里 = 1.609千米

建筑和百折千回的迷宫之中,他的父母究竟住在何处,因为自打他上次以实体形式出现在他们面前以来,他们俩都已经搬了地方。

"阿尔文,"埃里斯顿开口道,"自从你妈和我第一次见你以来,已过了正好二十年。你知道这意味着什么。我们的监护期现在结束了,你可以按照自己的心愿自由行动了。"

埃里斯顿的声音里带着一丝——可是只有一丝——悲伤,而更多的却是解脱。阿尔文期待自由已经多年。

"我明白,"阿尔文答道,"谢谢你们照看我,我会终身记住你们的。"那是正式的回答。他经常听到这些客套话,所以它丧失了实际的意义,只是一组声音。然而,仔细想想,他觉得"终身"一词是一个陌生的字眼。他模模糊糊地知道这个词的意思是什么。迪阿斯巴的事情有许多他都不明白,他得在未来的世纪里学习。

埃塔尼娅似乎想要说话。她抬起一只手,掸了掸长外衣的彩色薄纱,又让它垂落到身体一侧。接着,她无奈地转向杰塞拉克,阿尔文第一次意识到他的父母在担忧。他迅速回想了一下过去几周的事。他最近的生活中并没有发生什么会引人不安令人惊恐的事啊,可埃里斯顿和埃塔尼娅两人流露出的似乎就是惊恐的神情。

不过,杰塞拉克显得成竹在胸。他试探性地看了埃里克顿和埃塔尼娅一眼,满意地发现他们已没有什么话要说,于是滔滔不绝地讲起了那通他已想说多年的高论:

"阿尔文,"他开口道,"二十年来,你一直是我的学生,我竭尽所能把本市的种种规矩教给你,引导你去继承该属于你的那份遗产。你问过我许多问题,那些问题我并不能全都回答出来。有些东西你不愿意学,有些我自己也不知道。现在你的婴儿期结束了,但你的童年时代才刚刚开始。若你需要我的帮助,我仍然有责任指导你。两百年后,阿尔文,你就可以开始了解这个城市的一些事情以及它的一点历史了。就连我这个将走到生命终点的人,所看到的也不足迪阿斯巴的四分之一;对它的历史,也许所知不到千分之一。"

这些话里包含的信息阿尔文都知道,但他无法打断杰塞拉克。那个老人盯着他,视线仿佛越过好多个世纪的鸿沟。他的话沉甸甸的,具有无法估量的智慧,那是他在漫长的一生中同人与机器打交道时获得的。

"告诉我,阿尔文,"他说,"你问过自己吗?你出生前——在创造大厅发现自己面对埃塔尼娅和埃里斯顿之前——在什么地方?"

"我想我不在任何地方——我只是这个城市记忆库中的一个模式——就像这个一样。"

在阿尔文身旁,一张低矮的睡榻闪烁起来,由淡至深,逐渐变成实有之物。阿尔文在睡榻上坐下,等待杰塞拉克继续说下去。

"你说得对,"杰塞拉克回答,"可那仅仅是答案的一部分——很小的一部分。到现在为止,你所遇到的只是跟你年龄相仿的孩子,他们对事实真相一无所知,所以我们必须让你准备好面对事实真相。

"阿尔文,人类在这座城市里已经生活了十多亿年。自从星系帝国崩溃、入侵者撤离地球以来,这里一直就是我们的世界。在迪阿斯巴的墙垣外面,除了传说中的沙漠之外,一无所有。

"我们对自己的祖先知之甚少,只知道他们是非常短命的人,只知道他们能在没有储存装置或物质组成器的帮助下进行自我繁殖,尽管这好像有点古怪。在一个繁复而又明显不可控制的进程中,定义每个人的主要模式被保存在微小的细胞结构中,这些细胞结构实际上是在身体内部被创造出来的。要是你感兴趣的话,生物学家们可以告诉你更多有关这种结构的情况,但是创造这种结构的方法并不重要,因为在历史的黎明时期它就已经被抛弃了。

"一个人,就像任何别的物体一样,是被它的结构——它的模式——所限定的。一个人的模式复杂得难以置信,决定人的思维的模式尤其如此。可是,大自然却能将那个模式塞进一个微小的细胞——小得肉眼无法看见的细胞。

"大自然能做的,人也能以自己的方式去做。我们不知道这花了多长时间。一百万年? 也许。最后,我们的祖先学会了如何分析与储存限定任何一个人的信息,并利用那些信息重新创造出原型,犹如你刚才创造出那张睡榻一般。

"我知道,你对那样的事很感兴趣,阿尔文,可我无法确切告诉你那是怎么做到的。储存信息的方式并不重要,重要的是信息本身。信息的形式可以是写在纸上的书面语言,千变万化的磁场,或者是不同类型的电荷。人类会使用所有这些储存方法,也会使用许多其他的方法。

"这样说就足够了:他们在很久之前就能把自己储存起来。或者,更精确地说,他们脱离了有形的模式,又可以返回这样的模式。

"这些事,你已经知晓。我们的祖先通过这种方式使我们在实际上得到了永生,但又避免了由于废除死亡而产生的种种问题。在一个身体里活一千年,这对一个人来说够久了。在那段时间终了时,他的心灵会被种种记忆堵塞,他只求安息,或者一个新的开端。

"不久之后,阿尔文,我就准备离开这具躯体了。我将追溯我的记忆,梳理它们,把那些我不愿保存的记忆加以删除,然后步入创造大厅,通过一扇你从未见过的门。这具旧躯体将不再存在,意识本身也将如此。杰塞拉克的一切将什么都不会留下,除了冻结在水晶里的一团电子云。

"我将长眠,阿尔文,无梦的长眠。而后有一天,也许是十万年之后,我将在一具新的肉体里发现我自己,与被挑选出来做我监护者的那些人相遇。他们将像埃里斯顿和埃塔尼娅照看你那样照看我,因为在起初的时候,我对迪阿斯巴一无所知,对我以前是什么样也没有任何记忆。那些记忆将缓慢恢复,到我婴儿期结束时,我将带着那些记忆不断前行,进入新的生命周期。

"这就是我们的生命模式,阿尔文。我们大家以前都在这儿生活过许多许多次,尽管那些间隔时间是由明显不规则的法则决定的,其长短不一,因而眼下这一批人是永远不会再次生活在一起的。新杰塞拉克将会有新的、不同的朋友和兴趣,但老杰塞拉克——我希望储存下来的那一部分——将依然存在。

"在任何时刻,阿尔文,迪阿斯巴的市民只有百分之一活着并行走在它的街道上。绝大多数都在记忆库里沉睡,等待召唤他们再次登上生存舞台的信号。所以,我们绵延不绝,却不断变化——永生,但不停滞。

"我知道你想弄明白的是什么,阿尔文。你想知道什么时候你会重新唤回自己早期生活的记忆,就像你那些已经在这么做的同伴一样。

"你不存在那样的记忆，因为你是特异的。我们一直竭力不让你知道这件事，我们能瞒多久就瞒多久，力求使你的童年不蒙上阴影，但我想你已经猜到部分实情了。五年前，我们才开始怀疑你具有特异性，不过现在已经确信无疑。

"阿尔文，在迪阿斯巴，你这种情况自建市以来只发生过极少的几次。也许你躺在记忆库里，从古至今的所有年代一直在沉睡，也许你只是在二十年前由某种偶然的机缘创造出来的。你可能是城市设计者在一开始就安排好的，抑或可能是发生在当代的一个毫无意义的偶然事件。

"我们不明白。我们所知道的只是——你，阿尔文，人类中绝无仅有的一人，以前从来没有生活过。准确地说，在至少一千万年间，你是地球上出生的第一个孩子。"

三

当杰塞拉克和父母从视野里消失后，阿尔文躺了很长时间，竭力使自己不去想任何事情。他关闭了自己的房间，不让任何人来打断他那迷迷糊糊的状态。

他没有睡觉。睡眠是他从未经历过的事情，因为那属于一个昼和夜的世界，在这儿有的只是白天。他很快达到了最接近冥想的状态，他知道这有助于自己保持内心平静，尽管那对他并不真正重要。

他了解到的新知识极少，杰塞拉克对他说的事几乎每一件他都已经猜到了。但猜到是一回事，使猜测得到证实，变得无可辩驳则是另一回事。

假如这对他的生活会产生影响，那究竟是何种影响呢？他无法确定，对阿尔文而言，拿不准是一种新奇的感觉。也许不会有任何影响。要是他在此生没有完全使自己适应迪阿斯巴，那他会在来世这么做——或者来世的来世。

刚刚产生这个想法时，阿尔文就从心里排斥它。对其他人类而言，迪阿斯巴兴许足够了，可对他却不够。他并不怀疑一个人能够在没有穷尽生活的奇妙，抑或没有经历过千变万化的生活的情况下度过漫长的时光,但他却并不会因此满足。

他必须面对一个问题:在这一世,他还有什么事可做?

这个未得到解答的问题使他从冥想中惊醒过来。心绪不宁时,他不会待在这儿,在这座城市里,只有一个地方能让他得到心灵的安宁。

他举步走向外面的走廊,这时,墙壁忽闪着,一部分化为乌有。有许多办法可以将他不费吹灰之力地载到目的地,但是他宁可步行。他的房间几乎处于城市的平均高度上,经过一条短短的通道,他来到外面,走上一条通向下面街道的螺旋形坡道。他对自动路瞧也不瞧一眼,只顾走那条狭窄的人行道——他得走上几英里呢,这在别人看来可是件咄咄怪事。但阿尔文喜欢运动,因为运动能安抚心灵。再说,可看的东西数不胜数,来日方长,从迪阿斯巴最近出现的那些奇妙景观旁边匆匆而过,似乎太可惜了。

在自动路边上展示自己的近作,让过路人鉴赏,这是该城艺术家们的习惯——迪阿斯巴的每个人在某个时候都是艺术家。所以,任何佳作通常不消几天就会被全城的人以行家的眼光仔细观看,并加以评论。下结论之前的看法决定了杰作的命运,那些看法由意见抽样存录器自动记录,无人能够进行收买或欺骗——企图收买与欺骗者过去大有人在。若获得足够的肯定票,艺术品原作就会进入城市记忆库。这样,在今后任何时间,想要拥有复制品的人就能获得与原作一模一样、难以分辨的复制品。

较差一些的作品走的是一条所有此类艺术品的必经之路——它们不是被融化掉,分解为原有的元素,就是在作者的朋友家里找到归宿。

阿尔文在路上只看到一件吸引他的作品,这件作品让他隐隐约约想到一朵未开放的花——从一个微小的彩色核心缓缓变大,扩展成一个个复杂的螺旋形和一幅幅帷幔,然后突然坍塌,重新开始进行这一过程。不过并不精确,因为没有两个周期是完全相同的。阿尔文看它重复了二十次,虽然基本图样不变,但每次都有细微的难以分辨清楚的差异。

他知道自己为何喜欢这件非实体的雕塑。它的扩展节奏给人以空间的印象——甚至逃逸的印象。但正因为这一点,它或许不会吸引阿尔文的许多同胞。阿尔文记下了那位艺术家的姓名,决定尽早去拜访此人。

当他到达公园——城市的绿色心脏时,所有的道路,无论是动的还是不动的,全都到了头。这儿,在一个跨越三英里的圆形空间里,保留着地球除迪阿斯巴之外全被沙漠吞没之前的记忆。先是一条草带,再是低矮的树木,在树荫下越往前走,树木越浓密,同时地面缓缓向下倾斜,最后走出那片狭窄的森林时,城市的一切迹象消失得无影无踪,都被树木的屏障遮蔽住了。

阿尔文前面那条宽阔的水流被简单地叫作河,它不需要别的名称。每隔一段距离就有一座窄桥横跨其上,它围绕公园形成一个完整闭合的圆圈,间或有小湖横亘其间。这条河从来没有使阿尔文产生过非比寻常的感觉。说实话,即使他在河道某处看到这条河往山上流去,他也不会更感兴趣。在迪阿斯巴,比这更稀奇的事还有很多。

十多个年轻人正在一个小湖里游泳,阿尔文停下来观看。他们中的大多数他都认识。片刻间,他禁不住诱惑,想要和他们一起去戏水。但心中的那个秘密使他决定不这么做,他更喜欢做一个旁观者。

　　从身体上，无法弄清这些年轻市民中哪一个是在今年走出创造大厅，哪一个在迪阿斯巴住的时间跟阿尔文一样长。尽管在身高和体重上有相当大的差别，可那跟年龄并无关联。人们出生时就是那个样子。虽然一般来说身材高的人年龄会偏大，但这种判断标准并不可靠。

　　面相是更容易把握的。有些新出生的人身材比阿尔文高，但他们的神态不成熟，带有一种对他们此时所在的世界无比惊奇的表情，这就会立刻暴露他们的底细。他们很快就会回忆起在他们心中沉睡着的无数生活情景。阿尔文嫉妒他们，但没有前世的记忆也并非没有好处—— 一个人的第一次人生是不可重复的宝贵经历。真正第一次观察生活是妙不可言的。要是还有别的像他这样的人，他就能和那人共享他的思想和感情啦！

　　然而，就身体而言，他和那些戏水的孩子是用完全相同的模子铸出来的。自迪阿斯巴建城以来，基本设计被永远冻结在城市记忆库中的十亿年间，人的身体压根儿没有发生任何变化。但跟原始构造相比，大多数改变发生于体内，眼睛无法看到。人类在漫长的历史中多次对自身进行过重建，以去除肉体中那些遗传下来的有害的东西。

　　像指甲和牙齿这类不必要的附属物已经不见了踪影。毛发只限于头部，身体上不留一丝。外形上最让黎明时代的人吃惊的也许是肚脐的消失。肚脐莫名其妙的缺失会使他们百思不得其解。他们还会为如何分辨男女性别这个问题所困惑，他们甚至会以为不再存在男女之别，这将是一个严重的错误。在适当的条件下，迪阿斯巴的男子都会表现出男子气概，只是男性器官在不需要的时候被"收藏"起来了；造物主原来对内脏所做的粗率而又随意的安排也得到了大大的改进。

生殖的确不再是身体的事情了,这件事太重要,不能像掷骰子那样,玩染色体游戏。然而,虽然怀孕和分娩已经消失,性却仍然存在。即便在古代,也只有不到百分之一的性活动跟生殖有关。那仅占百分之一的性活动的消失改变了人类社会的模式和诸如"父亲"与"母亲"之类字眼的意义。但是性欲仍然存在,尽管现在性欲的满足已不具有比其他任何感官快乐更为深远的意义。

阿尔文离开那些嬉戏着的同时代的人,继续向公园中心走去。在这儿有依稀可见的小径,纵横交错,穿过低矮的灌木丛,向下直插深谷,深谷两旁的巨大砾石上覆盖着地衣。有一次,他碰到一个还没有人脑袋大的多面体小机器人,飘浮在一棵树的枝杈间。没有人知道迪阿斯巴有多少种机器人;它们始终避开行人,效率极高地做着自己的事,看到一个是颇不寻常的。

一会儿地面又开始升高了。阿尔文正在走近一座小山冈,这座小山冈处于公园的正中心,因此也是城市的正中心。障碍与迂回曲折的路少了,他清楚地看见了山冈顶部和它周围的朴素建筑物。他到达目的地时有点气喘吁吁,他高兴地靠着一根玫瑰色圆柱休息,回头看着自己走过来的路。

有些建筑的式样是永远不能改变的,因为它们达到了尽善尽美之境。雅兰·蔡墓可能是人类所知的第一个文明时代的庙宇建造者们设计的,但人类无法想象出那是由什么材料建成的。墓顶朝天打开,仅有的一间墓室用巨大的石板铺成,那些石板乍一看像天然石,但实际上不是。在漫长的地质年代里,人类之足无数次践踏着石板走来走去,却没有在坚固得无法思议的材料上留下任何痕迹。

那个大公园的创造者——有人说就是迪阿斯巴本身的建造

者——微微低垂着眼睛坐着,犹如在审视摊在他膝上的设计图。他脸上露出奇特的难以捉摸的表情,令世世代代的人为之迷惑不已。有些人并不把它当回事,认为这只是那位艺术家一个懒散的瞬间,但在另一些人眼中,雅兰·蔡似乎正对着某个不为人知的对象微笑。

整座建筑是一个谜,因为有关它的情况,没有一件可以在该城的历史记录中找到。阿尔文甚至对"墓"这个字的意义都没法确定;杰塞拉克或许能告诉他,因为他喜欢搜集古旧字眼,用它们来点缀自己的谈话,使听者不知所云。

从这个处于中心的制高点,阿尔文可以清楚地看到整个公园,并越过树木屏障,看到外面的城市。最近的建筑物差不多在两英里之外,形成了一条完全把公园围住的低矮的建筑带。这条建筑带之外更远处,是构成城市主体的一座又一座高耸的塔楼与平台式屋顶。它们向外扩展,慢慢朝天空爬升,构成一片更加纷繁辽阔、摄人心魄的景观。迪阿斯巴是作为一个实体被设计出来的,它是一台巨大的机器。尽管它的外表几乎繁复得令人目眩神迷,但它的生命力来自于外表之下的技术奇迹。没有这些奇迹,所有这些巨大的建筑都将成为没有生命的坟墓。

阿尔文瞪大眼睛朝他所处世界的边界看去。十到二十英里外是城市的外墙,但因为相距太远而看不太分明。天空似乎就架在其上。外墙外面就一无所有了——彻底得一无所有,除了令人痛楚的空旷沙漠。一个人置身于那片沙漠之中很快就会发疯。

然而,那片空旷为何向他发出召唤,它是否召唤过他所遇到的别的什么人呢?阿尔文不知道。他睁大眼睛朝那些五颜六色的尖塔和城垛看,朝更远的远处看,仿佛在寻找问题的答案。现在正是那些尖塔和城垛限制了人类活动的整个领域。

他没有找到答案。但就在此刻,当他的心渴望着不可企及之境时,他做出了决定。

他现在知道自己将要用一生去做的事情是什么了。

四

杰塞拉克并不是很愿意回答阿尔文的问题,但他的合作态度已经超过了阿尔文的预期。在长期的教师生涯中,杰塞拉克也被人问过类似的问题。他并不相信,阿尔文能提出他无法解决的问题,尽管阿尔文具有特异性。

阿尔文确实开始显露出某些微小的怪异行为,这些行为最终是可能需要加以纠正的。他应该充分融入城里的繁文缛节多得不可思议的社交生活,或加入同伴们的幻想世界,可他不。他对高尚的精神生活并没有表现出太大的兴趣,虽然在他的年龄这一点并不令人惊奇。更与众不同的是他朝秦暮楚的爱情生活。人们无法指望他形成相对稳定的、至少能维持一个世纪的伴侣关系,他的风流韵事满城皆知。两情相悦的时候如胶似漆,但是没有一段关系维持了几个星期。看来,阿尔文只能在一个时间段对一件事情彻底感兴趣。有时候,他也会全心投入同伴们的性爱游戏,或者与他所选的性伙伴一起失踪几天,但情绪一过,就会出现漫长的间歇期,那时,他对那些他这个年龄应该算是重大活动的事似乎完全不感兴趣。这对他有没有好处说不清,但对被他抛弃的情人们则肯定是坏事,她们只能沮丧地在城里到处逛荡,花上非常长的时间排解郁闷。杰塞拉克注意到,阿莉丝特拉现在就到了这个不太愉快的阶段了。

倒不是阿尔文没有心肝或者不为别人着想。在爱情上,就如在每一件别的事情上一样,他正在追求一个迪阿斯巴无法提供的目标。

阿尔文这些特异之处没有一个让杰塞拉克担心。一个特异的人以这样的方式行事并不出人意料,到一定时候,阿尔文就会遵守城市规矩的。一个人无论多么与众不同,或多么才华横溢,他都不能对社会的巨大惰性产生影响,这种惰性在十多亿年里从来未曾改变过,任何人都无法逃脱它的影响,杰塞拉克对此深信不疑。

"困扰你的是一个很古老的问题。"他对阿尔文说,"你很惊讶为何这么多人对这个世界从未表示过怀疑,甚至从未思考过它会不会是另一个样子。人类确实曾经占有过一个比这个城市大无数倍的空间。地球在沙漠来临、海洋消失之前是什么样子,这你已经看到过一些了。你最喜欢加以想象的那些记录是我们拥有的最早记录,唯有它们能说明地球在入侵者来临之前的原貌。我认为没有多少人曾经看到过它们,那些无限的开放空间是我们无法深究的。

"当然,在星系帝国里,连地球都只是一粒砂子。群星间的深渊究竟像什么? 这个问题是一个梦魇,没有一个头脑健全的人会去想象它。在历史的黎明时期,在我们的祖先建造星系帝国的时候,他们跨越过群星间的深渊。当入侵者把他们赶回地球的时候,他们又最后一次跨越了群星间的深渊。

"传说——这只是传说——我们和入侵者签订了一份契约。他们可以拥有宇宙——若他们如此急切地需要它的话——

而我们则会满足于我们出生其间的那个世界。

"我们一直遵守那份契约,忘却了我们童年时代的那些虚幻的梦,所以你也将忘却它们,阿尔文。建造这座城市并设计了与其共存的这个社会的人,为我们提供了取之不竭的物质和精神财富。他们把人类所需要的一切东西都置于城墙之内,然后设法确保我们永远不会去城墙之外。

"呵,有没有城墙其实无关紧要。也许存在着导引我们出城的路径,但我认为你不会沿着那些路走得太远——即使你发现了它们。就算你成功了,那又有什么好处呢?你的身体在沙漠里坚持不了多久,那时城市将不能再继续保护你,抑或给你的身体提供养料。"

"要是有出城的路,"阿尔文慢悠悠地说,"那还有什么东西能阻止我离开呢?"

"这是个愚蠢的问题,"杰塞拉克答道,"我想你已经知道答案了。"

杰塞拉克说得对。阿尔文知道——或者毋宁说他已经猜到了。他的同伴们业已给了他回答,无论是在醒时的生活中,还是在他和他们共同参与的那些梦中历险里,他们永远不会离开迪阿斯巴。但杰塞拉克所不知道的是,控制他们生命的那种强制力对阿尔文不起作用。阿尔文的特异性是出于偶然,还是出于一个古老的设计,杰塞拉克不得而知。

在迪阿斯巴,从来没人匆匆忙忙,这条规则就连阿尔文也没有打破。他用几周的时间仔细思考这个问题,然后花了许多时间搜寻该城最早的历史记忆。他被反重力场的两条触摸不到的手臂支撑着,一连躺上几个小时,这时催眠投影机将他的心朝往昔打开。记录放完后,那台机器会模糊并消失,但阿尔文仍然会瞪大眼睛，在他穿过一个个时代再次迎来现实之前，对着虚空凝视。他会又一次看到比大地本身更加辽阔、无穷无尽的蓝色海洋，滚滚波涛拍击着金色的海岸。他的耳朵里会响起静默了十亿年的轰轰隆隆的海浪声。他会回忆起森林、草原和那些曾与人类共享这个世界的陌生野兽。

这些古代记录里的东西很少遗存下来。一般认为，尽管没人知道原因何在，在入侵者到来和迪阿斯巴建造起来之间的某个时候，原始时代的所有记忆全都消失了。消失得如此彻底，使人很难相信它仅仅是偶然发生的。除了寥寥几本可能完全是传说的编年史，人类丧失了过去。迪阿斯巴之前，是简单的黎明时代。在那个洪荒时期，第一个钻木取火的人、第一个释放原子能的人、第一个建造独木舟的人、第一个抵达星星的人——这些人难分难解地搅和在一起。在这片时间沙漠的另一头，他们都毗邻而居。

阿尔文想要独自出去走走。但是，在迪阿斯巴，独来独往可并不是一件总能如愿的事。他刚离开房间，就遇到了阿莉丝特拉，她并不想假装自己的来到纯属偶然。

阿尔文从未意识到阿莉丝特拉是美丽的，因为他从未看到过人的丑陋。当美成为普遍的存在时，它就失去了打动人心的力量，唯有它的缺失才能产生情感效应。

有那么一小会儿，阿尔文对这次见面感到气恼。他想起已不再打动他的那些感情。他还太年轻，太自信，因此觉得没有必要维持长久的男女关系，而当他需要建立这种关系时，又发现自己很难做到。即便在他最情意绵绵的时候，他的特异性所造成的隔阂也会横亘在他和情人之间。尽管他的身体已发育充分，可他仍然是个孩子，这种状态还要保持几十年，而在这段时间里,他的同伴们却陆陆续续回忆起过去的生活,并将他抛弃。他以前经历过这种事,这使他变得小心翼翼,不让自己对别人毫无保留。阿莉丝特拉现在看起来那么天真,那么纯朴,可她不久也会成为一个拥有一大堆记忆、具备种种才干、超乎他想象的人。

他的气恼很快烟消云散。只要阿莉丝特拉愿意,他没有理由拒绝她和自己一起去。他并不自私,不愿像个守财奴似的独占这一经历。说实在的,说不定他会从她的反应里了解到更多的东西呢。

高速道路飞快地将他们送出拥挤的城市中心,她没问什么问题,这可非同寻常。他们来到高速道路的中部——那里是速度最快的部位——对脚下的奇观瞥也不瞥一眼。高速公路看似固定在地面上,但越往中心去,道路运行的速度就越快。如果一个古代世界的工程师竭力想弄明白其中的道理,那他准会发疯。但对阿尔文和阿莉丝特拉来说,既具有固体特性,又具有液体特性,这种类型的物体的存在好像完全是自然的。

在他们周围,建筑物升得越来越高,仿佛城市正在顽强地抵御外部世界。阿尔文想,要是这些高耸的墙壁变得像玻璃般透明,人可以观看里面的生活,那该有多奇妙啊。在他四周的整个空间里,散布着他认识的朋友,他有朝一日会认识的朋友以及他永远不会谋面的陌生人——尽管那样的人寥寥无几,因为在他一生中,他几乎会遇到迪阿斯巴城中的每一个人。他们中的大多数会坐在与别人隔开的房间里,但他们不会孤独。他们只要起一个念头,就能以亲临之外的一切方式出现在任何想见的人面前。他们并不会因单调而厌烦,因为他们有办法获得想象王国中的一切。对他们来说,这是一种十分令人满意的生存方式。

阿尔文和阿莉丝特拉从城中心往外移动,他们看到街上的人慢慢减少。当他们被送到一座色彩亮丽的大理石长月台边平稳停下时,眼前已不见一人。他们走下高速道路,面对一条条灯火通明的隧道。阿尔文毫不犹豫地选择了一条隧道,举步入内,阿莉丝特拉紧随其后。蠕动场立即抓住他们,将他们向前推进,他们则舒舒服服地向后靠着,观看着周围。

他们好像并未置身于一条深深的地下隧道。所有迪阿斯巴人用来作画的本领在这儿得到了淋漓尽致的展现,在那些画之上,天空辽阔无边,四下都是城市的塔尖,在阳光里闪闪发光。这可不是阿尔文熟悉的城市,而是很早时期的迪阿斯巴。虽然大多数建筑都很眼熟,但是与现在存在着微妙的差别。阿尔文希望能逗留一些时间,但他永远找不到延迟穿越隧道进程的办法。

他们在眨眼间就被轻轻置于一个四周全是窗户的椭圆形大房间里。透过窗子,他们可以瞥见鲜花盛开的花园,并为之心旌荡漾。在迪阿斯巴仍然有花园,但眼前这座花园只存在于将它们设计出来的艺术家的心灵中。这里看到的花儿,在真实的世界里肯定是没有的。

阿莉丝特拉被美丽的花儿迷住了,她显然抱有这样的印象:阿尔文就是带她来看花的。只见她开心地跑来跑去,看看这儿又看看那儿,每当有新发现,就喜不自禁。在迪阿斯巴边界四周那些被废弃的建筑物里,曾有数百个花园被那些隐蔽的神灵守护着。有朝一日,那些地方会重获生机,但是,在此之前,他们只能在这里欣赏古代的花园。

"我们得继续向前走,"阿尔文最后说,"这只是开了个头。"他跨过一扇窗子,幻象碎裂了。玻璃后面并没有花园,只有一条陡直向上的盘旋式走道。他领先阿莉丝特拉几英尺,但她很快就赶了上来。在他们脚下,地板开始缓缓向前移动,好像急于把他们领到目的地。他们顺着它走了几步,但地板很快提速,他们无须再走。

走道仍然向上斜,到一百英尺处拐过一个直角,他们实际上是在沿着一条数千英尺深的竖直井道爬升,但他们并没有感到不安,因为极化场不可能失效。

现在,走道又折过一个直角。地板的运动不知不觉放慢了,直至在一个长长的镶着镜子的大厅的一端停了下来,阿尔文知道,在这儿要催促阿莉丝特拉是不可能的。这不仅仅是因为某些自夏娃以来留存至今未能改变的女性特征,更因为这里的魅力无人能够抗拒。据阿尔文所知,迪阿斯巴其他地方,没有一处能与此处相媲美。出于那位艺术家的突发奇想,只有少数几面镜子是映现景物的真实面貌的——阿尔文确信,就连这些镜子也不是固定的——而在其余的镜子中,你所看到的是自己正在变化无穷、颇不真实的环境之中散步。

在镜子后面的世界里,有时候有人走来走去,阿尔文不止一次看到自己所认识的脸孔。他很清楚地意识到,自己看见的并不是他在此生所认识的朋友,他是通过那位未知艺术家的心在看过去,观望行走在今世的那些人的前生。他又想到了自己的特异性——无论他在这些变换着的景物前等上多久,他都永远不会看到自己的前世。

"你知道我们在哪儿么?"他们欣赏完镜子之后,阿尔文问阿莉丝特拉。阿莉丝特拉摇摇头,"我想是接近城市边缘的某个地方,"她漫不经心地回答,"我们好像走了很远的路,可我不知道有多远。"

"我们在洛伦尼堡,"阿尔文答道,"这是迪阿斯巴的最高点之一。来，我带你去看。"他抓住阿莉丝特拉的手，领她出了大厅。这地方没有眼睛能看得见的出口，但在很多地方，地板上的图案显示出这里是外廊。

当一个人在这些地方走近镜子时，镜中就会出现一道发光的拱门，似乎走进去就能进入另一条走廊。阿莉斯特拉被七拐八弯搞晕了头，压根儿不知道走到了哪里。最后，他们进入了一条笔直的长隧道，隧道里不停地刮着冷风。这条隧道水平延伸，放眼望去，两头都有几百英尺长，远端各为一个光亮的小圆圈。

"我不喜欢这个地方，"阿莉丝特拉抱怨道，"这儿冷。"她或许从未体验过真正的冷，阿尔文觉得有点歉疚。他该提醒她带件披风——带件好的，因为迪阿斯巴的所有衣服纯粹是装饰，没法用来御寒。

由于她的不舒服完全是他造成的，所以他二话不说就把自己的披风递了过去。此举丝毫不是献殷勤——两性彻底平等由来已久，献殷勤之类的风气早已荡然无存。要是事情调个个儿，阿莉丝特拉也会把自己的披风给阿尔文，而他也会像她那样坦然接受。

顺风而行倒也爽快，他们很快就到了隧道尽头。一道布满大孔的石墙阻止了他们继续往前走，这一受阻适逢其时，因为他们已经站在虚无的边缘了。石墙是巨大通气管的末端，通气管开在城堡陡面上，他们下面直落而下至少有一千英尺。他们处于高高的城市外防御墙之上，迪阿斯巴铺展在他们下方。在他们的世界里，能够看到这一景象的人寥寥无几。

这一景象与阿尔文在公园中心所见景象的角度大相径庭。他可以俯瞰那些由石头和金属构成的一圈圈建筑，朝着城市中心下沉。极目远眺，他可以看到远处的田野和树木，以及那条永远不变的环形河。更远处,迪阿斯巴那些较为偏远的堡垒又向着天空爬升。

在他身边,阿莉丝特拉也高兴地分享着这片景色,但并不惊奇。

她以前从别的地方无数次看过这座城市,那些地方几乎是同样占据有利位置的制高点——而且还要舒服得多。

"那是我们的世界——所有这一切,"阿尔文说,"现在我想要让你看些别的。"他转身离开格栅墙,开始朝隧道远端那个遥远的光圈走去。他身上衣衫单薄,吹来的风很冷,但是当他迎着气流向前走时,他对身体的不适并不在意。

他走了一小段,才意识到阿莉丝特拉并不想跟上来。她就站在那里观望,那件借给她的披风在风中飘拂,一只手举向脸庞。阿尔文看见她嘴唇在动,但听不到她的话。他回头看她,只见她起先面带惊愕,接着便半是怜悯半是不耐烦。杰塞拉克所言极是。她无法跟随他。她已经知道那个遥远光圈的含意了,风就是从那个光圈不断向迪阿斯巴里面吹送的。阿莉丝特拉身后是那个已知世界,充满了神奇的技术但绝无新意,就像一个华丽而封闭的球,顺着时间长河往下漂流。在前面,离开她不到几步路的距离,就是空茫的荒野——那个沙漠世界——入侵者的世界。

阿尔文回到她身边时,发觉她正在颤抖,大吃了一惊。"你为什么害怕?"他问,"我们仍然是安全的,这儿是迪阿斯巴。你已经看过了迪阿斯巴,迪阿斯巴外面是什么样,你也应该看看。"

阿莉丝特拉瞪眼看着他,仿佛他是个怪物。用她的标准来看,他确实是怪物。

"我不能这么做,"她最终说,"一想到这事,我就觉得比这风还要冷。别再往前走啦,阿尔文!"

"可这话没道理!"阿尔文斩钉截铁地坚持道,"走到这条通道底,看看外面,这会使你受到什么伤害呢?那外面虽然陌生而又寂寥,但并不可怕。事实上,越看得久就越觉得美……"

阿莉丝特拉没听他说完,就转身飞快地跑下长长的斜坡,他们就是由那道斜坡进入这条隧道的。阿尔文不想阻止她,因为把自己的意志强加于人是很恶劣的行径。他明白,自己无法说服阿莉丝特拉。他知道阿莉丝特拉不会停下,直至回到她的同伴们中间。她不会在城市的迷宫中迷路,因为她循来时的路回去并不会有困难。使自己摆脱最复杂的迷宫,这种直觉能力是自开始城市生活以来,人类所学会的诸多本领之一。灭绝已久的老鼠在离开田野一头扎进人类栖居地时,也曾不得不学会这种本领。

阿尔文等了片刻,期待阿莉丝特拉回来。对她的离去他并不惊讶——他感到惊讶的只是她的反应之激烈和非理性。尽管她的离去使他感到由衷的遗憾,但他还是情不自禁地希望,她能记得留下那件披风。

顶风而行不仅冷,而且费劲。风经由通气管吹进城市,通气管就像城市的肺。阿尔文既跟气流搏斗,又跟使气流不断运动的那股力搏斗。直至到达石头格栅,能用双臂死死抱住栅杆之后,他才松了口气。

格栅的宽度刚够他使劲将头伸出去,但即使这样,他的视野还是略受限制,因为通气管的开口是缩进城墙里面的。

然而他已经看得够清楚了。在几千英尺之下,阳光正要从沙漠上隐退。几乎是水平射入的光线穿过格栅,在隧道远端投下了一片金黄色和阴影相交织的神秘图案。阿尔文遮住眼前的炫目辉光,朝下面的大地窥望,在这片土地上不知有多少年代没有人行走了。

他好像在看一片永冻海。波浪般起伏的沙丘绵延不断地向西而去。在阳光的斜照下,它们的轮廓愈发明显。恣意妄为的风在沙地上刻下一道道奇特的旋涡和沟壑,让人感觉它们哪一件都是充满智慧的雕塑品。在非常遥远的地方——他实在没法判断那究竟有多远——是一排圆鼓鼓的山冈。那些山冈使阿尔文感到失望;要是在现实中看到古代记录和自己梦境中那些高耸入云的山脉,该有多好啊。

太阳倚在那些山冈的边缘。阳光穿过数百英里厚的大气①,变成温和的红色。在圆圆的太阳上,有两个巨大的黑斑;阿尔文通过学习知道,这是正常的,但他还是感到惊讶:他竟能如此轻而易举地目睹这种现象。他蹲伏在耳边不断响着呼呼风声的无人小洞里,而那两块黑斑似乎就像两只眼睛在回望着他。

太阳沉落之后,像池塘一般躺在沙丘中间的阴影迅速流到一起,形成了一个辽阔的黑暗之湖。天空中的色彩消退了;暖暖的红色和金黄色黯淡下去,留下一道南极蓝,那蓝色越来越深,最后成了夜。阿尔文等待着那个令人屏住呼吸、人类中唯有他一人知道的时刻——第一颗星星闪烁着出现的时刻。

自他上次来这地方至今,已经过去好多个星期了,他知道,在这段时间里,夜空的模样必定有所改变。即便如此,当他第一眼看到七太阳时,他依然毫无准备。

它们不可能有别的名字,七太阳这个名字仿佛是自己从它嘴里蹦出来的一样。它们在落日余晖的衬托下,形成一个非常紧密的、惊人对称的小星群。其中,六个排列成一个略呈扁平的

---

①原文如此。

椭圆形,每颗星的颜色都不同,他可以辨认出红、蓝、金黄和绿色,但别的色彩他的眼睛分辨不出来。在所构成图形的正中心,是一颗巨大的白星——整个可见天空里最明亮的星。整个星群看起来活像一件珠宝……大自然竟能设计出这么完美无缺的图样,这似乎难以置信,超出了可用偶然律来解释的范畴。

眼睛慢慢习惯那片黑暗后,阿尔文就能看出曾被称作银河的那块巨大的朦胧面纱了。它从天顶向下伸展至地平线,七太阳被裹在其中。其他星星的胡乱组合,只能使那个不可思议的完美对称的星群显得更加突出。它像是某个神灵的标志,被有意固定在这些星星之上,用以反对自然宇宙的无序。

自人类第一次在地球上行走以来,银河系已经绕着自己的轴转动了不多不少正好十次①。以银河自身的标准而言,那只是一刹那,但是,就在这短短的时间里,它彻底改变了。那些曾经以青春的傲气剧烈燃烧的巨大太阳,现在正趋向毁灭。但是阿尔文从未见过古代辉煌时期的天空,所以对业已丧失掉的一切一无所知。

透骨的寒冷驱使他回城。他从格栅中脱出身来,擦拭着身体,让四肢的血液循环得以恢复。在他前面,在隧道下方,从迪阿斯巴涌进来的光是如此明亮,他不得不暂时转过头。在城市外,有昼和夜,但在城里,却只有永恒的白昼。当太阳在天空中沉落,迪阿斯巴却会充满光,没有一个人注意到自然光是在什么时候消失的。在人类失去睡眠需要之前,他们就已将黑暗赶出城市了。只有那个公园会偶尔变得昏暗起来,成为一个神秘的所在。

阿尔文穿过镜子大厅慢慢往回走,他的心仍然为夜和群星

①原文如此。

所充斥。他觉得鼓舞而又沮丧。进入那片辽阔的空茫——这么做并无合理的目的——的路看来是没有的。杰塞拉克说过,在那片沙漠里,人很快就会死,阿尔文相信他所说的话。也许有朝一日,阿尔文会发现某条离开迪阿斯巴的路,但即使他干成了,他也知道自己非得马上回去不可。到达沙漠是一种令人快乐的游戏,仅此而已。他只能独自玩这个游戏,而且最终多半一无所获。但若这样做有助于扑灭他心中的渴望,那至少值得一试。

阿尔文在来自往昔的映像中徜徉,不愿回到那个熟稔的世界。他站在一面大镜子前,观看在镜子深处来来去去的种种映像。不管这些映像是由什么机理产生的,都受到他的控制,在某种程度上是受到他思想的控制。当他起初进入房间时,镜子总是一片空白,但他一在它们中间移动,那些镜子里就充满了各种东西。

他好像正站在一个现实中他从未看到过、但或许仍然存在于迪阿斯巴的开阔大院里。大院挤满了人,似乎正在召开某种公众会议。在一座高台上,两个人在彬彬有礼地争论,其支持者们站在高台四周,不时打断他们的话。他听不到声音,但这反而增添了这一场景的魅力,因为他的想象立即开动起来,以弥补缺失的声音。他们在争论些什么呢? 阿尔文寻思。也许这并不是一个来自过去的真实场景,而纯粹是一个假想出来的片段。那些人都小心翼翼地保持情绪稳定,肢体动作显得略有点正经,所有这一切使这个场面看起来太秩序井然了,不像是真实的生活。他审视着人群中的一张张脸,寻找他能认得出来的人。在这儿没有一个他认识的人,但他所看的可能是他在未来数世纪里不会谋面的朋友。人的相貌有多少可能的样子呢? 数不胜数,但肯定不会是无限的,特别是在所有那些不招人喜欢的样子被去除之后。

镜中世界的人们继续进行着被遗忘已久的争论,完全无视一动不动站在他们中间的阿尔文的映像。有时候很难相信他自己并不是这个场景的一部分,因为那幻觉无懈可击。当镜子里的一个幽灵走到阿尔文身后去时,它就完全像一个真实的人似的不见了;走到他前面时,他就被遮挡住。

阿尔文正准备离开时,他注意到离人群不远的地方站着一个衣着怪异的男人。在这个聚会里,这个男人的动作、服装,以及他身上的一切,看上去都有点格格不入。他破坏了固有的模式;他就像阿尔文,是个不合时宜的人。

而且,他不是投影,而是实体。他带着一丝嘲弄的微笑看着阿尔文。

五

短短一生中，阿尔文所遇到的人不足迪阿斯巴居民的千分之一。因此，他对自己不认识那个和他打照面的人并不感到惊讶。真正使他吃惊的是，竟然在这个离未知边界如此之近的被遗弃的城堡里遇到了人。

他转身背对镜中世界，面对闯入者。他还没来得及开口，那人已对他说话了：

"我想你是阿尔文吧。当我发现有人要来这儿时，我就猜到会是你。"

这话显然不是有意冒犯；这是事实的简单陈述，阿尔文自己也承认这一事实。他对被人认出并不感到惊讶。无论喜欢与否，他是特异人这个事实，以及身上未知的潜能，使得城里每一个人都认识他。

"我是基特隆，"陌生人继续说，仿佛这么一说就能解释一切似的，"他们叫我杰斯特。"

阿尔文一脸茫然，基特隆无可奈何地耸耸肩。

"啊，你居然没听说过！不过，你年纪小，少不更事嘛，你的无知应该得到原谅。"

　　基特隆让他觉得新鲜而奇特,阿尔文在心里搜索"杰斯特"这个陌生字眼的含意;它唤起了最淡薄的记忆,但他无法确定那是什么。在该城复杂的社会结构中,有许多这样的头衔,要弄明白所有这些头衔,得花一世的时间。

　　"你常来这儿?"阿尔文带着点嫉妒问。他已经习惯于将洛伦尼堡视为自己的私人财产,它的奇妙还有别人知道,这使他觉得有点气恼。但是,基特隆看过外面的沙漠,看过在西天沉落的星星吗?

　　"不。"基特隆说,几乎就像在回答他那未说出口的问题,"我以前从没有来过这儿。但是,了解城里所发生的非同寻常之事,那是我的乐趣。已经有很长时间没人到洛伦尼堡来了。"

　　阿尔文闪过一个念头:基特隆怎么知道自己以前来过呢?但他很快打消了这个念头。迪阿斯巴到处是耳目,它们始终对发生在城里的一切保持警觉。只要有人对他的行踪感兴趣,就总能找到相应的渠道获取信息。

　　"尽管来这儿是件非同寻常的事,"阿尔文诘问道,"你又为何对此感兴趣呢?"

　　"因为在迪阿斯巴,"基特隆道,"关心非同寻常之事是我的特权。我很久之前就已经锁定你了,我知道我们总有一天会见面。我也是个特异人。呵呵,并不是你那种特异。这不是我的第一次生命,我走出创造大厅已经一千次了。但是,从一开始我就被选作杰斯特。在迪阿斯巴,一个时段只有一个杰斯特。但大多数人认为一个都太多了。"

　　基特隆的话带有讽刺的意味,这使阿尔文更加不知所措。

　　直接询问个人问题可不是个好习惯,但是,基特隆终究提到了这个话题。

"请原谅我的无知,"阿尔文说,"可杰斯特是何许人? 是干什么的?"

"你问'什么',"基特隆答道,"那我要先告诉你'为何'。说来话长,但是我想你会感兴趣。"

"我对每件事都感兴趣。"阿尔文实话实说。

"很好。设计迪阿斯巴的人——若他们是人的话,我有时怀疑他们不是——必须解决一个复杂得难以置信的问题。你知道,迪阿斯巴并不仅仅是一台机器——它是一个活的有机体,而且是永生的。我们已经完全习惯于我们的社会,所以我们不会理解,在我们最初的祖先看来,这个社会有多怪。我们生活在一个很小的封闭世界里,除了一些细枝末节之外,它永远不会改变。它稳如磐石,维持了一个又一个世纪。它或许要比它出现之前人类的所有历史都长——不过,人们认为,在人类历史中,有不计其数的独立文化与文明持续了很短一段时间,然后就湮灭了。迪阿斯巴的超常稳定是如何达到的呢?"

阿尔文感到惊讶,竟然有人问这么初级的问题,他想学到什么新东西的希望愈发渺茫了。

"当然是通过记忆库,"阿尔文回答,"迪阿斯巴总是由同一批人构成的,尽管由于他们的身体时而被创造出来,时而被毁灭,在某一个时间段'活着'的人的组合不尽相同。"

基特隆摇摇头。

"那只是很小一部分答案。用完全相同的一批人,可以建成许多不同模式的社会——这一点我无法证明,我没有这方面的直接证据,但我相信它是正确的。这个城市的设计者并不仅仅规定其人口,他们还规定了主宰人们行为的种种法则。我们几乎意识不到那些法则的存在,但是我们都在服从它们。迪阿斯巴的文化是一个固定模式,无法从外部改变它。除了我们的身体和性格模式,记忆库还储存着许多别的东西。它们储存着城市本身的图像,使其每一个原子保持稳定,抗拒时间所能带来的一切变化。请看看这条人行道——它是几百万年前铺筑的,无数只脚在上面行走过。你能看出任何磨损的迹象吗? 没有受到保护的物质,无论多么坚硬,顶多几个世代就会被碾成尘埃。但是,只要有运转记忆库的动力,只要记忆库还能控制城市的模式,迪阿斯巴的物质结构就永远不会改变。"

"但还是发生过一些变化,"阿尔文反驳说,"自城市建立以来,许多建筑被拆除,新的建筑矗立起来。"

"当然。但那只是消除储存在记忆库里的信息,然后设置新模式。重要的是,迪阿斯巴在保持着我们的社会结构。它监视一切变化,在发生质变之前就加以纠正。它们是怎么做到的呢? 我不知道——也许是通过选择从创造大厅出来的那些人,也许是通过对我们的性格模式进行干预——我们可能认为我们具有自由意志,但我们能确信这一点吗?

"不管怎样,迪阿斯巴就像一艘巨大的船舶,安全地存在并航行了那么多世代,人类遗留下来的一切就是它所载的货物。这是社会工程学的一个巨大成就,虽然这样做是否值得还有待商榷。

"不过,仅仅稳定是不够的。稳定很容易导致停滞,进而导致衰落。城市设计者们采取精心设计的策略来避免这一点,尽管这些被弃置的建筑表明,他们并没有完全成功。我,身为杰斯特的基特隆,就是那些措施的一部分。也许是非常小的一部分。"

"那部分究竟是什么呢?"阿尔文问,他仍然莫名其妙,觉得有点恼火了。

"可以这么说:我将一定量的无序引进这座城市。对我的工作做出说明会破坏其有效性。所以,我向来做得多,说得少。人们只能通过我的行为而不是语言了解我。"

阿尔文以前从未遇到过像基特隆这样的人。这位杰斯特是个真正有个性的人,与迪阿斯巴绝大多数普通人都不一样。虽然基特隆不大可能告诉阿尔文自己的职责是什么,以及他是如何履行职责的,但这不太重要。阿尔文感到,不管怎样,他总算有个可以说说话的人了——此人可能解答许多已经困惑他很久的问题。

他们一起顺着洛伦尼堡的走道往回走,直至来到那条无人问津的自动路旁。当他们再次来到街道上,阿尔文这才想起,基特隆从未问过,他在洛伦尼堡干什么。他怀疑基特隆知道答案,却并不对此感到惊奇。有些迹象告诉他,要使基特隆惊奇是非常困难的。

他们交换了索引号码,以便互访。阿尔文急于要和那位杰斯特多见几次面,可他也担心交往时间长了又会感到无聊。但是,在他们再次聚首前,他想要知道,对基特隆的情况,他的朋友们,特别是杰塞拉克,能够告诉他一些什么。

"下次见。"基特隆说,然后迅即消失了。阿尔文有点恼火。要是跟人见面只用自己的投影,而不以肉体出现,那该在一开始就说清楚,这才是良好的作风。有时候,这会让不知实情的对话者感到不受尊重。或许基特隆这段时间始终安安静静地待在家里——无论他家在什么地方。他给阿尔文的号码没有泄露他的住址,但照这个号码发给他的信息他都能收到。这种做法是符合常规习俗的——索引号码能保障个人自由,而真实地址只能向亲密的朋友透露。

在回城路上，阿尔文反复思考基特隆对他说的关于迪阿斯巴及其社会组织的那些话。这可是件怪事，他从来没有遇到过一个对他们的生活方式心存不满的人。迪阿斯巴及其居民是被设计出来的，是总体计划的一部分，他们形成了一种完美无缺的共存关系。城里人在漫长的一生中从不烦怨，尽管按较早时代的标准来看，他们的世界可能很小，其纷繁复杂教人不知所措，令人惊奇的事情与财富数不胜数。人类的一切成果，从过去的废墟中拯救出来的每一样东西，都聚集在这儿。据说，曾经存在过的所有城市都给了迪阿斯巴一些东西。在入侵者来到之前，所有世界都知道迪阿斯巴的名字。人类帝国的一切技能、一切艺术都投入到迪阿斯巴的建造中去了。当伟大的时代行将结束时，天才的人们重铸了这座城市，并给了它那些使其永生的机器。什么东西都可以被遗忘，可迪阿斯巴却会存在，并载着人类的后裔顺着时间之流安然而下。

他们除了生存之外别无建树，并满足于此。从他们自创造大厅出来到返回城市记忆库这段时间，有百万件事情占据着他们的生命。交谈与争论的快乐，社会交往的繁文缛节——光这些就足以占据一个人一生中很大一部分时间了。除此之外是大规模的正式辩论，全城的人都听入了迷，而城里那些头脑最敏锐的人则在论战中交锋，抑或尽力攀登那些至今尚未被征服过的哲学高峰——这些挑战是永远不会丧失吸引力的。

所有人都痴迷于某种智力活动。比如，埃里斯顿喜欢与中央计算机长时间交流。中央计算机实际上掌管着城市，但它有空同时和几十个想和它比试智慧的人进行讨论。三百年来，埃里斯顿竭力想要构思出一些那台机器无法解析的逻辑反论，但他知道自己还需要几个世纪才能取得进展。

埃塔尼娅的兴趣主要在艺术方面。她在物质组成器的帮助下设计和构思三维交叠图案，那是些非常美丽复杂的图案，是拓扑学中极为高深的问题。她的作品在迪阿斯巴到处可见，有些图案出现在巨大的舞蹈表演厅地板上，用来作为进行新芭蕾舞创作的要素和舞蹈主题。

在那些不具备足够智力、欣赏不了其精妙之处的人看来，这样的工作可能是枯燥乏味的。但是，在迪阿斯巴，没有一个人不理解埃里斯顿和埃塔尼娅正竭力在做的事，而且没有一个人不具备某种同样令人着迷的兴趣。

各种体育活动，包括许多只有通过控制重力才有可能进行的运动，使年轻人的最初几个世纪过得很开心。就想象中的冒险活动而言，历险游戏给所有人提供了所想要的一切。在这些历险游戏中，幻象无懈可击，因为其中所有的感觉印象都直抵人心。只要冒险在持续，入迷的观看者就完全与现实隔绝；那就像一个人生活在梦境中，却坚信自己醒着。

在一个大致轮廓在十亿年间没有改变过的、稳定的世界里，人们自然会倾向于冒险游戏。人类总是被正在下落的骰子、将要翻过来的一张牌、旋转的指针所具有的神秘所吸引，这种兴趣建筑在贪婪的基础上，在每个人都拥有他所需要的一切的世界里，这种兴趣没有存在的价值。但是，即使在这个动机被排除掉时，对冒险的纯智力迷恋仍然能诱惑最富有智慧的人。冒险的结果绝对无法预言，无论你拥有多少信息——从这些游戏中，哲学家和赌徒能得到同样的快乐。

除冒险外，迪阿斯巴的人们还热爱艺术。在这里，艺术和爱是交融在一起的——没有艺术的爱只是欲的满足，而只有怀着爱才能接近艺术。

　　人类寻求多种形式的美——声音的组合、纸上的文字、人体的运动、空间的色彩。所有这些媒介在迪阿斯巴仍然存在，随着世代延续，在这些之外还增添了别的媒介。迄今谁也无法确定，艺术的一切可能性是否都已被发现，抑或艺术是否具有主观感觉之外的任何意义。

　　爱情亦然。

六

杰塞拉克一动不动地坐在数字的旋涡里。用二进位制表示的一千个质数,整整齐齐地在他面前行进。自电子计算机发明以来,一切算术运算用的都是这种进位制。无数列1和0雄赳赳地过去,将所有除了自身及1外不拥有因子的数的完整序列带到了他的眼前。质数所具有的神秘性一直使人类为之着迷,直到现在它们仍然吸引着人类的想象。

杰塞拉克不是数学家,虽然有时候他喜欢自认为数学家。他所能做的仅仅是在无穷列质数中寻找特殊关系与规则,使更具有天才的人有可能把它们纳入到总的规律中去。他能发现数字的特征,但不能解释其所以然。披荆斩棘穿行于算术丛林,是他的乐事,有时候他会发现被更有本领的探索者疏漏了的奇妙现象。

他列出所有的整数的矩阵,着手让计算机将布于矩阵表面的质数穿起来,就像将珠子排列于筛子的交叉网格上一样。杰塞拉克以前成百次这么做过,但却从未学到任何东西。不过他被所研究的那些数的散布方式迷住了,那些数明显是不按任何规律散布在整个整数矩阵上的。

他耳朵里响起轻轻的钟鸣声,数字之墙颤抖起来,那些数全都模糊了,杰塞拉克回到现实世界。

他立即认出了基特隆,觉得并不太高兴。杰塞拉克不愿意让自己那秩序井然的生活方式受到打扰,而基特隆却代表着不可预见性。不过,他还是礼貌地招呼了客人,并将自己的担心全都掩饰起来。

在迪阿斯巴,两个人首次会面时——甚至第一百次——习惯要花上一个来小时反复互致敬意,然后再谈正事——假如有正事的话。基特隆却只用十五分钟就匆匆说完了那些礼仪性的话,这使杰塞拉克有点生气,基特隆接着便突然说:"我想跟你谈谈阿尔文。我知道,你是他的老师。"

"的确,"杰塞拉克回答,"我始终一星期要见他几次。"

"你说他是个聪明学生吗?"

杰塞拉克想了想,这是个难以回答的问题。师生关系极为重要——说实话,在迪阿斯巴,那是生活的基础之一。平均每年有一万个灵魂在城里复活。他们先前的记忆尚未被唤醒,在他们生存的头二十年里,周围的每一样东西都是新奇的。他们必须被教会使用无数机器和设备,那些机器和设备是日常生活所必需的,他们必须学会在人类所建立的最复杂的社会中生活下去。

部分教导来自于被选定做新市民父母的夫妇。选择以抽签决定,责任并不繁重。埃里斯顿和埃塔尼娅用不超过三分之一的时间养育阿尔文,但他们已经完成了他们应尽的义务。

杰塞拉克的责任限于对阿尔文进行较为正式的教育。不言而喻,他的父母会教导他如何在社会上做人,并将他引入日益扩大的朋友圈。他们对阿尔文的品德负责,杰塞拉克则对他的心灵负责。

"我觉得你的问题颇难回答,"杰塞拉克答道,"阿尔文的智力肯定没有什么欠缺,但是,他对许多该关心的事情似乎完全不放在心上,而对一些我们普遍不关心的事情却显出一种病态的好奇心。"

"比如,迪阿斯巴之外的世界?"

"是啊……你怎么知道?"

基特隆犹豫片刻,不知该向杰塞拉克透露多少隐情为好。他知道杰塞拉克是善意的,但他也知道,杰塞拉克必定受到控制迪阿斯巴每一个人——阿尔文除外——的那些禁忌的约束。

"我是猜到的。"他最后说。

杰塞拉克深深地坐进他刚使之出现的那张椅子里,让自己更舒服些。这是件有趣的事,他想要尽可能充分地对其做出分析。不过,除非基特隆愿意合作,否则他不可能了解到更多的东西。

他本该预料到阿尔文有朝一日会见到这位杰斯特。基特隆是城里唯一一个"异数"——即便他的异乎寻常也是迪阿斯巴的设计者们所策划的。很久之前就有人发现,没有一定量的犯罪或混乱,乌托邦很快就变得死气沉沉,令人无法忍受。

杰斯特之职的设立是城市设计者们想出来的解决办法——乍一看是天真幼稚之举,但实际上却极为巧妙。在迪阿斯巴的整个历史中,智力上适合于这个特殊角色的人不到两百个。他们享有某种特权,不受自己所作所为的后果的影响,但有些杰斯特越出了界限,受到迪阿斯巴所能施加的唯一惩罚——在眼下这一世投生做人期满之前就被驱逐,进入未来。

杰斯特将城市搞得天翻地覆的事偶尔有之,且不可预见。

这种恶作剧有些只是精心策划的玩笑,有些却是对时下某些极端珍视的信念或生活方式进行的蓄意攻击。考虑到所有这些情况,"杰斯特"之称①是最合适不过的了。在有法庭和国王的时代,也曾有过职责十分相似、在得到许可的情况下从事类似工作的人。

"我们最好彼此坦诚,"杰塞拉克说,"我们两人都知道阿尔文是个特异人——他从未经历过迪阿斯巴任何较早时期的生活。也许你比我更能理解这一点的含意。我不相信城里会出现完全不在计划之内的事物,所以,他被创造出来必有其目的。他会不会实现那个目的——不论是什么——我不得而知,我也不知道那个目的是好还是坏。我无法猜出那个目的到底是什么。"

"也许它跟城市外部的什么东西有关?"

杰塞拉克谦虚地笑了。杰斯特在开小玩笑,这只是预料中的事。

"我告诉过他外面有些什么;他知道在迪阿斯巴外面,除了沙漠什么也没有。要是你办得到,就带他到那儿去。当他目睹了事实之后,他心里的怪病就可以治好了。"

"我想他已经看到过了。"基特隆轻声说,但这话他是对自己说的,而不是杰塞拉克。

"我不认为阿尔文是幸福的,"杰塞拉克继续说,"他尚未形成真正的爱好,只要他仍然对外部世界保持迷恋,就很难形成真正的爱好。但不管怎样,他年纪还很小。他可能会在成长过程中走出这个阶段,成功地变成这座城市的组成部分。"

杰塞拉克是为了打消自己的疑虑而这么说的,基特隆想,不知他是否真的相信自己所说的话。

---

①杰斯特的英文是Jester,有宫廷弄臣、小丑的意思。

"告诉我,杰塞拉克,"基特隆突然问,"阿尔文知道他并不是第一个特异人吗?"

杰塞拉克大吃一惊,接着露出蔑视的神情。

"我本以为你知道那方面的情况,"他苦笑道,"在迪阿斯巴的整个历史中,出现过多少特异人? 有十个吗?"

"十四个,"基特隆毫不犹豫地说,"阿尔文不计在内。"

"你掌握的信息比我多,"杰塞拉克皱着眉头说,"也许你能告诉我,那些特异人后来怎样了。"

"他们消失了。"

"谢谢你。我已经知道是那么回事了。我之所以尽可能少地对阿尔文提及他的前人,原因就在于此。以他眼下的精神状况来看,这对他毫无裨益。你能不能也守口如瓶?"

"就目前而言……可以。我自己也想研究一下他。神秘的事物总能激发我强烈的兴趣,在迪阿斯巴,这样的事情太少啦。我想,命运之神可能正在作出安排,准备开个大玩笑。"

"你真喜欢说谜语。"杰塞拉克抱怨道,"你到底在期待什么?"

"我不相信会有更多的发现。但我相信一点——无论是你还是我,或者迪阿斯巴的任何人,都没有能力阻止阿尔文去做他已决定要去做的事。即将到来的几个世纪将非常有趣。"

基特隆的影像从眼前消隐,杰塞拉克一动不动地坐了很久,甚至忘了去继续研究数学。一种前所未有的不祥的预感笼罩着他,他寻思是否该要求市议会举行一次听取他的陈述的会议。但是,那会不会搞成一出荒唐可笑、无中生有的闹剧呢? 莫非整件事只是基特隆所开的一个令人百思不解、莫名其妙的玩笑? 他无法想象,为何选定自己来当玩笑对象。

他仔仔细细反复考虑这件事，从各个角度全方位进行审视。一个小时后，他做出了一个特殊的决定。

他要静观其变。

阿尔文抓紧时间了解他所能了解的有关基特隆的一切情况。像往常一样，杰塞拉克是他的主要信息源。老教师仔细、如实地讲了他和杰斯特会面的情况，还谈了他所知道的那有关对方生活状况的一鳞半爪。基特隆是个隐居者，没人知道他住在什么地方，或是如何生活的。此人最近开的一个玩笑是颇为孩子气的恶作剧，那件事发生在五十年前，搞得自动道路普遍瘫痪。比此事早一个世纪时，他放出了一条特别难制伏的龙，龙满城游荡，吃掉了当时最受人喜爱的一位雕塑家的所有存世的作品，令那位艺术家惊恐不已，于是他躲了起来，直到那头怪兽神秘消失后才露面。

从这些事情可以看出，基特隆对支配城市的那些机器和力量了解得非常深入，能以人所不能的方式使它们服从他的意志。可以想见，必定存在某种最高层次的控制，它能阻止任何野心太大的杰斯特对迪阿斯巴的复杂结构造成永久性的、无法弥补的损害。

阿尔文将所有这些信息储存起来，但他并没有与基特隆接触。虽然他有许多问题要问那位杰斯特，但他那顽强的独立性——也许是他品质中最货真价实的特异之处——使他决心要在无人帮助的情况下，全凭自己的努力搞清他所能搞清的一切。他开始着手制定一个计划，这个计划可能使他忙上许多年，但只要他感到自己是在朝目标前进，他就是幸福的。

他像古时候勘测一片未知土地的旅行者一样，开始对迪阿斯巴进行系统探察。他日复一日地在城市边缘那些阒寂无人的城堡里寻觅,希望会在什么地方发现一条通向外部世界的路。在搜寻过程中,他找到了十二根巨大的、通向沙漠之外的通气管,但它们都是用栅栏挡住的——即便没有栅栏,离地差不多一英里的高度也是不可逾越的障碍。

他没有找到别的出口,尽管他探察了成千上万的走道和空房间。所有这些建筑都完好无缺,纤尘不染,迪阿斯巴人理所当然将它们视为正常秩序的一部分。有时候,阿尔文会遇到四处游逛的机器人,显然它是在进行巡视。他总会问机器人一些问题。但他一无所获,因为他所遇到的机器人并没有被输入对人的语言和思想做出反应的指令。虽然它们意识到了他的存在,有礼貌地飘到一边,让他过去,但它们拒绝与他交谈。

有时候,阿尔文一连几天见不到人。觉得饥肠辘辘时,他就走进一个仍可使用的公寓房间订餐。一些不可思议的机器人会在沉睡了极为漫长的时间后醒来,之前他完全不知道那些机器人的存在。机器人会根据储存在记忆中的模式制造饭食,那是亿万年前就已经定好的菜单。

这个被遗弃的世界——把城市的心脏围在中间的空壳——的孤寂并未使阿尔文沮丧。他已经习惯了孤寂,甚至在他处于被他称作朋友的那些人中间时也如此。这次激动人心的探察吸引了他的全部精力与兴趣,使他暂时忘却了自己的神秘宿命,忘却了将他与所有同伴区别开的那种异常之处。

他探察了不到城市边缘区百分之一的地方,然后做出判断:自己只不过是在浪费时间。他的这一判断并不是缺乏耐心的结果,而是完全出于常识。假如探察有效,他会坚持到底,哪怕要他花上此生所余的全部时间。然而,他所看见的情况已足以使他确信，通向迪阿斯巴城外的路即使存在，也是不容易被找到的。他若不邀请更有智慧的人帮忙，那他就有可能花掉几个世纪的时间而一无所获。

杰塞拉克曾直截了当地告诉过他，他知道迪阿斯巴是没有出路的。信息机在阿尔文询问它们时，搜索了自己几乎是无限的记忆，却给不出任何答案。它们能够告诉他此城历史中的每一个细节——从将黎明时代隔绝在外的壁障建立时起，但是它们却无法回答阿尔文的这个简单的问题，可能是某个更高的神灵禁止它们做出回答。

他只好再见见基特隆。

七

"你倒没有急着来,"基特隆说,"可我知道你迟早会来。"

基特隆如此肯定,这使阿尔文有点不快;自己的行为可以被精确无误地预见到,他可不爱这么想。他寻思,他那些毫无结果的搜寻杰斯特是否全都看在眼里,而且确切地知道他在干什么。

"我尽力想要找到一条出城的路,"阿尔文直截了当地说,"出路必定是有的,我想你能帮我找到。"

基特隆沉默了一会儿。他面临着一个超出他全部预见能力的未来,若想回头,他还有时间。别的人没有一个会犹豫——城里的人谁也不敢挑战已经存在了数亿年的规则。也许并不会发生危险,也许没有什么能使迪阿斯巴永恒的一成不变发生变化,但是,如果真有给这个世界招来不可思议的新变故的危险,现在可能就是阻止它的最后机会。

基特隆对迪阿斯巴眼前的秩序是满意的。他虽然可以不时破坏一下这一秩序,但都在很低的程度之内。他是个批评家,却不是革命家。在静静流淌的时间之河里,他只希望激起几圈涟漪,而绝不敢改变它的流向。他的冒险欲,已经像迪阿斯巴的其他市民一样,被仔细彻底地消除了。

不过他仍然具有好奇的火花，那曾是人类最伟大的天赋，尽管那火花几乎已经熄灭。他还是准备冒一次险。

他看看阿尔文，竭力回忆他自己的青年时代，回忆一千年前他自己所做的梦。往昔的任何时刻，现在回想起来都是那么清晰。这一世和以前所有世代，就像串在线上的珍珠，向既往延伸；他可以抓住他所想要的任何一世，重新加以审视。对现在的他而言，前些世代的基特隆是完全不同的人；基本模式或许相同，但所经历的事使他和那些基特隆永远不可同日而语。他下次走回创造大厅、一觉睡到城市再次唤他醒来时，他可以将自己一切前世的记忆全都从心里清洗干净。但那将是一种死亡，他眼下还不愿意。他仍然准备继续积聚生活所能提供的一切，犹如一只被幽闭在壳里的鹦鹉螺，耐心地将新细胞添加到它那缓慢增大的螺旋形身体上去。

在青年时代，他和同伴们没什么不同。直到他上了年纪，前世生活的潜在记忆洪水般回涌时，他才担当起很久之前就注定要担当的那个角色。有时候，他有点怨恨以无限的智慧和技巧设计出迪阿斯巴的那些人，直至现在，在这么多世代过去之后，竟然还能支配他，使他活像个舞台上的木偶。这次，也许是一个报复机会，这机会的获得延迟已久。一个新演员登台了，这个人可能会让这出上演次数太多的戏最后一次降下帷幕。

对一个必定比自己更加孤独的人的同情，对周而复始的世代的厌倦，一种顽童似的闹着玩儿的感觉——就是这些不协调的因素在促使基特隆行动。

"我也许能帮助你，"他对阿尔文说，"也许不能。我不想给你任何虚假的希望。半小时后，在第三直道和第二环道交叉口跟我碰头。至少我可以带你去做一次有趣的旅行。"

阿尔文提早十分钟来到了约会地点,虽然那是在城市的另一边。他焦急地等待着,自动路载着平静而又心满意足的城里人,没完没了地打他身边飞掠而过。他终于看到基特隆的高大身影出现在远处,不一会儿,那位杰斯特的形体第一次来到他面前。这可不是投影图像——当他们行古代见面礼手掌相触的时候,证实基特隆是完全真实的。

那位杰斯特靠在大理石扶手上,以好奇的目光盯着阿尔文。

"我想知道,"他说,"你是否明白自己所寻求的是什么。我还想知道,要是你得到它,你会干什么。即使你找到了一条路,你真的认为你能离开这座城市吗?"

"我确信这一点。"阿尔文回答道,他相当勇敢,虽然基特隆能在他的声音里感觉到不踏实。

"那就让我告诉你一些你可能不知道的事情。你看见那儿的两座城堡了吗?"基特隆指向电力中心和市议会厅一模一样的尖顶,它们之间隔着一个一英里深的峡谷。"假如我在那两座城堡之间搁上一块非常坚实的板子——只有六英寸宽的板子——你能走过去吗?"

阿尔文迟疑着。

"我不知道,"他答道,"我不想试。"

"我十分肯定,你永远走不了。没跨出十步,你就会头晕眼花摔下去。可是,若将那块板子搁在平地上,你就能毫无困难地在板子上走。"

"这说明了什么?"

"很简单。在我所述的这两个实验中,所用的板子是同一块。你有时候遇到的那种装了轮子的机器人,轻而易举就能走过架在两座城堡之间的板子,就如走搁在平地上的板子一样。

我们却不行，因为我们具有恐高心理。这可能是非理性的，但是它太强大了，你无法不受影响。它是深植于我们内心之中的，是与生俱来的。

"我们对空间怀有同样的恐惧。把一条出城的路——它可能就像此时我们眼前的这条路——指给迪阿斯巴的任何人看，他也不会沿着那条路走很远。他将不得不回过头来，就如你在一块架在那两座城堡之间的板子上跨出几步就回头来一样。"

"可为什么呢？"阿尔文问，"必定有过一个时代……"

"我知道，我知道，"基特隆说，"人类曾经出去过，到整个世界上去过，并亲自到群星上去过。有什么东西改变了他们，并给了他们与生俱来的恐惧。只有你觉得你没有这种恐惧。好，我们走着瞧吧。我要带你去市议会厅。"

市议会厅是城里最大的建筑之一，而且几乎完全是交给机器掌管的。机器是迪阿斯巴真正的行政官。离楼顶不远是市议会开会的房间，每当有事情要商讨时，就在那儿聚会。

宽敞的大门将他们吞了进去，基特隆大步向前，迈进朦胧的金碧辉煌之中。阿尔文以前从未走进过市议会厅，不准进入此地的规定其实是没有的——在迪阿斯巴不准做什么事的规定极少——但跟其他每一个人相仿，他对这个地方抱有某种半宗教的敬畏之情——在一个没有上帝的世界里，市议会厅就成了最接近庙宇的地方。

基特隆领着阿尔文穿过走道，走下斜坡，绝无半点迟疑，那些斜斜的坡道显然是为安装轮子的机器人铺就的，并非供人行走。有些通向极低处的曲折坡道角度非常陡，如果不调整重心抵消斜度，就不可能在那些坡道上驻足。

他们最后来到一扇关闭着的门前，他们走近时，那门无声地滑开,然后在他们身后合拢。前面是另一扇门,他们走到门前,门却并未打开。基特隆没有动手触门,而是一动不动地站在门前。短暂停顿后,一个平静的声音说:"请报姓名。"

"我是杰斯特基特隆。同行者是阿尔文。"

"有何贵干?"

"纯粹好奇。"

使阿尔文颇为惊讶的是,门立即打开了。就他的经验所知,要是一个人对机器人作了玩笑式的回答,就会导致机器人不知所云,此人就不得不再从头开始。那个询问基特隆的机器人必定非常高级——在中央计算机的级别序列中处于很高的位置。

他们没有遇到更多的障碍,但是阿尔文怀疑他们已经通过了许多测试,只是他们自己不知道而已。走过一条短短的通道,他们冷不防进了一个地板下陷的巨大圆形房间,一踏上那块地板就使人惊愕异常,阿尔文一时间手足无措。他正俯瞰着展现在眼前的迪阿斯巴全城,那些最高的建筑的高度仅及他的肩部。

他花了很长时间寻找那些熟悉的地方,观看那些未曾见过的景色,然后才注意到房间的其余部分。墙上覆盖着一幅由黑白方块组成的细致入微的图画,上面的图案飞快地闪烁着。在房间四周,稍隔一段距离就安放着一台某种类型的手控机器,每台机器都带有显示屏和供操作者坐的座位。

基特隆让阿尔文看了个够,然后指着那座微型城市说:"你知道那是什么?"

阿尔文心里想说"一座模型",但那回答太浅显,他相信必定是错的。所以他摇摇头,等基特隆来回答他自己的问题。

"你回想一下,"那位杰斯特说,"我曾告诉过你,这座城市是怎样保持下来的——记忆库是怎样使城市的模式永远保持凝固不变的。我们周围的这些东西全是记忆库，它们存储的信息无法计量，无一遗漏地描画出这座城市今天的模样。迪阿斯巴的每一个原子都被输入了这些墙壁的矩阵中。做到这一点的才智我们已经遗忘了。"

他朝陈列在他们下方的完整无缺、无限详尽的迪阿斯巴模型挥了挥手。

"那不是模型，它并不真实存在。它只是储存在记忆库里的模式的投影，因此与城市本身绝对一致。这些显示器可放大任何想看的部分，使你看到的东西与实物大小相同或者更大。当必须对设计进行改动时，就会用上它们，虽然两次改动之间相隔的时间可能很长。若你想要知道迪阿斯巴究竟是什么模样，那就来这个地方。在这儿待上几天后你所能了解到的东西，要比你用一世进行实地探察了解到的还多。"

"奇妙至极。"阿尔文说，"多少人知道有这个地方？"

"呵呵，有许多，但他们难得关心这里。市议会的人很少到下面这个地方来，而只要不是全都到场，就不能对城市做出改动；而且，要是计算机不同意所提议的改动，即使人到齐了也没用。我怀疑，一年之中，有人来这房间的次数不会超过两三次。"

阿尔文想要知道基特隆是怎么知道这个地方的，后来他想起，他那些精心策划的玩笑必定涉及对城市内部机制的了解，这种了解只能通过非常深入的研究才能获得。到处跑，了解所有的情况，这必定是杰斯特的特权之一；要搞清楚迪阿斯巴的一桩桩秘密，不可能有比他更合适的引路人了。

"你所寻找的东西可能并不存在，"基特隆说，"假如真的存在，那么这里就是你找到它的地方。让我教你怎样操作控制系统吧。"

接下去的几个小时里,阿尔文坐在一台监控器前,学习使用控制系统。他能任意选择城里的一点,用任何倍率对其进行仔细察看。在他变换坐标时,街道、大楼、墙壁和自动路闪电般掠过屏幕。他像是个无所不见、不具形体的神灵,能毫不费力地在整个迪阿斯巴移动,不受任何障碍物的阻挡。

但是,实际上他所察看的并不是迪阿斯巴。他是在记忆单元里穿行,看到的是梦幻中的城市图像——那梦幻具有使真实的迪阿斯巴在亿万年里不受触动的力量。他只能看到城市里具有永久性的那一部分,在街上行走的人并不是这幅被凝固了的图像的组成部分。就他的目的而言,这无关紧要。他此时所关心的纯粹是那些把他囚禁其中的石头和金属,而不是那些和他一起过着囚禁生活——无论多么情愿——的人。

他寻找着,很快就找到了洛伦尼堡,并飞速在他业已实地探察过的通道和走廊里穿行。随着石头格栅的图像在眼前放大,他几乎能够感觉到吹进格栅的那股冷风。也许那股冷风已经不停地吹了整个人类历史的一半时间,而且仍在吹着。他来到格栅前,往外一看——没看到任何东西。刹那间,他惊得几乎怀疑自己的记忆了:难道他看到过的沙漠只是一场梦?

接着他便想起了这个事实:沙漠并不是迪阿斯巴的组成部分,因此,在他眼下察看的幻影世界里,它的图像并不存在。在那道格栅之外,确实有可能存在东西,这块屏幕却永远无法将其显现出来。然而,屏幕能将迪阿斯巴人未曾见过的一些东西显现给他看。阿尔文将视线投向格栅之外,进入城市外面的空茫。他转动改变视角的控制器,沿着来时的路径往回看。迪阿斯巴在他身后——他正从外面往里看。

对计算机,对记忆库,对产生阿尔文此时所看图像的繁复机制而言,那只是简单的透视问题。它们"知道"城市的形态,因此,它们能够显示从外面往里看时城市所呈现的模样。但是,即使阿尔文懂得这是怎么一回事,他受到的震动还是极为强烈的。在精神上——若非实际上的话——他逃出城了。他好像悬在洛伦尼堡陡壁之外几英尺的空间,他凝视了一会儿眼前那片光滑的灰色表面,然后触碰控制器,让视线落向地面。

他知道这台奇妙机器有可能办到什么事之后,他的行动计划清晰起来。不需要花费经年累月的时间从内部一个房间又一个房间、一条走道又一条走道地探察迪阿斯巴。利用这台机器,他可以沿着城市外侧飞行,能立刻看到有可能通向沙漠和外部世界的任何通道。

胜利感和成就感使他觉得飘飘然,他急于与人分享自己的欢乐。他转向基特隆,想谢谢那位杰斯特——是此人使这一切成为可能。但是基特隆已经走了。为何要走,只需略一思索就可以知道。

在迪阿斯巴,能够冷静地观看此时屏幕中那些图像的人,阿尔文也许是唯一一个。基特隆能帮助他进行搜寻,但即便是这位杰斯特,也对宇宙的不可思议抱有恐惧,这恐惧已经将人类钉在狭小的世界里很久很久了。基特隆留下阿尔文,让他一个人继续探寻。

暂时被驱除了的孤独感再次压到阿尔文身上。但现在不是悲伤的时候,要做的事太多啦。他又转过身来,对着监控器,使城市墙壁的图像缓缓滑过屏幕,开始他的探寻。

接下去的几个星期里,阿尔文很少在迪阿斯巴露面,虽然注意到他不见了的人只有寥寥几个。发现以前的学生把所有的时间都花在市议会厅里,而不是悄悄绕着城界到处转,杰塞拉克稍稍松了口气,他认为阿尔文在那儿就不会惹什么麻烦了。埃里斯顿和埃塔尼娅到他房里去过一两次,看到他不在也没当一回事。阿莉丝特拉则很关心他。

迷恋上阿尔文可算得上是一种不幸,更合适的男人其实多的是。阿莉丝特拉找伴儿从来没有困难,但是跟阿尔文相比,她所认识的其他男人全都平淡无奇,是从同一个毫无特色的模子里铸造出来的。她不会不做努力就放弃阿尔文,但他的疏远和冷淡是她无法回避的挑战。

不过,她的动机也许并不完全是自私的,更多是出于母性而不是性。虽然生育已被遗忘,但女性保护和同情的本能却仍然存在。从表面上看,阿尔文可能显得既顽强又自信,而且坚定不移地走自己的路,但阿莉丝特拉能够感觉到他内心的孤独。

发觉阿尔文不见了之后,她马上问杰塞拉克他出了什么事。杰塞拉克只犹豫了片刻,便告诉了她。要是阿尔文不想要同伴,那主动权就在他自己手里。他的老师对这一关系既不赞成也不反对。总的来说,杰塞拉克很喜欢阿莉丝特拉,并希望她的影响会有助于阿尔文使自己适应迪阿斯巴的生活。

阿尔文待在市议会厅里,这意味着他在从事某项研究,知道这一点至少能消除阿莉丝特拉在可能出现情敌这方面所抱有的怀疑。但是,尽管她并没有嫉妒,可她生出了好奇之心。她有时会责备自己把阿尔文丢在了洛伦尼堡,但她知道,要是那种情况再次发生,她还是会做出完全相同的反应。她对自己说,除非她能搞清楚阿尔文千方百计想做什么,否则她无法理解他。

她一进市议会大厅的大门就被笼罩在一片肃静之中,这令她印象深刻,但并没有把她吓住。大厅远端,信息机一台台并排靠墙放着,她任意选了一台。

确认信号一亮,她就说:"我要找阿尔文。他在这幢楼里,我去哪儿找他?"

信息机回答普通问题时脱口而出,全然没有滞后。对此,一个人即使活了一世,也绝不会完全习惯。知道——或自称知道——个中奥妙,把"进入时间"和"储存空间"这类学术性语汇挂在嘴上的人有的是,但是,他们也会对机器回答得如此之快而倍感惊讶。只要在这座城市所掌握的无比丰富的信息范围之内,任何基于事实做单纯判断的问题都能立刻得到回答。只有在作答之前需要进行复杂计算的情况下,才会被人察觉到延迟。

"他在监控器那儿。"信息机答道。这个回答没有什么用处,因为阿莉丝特拉全然不知道监控器这一名称指的是什么。信息机绝不会自愿提供超出询问内容的信息,恰当地提问是一门艺术,往往需要花很长时间才能学会。

"我怎么找到他?"阿莉丝特拉问。她到监控器那儿时,她就会知道监控器是什么了。

"我不能告诉你,你必须得到市议会的许可。"

这是最出人意料、甚至令人不安的情况。在迪阿斯巴,只有极少几个地方不让人任意进入。阿莉丝特拉非常肯定,阿尔文并没有得到市议会的许可。这只能说明,有个更高的权威在帮助他。

市议会统治着迪阿斯巴,但是,市议会必须听命于至高无上的中央计算机。很难不把中央计算机看作是一个有生命的、位于某个地方的实体,虽然实际上它是迪阿斯巴所有机器人的总和。在生物学意义上,它并不是活的,但它肯定具有至少跟人一样的知觉和自我意识。它必定知道阿尔文在做什么,因此,阿尔文必定获得了它的许可,否则它就会制止他,或者让他去请示市议会,就如那个机器人对阿莉丝特拉所做的那样。

待在这儿没用了。阿莉丝特拉知道,想要找到阿尔文——即使她确切知道他在这幢巨大建筑物的什么地方——将注定是枉然的。门不会打开;自动路在她站上去时就会将她往后送,而不是往前送;升降场会神秘莫测地停下来,拒绝将她送到上面楼层去。假如她坚持,她会被一个礼貌却又严厉的机器人轻轻送到外面街道上去,抑或在市议会厅里打转,直到她受不了,自愿离开。

她异常憋闷地走到外面街上。她非常困惑,破天荒第一次感觉到,在这儿存在着某种神秘的力量,使她的个人愿望和兴趣变得微不足道。她不知道下一步将要做些什么,但她相信一点——阿尔文并不是迪阿斯巴唯一一个锲而不舍的人。

八

　　当阿尔文从控制面板上抬起双手并切断线路时,监控器屏幕上的图像消失了。他一动不动地坐了一会儿,盯着在过去许多个星期里占据他整个心灵的那块长方形。他环游了自己置身的这个世界,在那块屏幕里,从迪阿斯巴每一平方英尺外墙旁经过。他比任何活着的人都更了解这座城市,也许除了基特隆;他现在知道,穿过墙壁的路是不存在的。

　　支配着他的感觉并不仅仅是沮丧,他从来没有真正指望过事情会多么轻而易举,初作尝试就能发现他所寻求的东西。重要的是,他排除了一种可能性。现在他必须探求其他的可能性。

　　他站起来,走向几乎布满那个房间的城市影像。虽然很难不把它看作是真实的模型,但他知道,实际上它只是储存在记忆单元里的模式的视觉投影而已,他刚才所探察的就是那些记忆单元。当他操作监控器,移动视线穿过迪阿斯巴时,一个光斑会在这件复制品表面游弋,使他能确切地看到自己正要去什么地方。早些时候,这曾是个有用处的向导,但他很快就会娴熟地设置坐标,不需要这个帮助了。

　　城市横陈在他下方,他像上帝似的俯瞰着它。但他在思考自己眼下该采取的步骤,对此视而不见。

只有一个解决办法。迪阿斯巴有可能被保持在一种按照记忆单元中的模式决定的、永久性的静态平衡之中,但那个模式本身却是可以改变的,城市会随着模式的改变而改变。对部分外墙进行重新设计,使之具有一个出口,然后将这个模式输入监控器,让城市按新的设想改变自身的模样,这是有可能办到的。

阿尔文怀疑,他可以利用面积巨大的监控器操作台进行这种改变,但基特隆没有向他解释过操作台的功用。能够改变城市结构的操作台被牢牢锁定,只有在市议会授权并得到中央计算机许可的情况下,才可以动用。要市议会答应他的请求的可能性极小,即使他准备耐心恳求数十年甚至数百年。这个前景对他丝毫没有吸引力。

他转而想到天空。有时候,他会想象自己在天空自由飞翔。人类放弃天空已经很久了。他听说,地球的天空曾有一次被陌生的东西所充斥。从外太空来了一批巨大的飞船,满载奇珍异宝,停泊在传说中的迪阿斯巴港。可是,那个港口在城市范围之外,很久之前它就被掩埋在流沙之下了。他可以想象,在迷宫似的迪阿斯巴的什么地方,可能还藏着会飞行的机器,但他并不真正相信这一点。即使在小型私人飞行器普遍使用的时代,在城市范围之内也完全不可能允许驾驶飞行器飞行。

他又沉浸在那个熟悉的梦里了。他想象自己是天空的主人,世界展现在他的下方,邀请他到想去的地方旅行。那不是他所看到的他自己时代的世界,而是业已失去了的黎明时代的世界——一幅由郁郁葱葱、生机盎然的山峦、湖泊和森林构成的全景画。他能感觉到对自己那些未知祖先的强烈嫉妒,他们自由自在地在地球上到处飞翔,但也是他们摧毁了地球的美丽。

这种使心灵沉醉的白日梦毫无用处……他奋力挣脱,想回到现在,回到眼下的问题上。假如天空不可企及,陆上的通路又被堵死,那该怎么办呢?

他又一次处于这样的状况:他需要帮助,凭他自己的努力无法再取得进展了。他不愿承认这个事实,但他是诚实的,没法否认它。他又自然而然地想到了基特隆。

阿尔文永远无法判断,他对那位杰斯特究竟是喜欢还是不喜欢。阿尔文很高兴他们见了面,他感激基特隆对他的探求给予的帮助和不动声色的同情。在迪阿斯巴,像基特隆这样的人没有第二个了,然而,此人性格中具有某种使他不快的东西,也许是基特隆带有嘲讽意味的超脱神情。阿尔文有时会产生这种印象:基特隆在暗暗嘲笑自己的一切努力,即使他看似竭力给予了帮助。由于这一点,也由于自己的固执己见和独立不羁,阿尔文非到万不得已之时,是不大愿意去接近那位杰斯特的。

他们约定在离市议会厅不远的一个圆形小庭院内见面。城里这种僻静去处多得是,也许只与熙来攘往的通衢大道相去不远,但是却完全与之隔绝。通常,有些地方只能绕好几个圈子后才能到达;有些地方则处于巧妙设计出来的迷宫中心,更加幽僻。基特隆选择这种地方约会,是他的典型做法。

那个庭院宽约五十步,实际上位于一座大建筑物深处。但是,它看上去好像并没有明确的实体界限,而是被一种透明发光的蓝绿色材料团团围住。庭院内低低的墙垣高不及腰,间或开着可以让人通过的口子,其巧妙的布局给人以安全幽闭的印象。没有这种幽闭,就没有一个迪阿斯巴人会感觉到幸福。

阿尔文来到时,基特隆正在察看其中一道墙。墙上铺着彩色瓷砖,组成一幅复杂得令阿尔文几乎看不懂的镶嵌图案。

"看看这幅镶嵌图案,阿尔文,"那位杰斯特说,"你注意到它有什么奇特之处吗?"

"没有,"阿尔文仔细端详了一会儿后说,"我不喜欢这幅图案。不过那上面也没有什么奇特的东西啊。"

基特隆的手指划过彩色瓷砖。"你的眼力不是很好,"他说,"看看这些边缘——看到它们变圆变柔和了吗? 在迪阿斯巴,这是很罕见的现象,阿尔文。这是磨损——物质被时间侵蚀。我还记得这幅图案崭新时的模样,那时我在上一世,也就是八千年之前。要是我从现在起再过十二世回到这个地方,这些瓷砖就将通通销蚀。"

"我看不出这事有什么值得大惊小怪的。"阿尔文回答道,"城里有些艺术品也是这样——说它好吧,已经不值得保存在记忆库里;说它坏吧,却还舍不得马上销毁。我想,有朝一日,会有某个更出色的艺术家来到世上,他的作品是绝对不会磨损的。"

"我认识设计这道墙的人。"基特隆说,他的手指仍在镶嵌图案上摸索,"奇怪的是,我能回忆起那件事,却想不起那个人了。我可能不喜欢他,所以我准是将他从我脑中抹掉了。"他发出一声短促的笑声,"也许是我自己设计了它。有段时间我曾是个艺术家,当城市拒绝让这道墙永存时,我十分生气,于是我决定忘却整件事。你瞧,我知道那一块就要松动啦!"他设法抠出一小块金色的瓷砖,非常高兴自己搞了个小破坏。他把碎片扔在地上,又说:"这一下,维修机器人就得干点什么啦!"

阿尔文知道,基特隆是在教他什么。这是直觉告诉他的。直觉不受纯逻辑思维的影响。他看看落在脚旁的金色碎片,竭力想以某种方式将它和此时压在心头的那个问题联系起来。

一旦他认识到答案是存在的,找到它就不难了。

"我明白你想要告诉我什么了。"他对基特隆说,"在迪阿斯巴,有些东西并不保存在记忆库里,所以我永远不可能通过市议会厅的监控器找到它们。如果到监控器那儿,将焦点对准这个庭院,我不会看到我们面前这堵墙的踪迹。"

"我想你可能会找到这堵墙,但墙上不会有镶嵌图案。"

"是的,这我明白。"阿尔文说,不愿在文字上吹毛求疵,"同样,城市里也可能存在着这样一些部分,它们从未被保存在记忆库里,也从未被完全磨损掉。不过,我确实不明白这对我究竟会有什么帮助。我知道城市外墙是存在的——那墙上没有口子。"

"也许没有出城的路,"基特隆答道,"我做不了任何许诺。可是,我想监控器还是能教给我们许多许多东西——若中央计算机允许的话。看来它对你是很有好感的。"

阿尔文在他们去市议会厅的路上反复琢磨最后那句话。他一直以为他完全是靠基特隆的影响力才接近监控器的,而从未想到这可能是靠他自己的某种内在品质才办到的。做一个特异人有许多不利之处,该得到些补偿才合理。

毫无变化的城市影像仍然占据着阿尔文曾长期滞留的那个房间。此时,他对它有了新的认识:他在这儿看到的一切都是存在的,但迪阿斯巴的一切却未必都在这儿得到了显现。不过,可以肯定,不显现的地方必定都无足轻重,而且很难被察觉。

"我多年前就想做这件事了,"基特隆说着在控制台前坐了下来,"但控制装置锁着,我打不开。也许现在它们会听我的话了。"

基特隆慢慢地想起遗忘已久的技能,他的指尖在控制台上移动起来,直到控制面板中那个敏感的坐标格网的节点上才停住了。

"我想这样做就对了，"他最后说，"我的判断马上就能得到验证。"

屏幕发出亮光，但出现的并不是阿尔文所期望的图像，而是一条有点令人困惑的提示：

设定速率后，回倒即开始。

"我真蠢，"基特隆嘀咕道，"样样东西都搞对了，却把最重要的东西给忘了。"他自信地敲击着键盘，等那条信息从屏幕上消失后，他在座位里转过身来，想看看那座复制出来的城市。

"瞧这个，阿尔文，"他说，"我看我们俩要了解到迪阿斯巴的一些新东西啦。"

阿尔文耐心地等待着，但什么也没有发生。城市影像浮现在他们眼前，那些熟稔的奇观美景尽收眼底。他正想问基特隆自己该往哪儿看，一个转瞬即逝的东西引起了他的注意，他赶快转过头来。那只是亮光或火花的偶现，他转过来迟了，没看见那是什么东西发出来的。什么都没有改变，迪阿斯巴还是他一直所知的老样子。接着，他看到基特隆正带着讥嘲的微笑望着他，于是他再次看向那座城市。这次，变化是在他眼前发生的。

公园边缘的一座建筑突然不见了，另一座设计大不一样的建筑立即取代了它。置换发生在刹那之间，只要阿尔文眨一眨眼，他就不会看到了。他惊奇地瞪眼看着业已发生细微变化的城市，震惊之余也在寻找答案。他回想起出现在监控器屏幕上的那些字——回倒即开始——立即明白发生了什么事了。

"那是几千年前城市的模样，"他对基特隆说，"我们是在溯时间之流而上。"

"这么说很富于诗情画意,但并不精确。"那位杰斯特答道,"实际发生的情况是,监控器正在回忆早些时候的城市景象。模式一旦做出变动,记忆库并非简单被清空;储存在记忆库中的信息被转移至辅助储存器,以便在需要时加以回忆。我将监控器回倒那些辅助储存器的速率设定为每秒一千年。我们现在所看的已经是五十万年前的迪阿斯巴了。我们必须继续回倒至更远的年代,才能看出真正的变化——我来增大速率。"

他重新转过身子,面对控制台。他刚一增大速率,不是一幢建筑,而是一整条街区就从眼前被抹去,并为一座巨大的椭圆形露天竞技场所取代。

"啊,竞技场!"基特隆说,"我还记得,我们决定拆除它时还发生过一阵混乱呢。这座竞技场从未使用过,可许多人却很喜欢它。"

监控器此时以更大的速率唤醒它的记忆,迪阿斯巴的影像以每分钟数百万年的速度向过去回倒,变化之快令人眼花缭乱。阿尔文注意到城市的改变好像是一个阶段一个阶段地呈现出来的,在长时间的平静后,会突然出现一连串飞速重建,接着便又是另一次停顿。迪阿斯巴就像个活的有机体,必须经历一次次爆发式的增长才能不断获得力量。

尽管发生了所有这些变化,但城市的基本设计并没有改变。建筑拆了又建,但街道的式样看起来是永久固定的,而且那个公园始终作为迪阿斯巴的绿色心脏而存在。阿尔文感到奇怪,不知监控器能倒多远。它能倒到城市创建之时,并穿过那道将已知历史和黎明时代的神话传说分开的帷幔吗?

他们已经进入了五亿年前。在迪阿斯巴城墙外面,在监控器的记忆之外,那将是一个不一样的地球。也许会有海洋和森林,甚至还有人类在撤回最后家园的漫长过程中尚未被抛弃的别的城市。

时间在一分钟一分钟流逝,在监控器的小宇宙里,每一分钟都是一段极为漫长的时期。阿尔文想,回倒终会到头的。虽然他很想看到这一刻的到来,但他还是不明白,这对他逃出城市能有什么帮助。

突然,迪阿斯巴大幅缩小,公园不见了,巨大城堡的界墙霎时消失了踪影。这座城市朝世界开放,向四面辐射的道路毫无障碍地延伸至监控器图像的边缘。这是人类世界发生翻天覆地的变化之前迪阿斯巴的模样。

"我们不能再继续倒下去了。"基特隆指着监控器屏幕说。屏幕上出现了这样的字样:回倒终止。"这必定是保存在记忆单元中城市的最早景象。我怀疑在此之前不存在记忆库。那时的建筑物是会被自然销蚀掉的。"

阿尔文对着这座古代城市模型瞪目看了许久。他想到那些道路所曾有过的川流不息的景象,人们自由自在地来来往往,去世界上任何想去的地方——而且还到别的世界去。那些人就是他的祖先……他觉得,与眼下和他共同生活的那些人相比,自己与他们更亲近。他希望自己能看到他们,并和他们思想相通,像他们一样在距今十亿年前的那个迪阿斯巴的街道上穿行。但是,那时的祖先不可能是快乐的,因为他们必定生活在入侵者的阴影之下。再过几个世纪,他们就得转过脸来,背向他们赢得的荣光,并建起一堵抵制宇宙的墙。

基特隆操纵监控器,在造成这一转变的短暂历史时期的前后反复来回了十多次。从一个开放小城市变成一个大得多的封闭城市,花了一千多年时间。那些忠心耿耿为迪阿斯巴服务的机器,必定是在那段时间里设计并建造起来的,记忆库也是在那时形成的。所有现在活着的人的基本模式也被输进了记忆库,于是,当适当的脉冲将他们再次唤醒时,他们就能被赋予形体,获得再生,走出创造大厅。阿尔文意识到,就某种意义而言,他必定在古代世界存在过。当然,他也可能完全是人造的——他整个人的所有一切是由那些艺术家兼技师设计出来的——他们为了实现某个清晰的目标,使用难以置信的复杂工具创造了他。但是,他认为自己更可能是曾经生活和行走在地球上的人。

当新城市被创造出来时,老迪阿斯巴所留下来的东西就极少了。随着那个公园的出现,老城市的遗迹几乎荡然无存。转变之前,在迪阿斯巴中心有一块绿草覆盖的小空地。后来那块空地扩大了十倍,周围的街道和建筑都被清除掉了。雅兰·蔡墓就是这时建起来的,它取代了原先矗立在所有街道交会点的一座很大的圆形建筑。阿尔文从来没有真正相信过"那座墓是古迹"这一传说,但现在看来,传说是正确的。

"我看,"阿尔文突然灵机一动,"我们可以研究一下这个图像,就像研究现在的迪阿斯巴的图像那样。"

基特隆的手指掠过监控控制台,屏幕做出了反应。阿尔文的视线沿着古怪的狭窄街道移动,那座消失已久的城市开始在他眼前放大。对最初的迪阿斯巴的记忆仍然清晰。数十亿年间,记忆库将它保存下来,等待有人再次将它唤醒。

他不知道自己可以从中学到些什么,能否有助于自己的探索。但这无所谓。看到过去,看到人类仍在群星中遨游的那个时代的情景,这本身就够令人心醉神迷的了。他指着矗立于城市心脏的那座低低的圆形建筑。

"让我们从那儿开始吧。"他对基特隆说。

也许纯粹是运气,也许是基于某种逻辑,反正都一样——他迟早会来到这个辐射式街道的会合之处。

他花了十分钟才发现,那些街道并不是单单为了对称才会合于此的。他长久以来的探寻终于得到了回报。

九

阿莉丝特拉发现,跟着阿尔文和基特隆而不让他们察觉,这非常容易。他们好像匆忙得不得了——这本身就是件非同寻常的事——从不回头看。她躲在人群中,但始终使他们保持在视野之内,沿着自动路跟踪他们,这简直就是在玩游戏。到最后,他们的目的地就显而易见了。当他们离开图案般排列的街道、进入公园时,他们就只能走向雅兰·蔡墓。公园里没有其他建筑,而阿尔文和基特隆也不会对欣赏风景感兴趣。

因为在离墓最后几百码①内无法藏身,阿莉丝特拉只好等到基特隆和阿尔文走进大理石砌成的阴暗墓室才出来。他们刚从视野中消失,她就赶快跑上那片绿草覆盖的斜坡。她可以在一根巨柱后面躲足够长的时间,以观察阿尔文和基特隆究竟在干什么。此后要是他们发现了她,那也无关紧要了。

墓由圆柱排列的两个同心圆构成,中间是一个圆形庭院。那些圆柱几乎将庭院完全遮蔽,只留下一个小缺口。阿莉丝特拉没有从这口子进去,而是从侧面进了墓。她小心翼翼地过了第一个圆柱圈,看到没人就踮着足尖向第二个圈走去。透过圆

①1码约等于0.9144米

柱间隙,她可以看到雅兰·蔡的雕像,雅兰·蔡的目光越过他所建造的公园,投向公园之外的城市。在以往无数个世代里,他就这样望着这座城市。

在这座孤寂的大理石建筑里,没有一个人。墓里空空荡荡的。

此时,阿尔文和基特隆正在地下一百英尺处一口箱子似的小房间里,房间的四壁似乎在平稳地向上滚动。那是显示他们处在运动之中的唯一标志,就连能表明他们正在快速向地底沉降的些微震动都没有。即便在此时,他们俩谁也不知道,他们的目的地究竟是哪儿。

事情进展之顺利,简直到了不合常理的程度,因为路已经给他们准备好了(是谁?阿尔文有点纳闷儿。是中央计算机?抑或是雅兰·蔡本人?在他改造这座城市的时候就准备好的?)。当时,监控器屏幕显示了那条插进地下深处的竖直井道,但他们只循着井道看了一小段,图像就消失了。阿尔文知道,这意味着监控器里没有他们所探寻的信息,也许从未有过。

他心里刚生出这个想法,屏幕又一次显像了。这回屏幕上出现了一条简单的信息:

站在塑像凝视之处——切记:
迪阿斯巴并非总是这样。

最后一行字字体较大,整条信息的含意阿尔文一望即知。在心里说出密码以开门或启动机器,这个办法已用了几个世代。至于"站在塑像凝视之处"——那真是太简单了。

"我想知道有多少人念过这条信息?"阿尔文说。

"十四个,就我所知,"基特隆答道,"可能还有其他人。"他没有对这句颇为难解的话作详细说明。阿尔文急急忙忙要去公园,顾不上进一步向他提问。

他们没法肯定那机关仍然有效。他们来到墓室,不一会儿,就在所有石板中找到了雅兰·蔡凝视的那一块。乍看之下,那座塑像好像是在看着远处的城市;但假如站在它正前方的近处,就可以发现那双眼睛是向下看的,那难以捉摸的微笑正对着墓室大门里的一个地方。一旦识破这个秘密,一切就豁然开朗。阿尔文移到与雅兰·蔡凝视的石板相连的那块石板上,他发现雅兰·蔡就不再朝他看了。

他回到基特隆身边,杰斯特说:"迪阿斯巴并非总是这样。"那些待命的机器立即做出了反应,仿佛自它们最后一次运转以来,业已流逝的数百万年压根儿没有存在过似的。他们所站的那块大石板开始载着他们平稳地进入地下深处。

井壁在他们身边无声地滑过,阿尔文和基特隆两人谁也不说话,基特隆又一次和自己的良心搏斗,心想,这次他是不是走得太远了。他无法想象此行会通向何方。他开始理解恐惧的真实含意了,这是他有生以来第一次体验到。

阿尔文并不害怕,他太激动了。他在洛伦尼堡观看外面那片杳无人迹的沙漠和遍布夜空的星星时,已经体验过这种感觉。那时,他只是定睛看着未知世界而已,而此时他却正被送到那儿去。

身旁的井壁不再滑动。他们所处的那个神秘的活动房间的一侧出现了一块光亮,它越来越亮,越来越亮,突然就现出了一扇门。他们跨过门，沿着门后的短道走了几步——接着便站立在一个巨大的圆形洞穴之中，洞壁在他们头顶上方三百英尺处会聚成一道弯弯的弧线。

那条他们从中下落的圆柱看上去太纤细了，似乎难以支撑上面数百万吨的岩石；说实在的，它好像根本不是这间洞室的组成部分。基特隆也得出了同样的结论。

"这根圆柱，"他颇为急切地说，仿佛渴望找话说似的，"只是为了容纳送我们下来的那个井道才建起来的。在迪阿斯巴仍向世界开放的时候，它绝对无法输送从这儿过往的行人。行人走的是那边那些隧道，我想你认得出那些是什么吧？"

阿尔文朝一百多码外的洞室墙壁看去。墙上每隔一段相等的距离，就有一条大隧道穿墙而出，总共十二条，朝各个方向辐射，跟现在城市中呈辐射状的自动路一模一样。他可以看出，隧道微微向上倾斜，现在他认出了熟悉的灰色自动路路面。这些隧道连接着自动路，而自动路上能活动的部分在这里凝结了，不能再动了。公园建成时，自动路体系的中心被埋到地下，但是它从未被摧毁。

阿尔文开始朝最近的隧道走去。他只走了几步，就意识到脚下的地面变成透明的了。再走上几码，他好像站在没有可见托举物的半空中。他停步瞪目看着下面的虚空。

"基特隆！"他叫道，"来看这个啊！"

基特隆来到他身边，他们一起凝视着脚下的奇异景象。在无法确定距离的下方，依稀可见铺陈着一幅巨大的地图——一张由无数线条构成的巨网，线条会聚在中央井道下方的一点。他们默默盯着它看了一会儿，接着基特隆平静地说："你看出这是什么了吧？"

"我想我看出来了,"阿尔文答道,"这是一幅交通系统图,那些小圆圈儿必定是地球的其他城市。我只能看见圆圈边上有名称,可是太模糊,认不出来。"

"以前地图必定是能自己发光的。"基特隆心不在焉地说。他的眼睛正循着脚下那些线往洞壁看去。

"我看出来啦!"他突然大声喊道,"你看到这些辐射线是通向那些小隧道的吗?"

阿尔文注意到,在自动路巨大的拱洞边上有无数通往洞室外的小隧道——朝下倾斜而不是朝上。

基特隆不等答话就继续说:

"整个体系十分简单——人们从自动路下来,选择想去的地方,然后就按照地图上的合适路线走。"

"在此之后呢?"阿尔文问。基特隆默不作声,继续探寻着那些下行隧道的奥秘。下行隧道共有三四十条,看上去全都一个样。唯有地图上的名称使人能识别它们,那些名称现在已经模糊不清了。

阿尔文绕到中央圆柱的另一头。不一会儿,基特隆听到他的声音,微微发闷,而且与洞室四壁传回的声音重叠在一起。

"看到什么了?"基特隆大声说,他不想挪动。因为他就要看清一组隐约可见的文字了。但阿尔文的声音持续传来,于是他向阿尔文走去。

在中央圆柱另一端的下方,是那幅大地图的另一半。但这边的线条并不是全都模糊不清,其中有一条线——唯一的一条——十分明亮。这条线好像跟该系统其余的线并不相连,就像一支闪闪发光的箭射向一条下行隧道。在靠近终点处,那条线穿过一个金色的光圈,光圈里有两个字:利斯。别的什么也没有。

阿尔文和基特隆站着，朝下面那个标志凝视了很长时间。对基特隆来说，这是一个他知道自己永远无法接受的挑战——说实话，他宁愿那东西不存在。但对阿尔文而言，它意味着他所有的梦的实现。虽然"利斯"两字在他看来毫无意思，但他嘴里还是不断念叨着它，品味着它的发音，仿佛它具有某种奇妙的味道似的。血液在他的血管里沸腾，他的脸颊泛起灼热的红潮。他瞪大眼睛环顾这个巨大的中心，竭力想象它在空中交通业已停止，但地球上的各城市间仍然有交往的古老时代的模样。他想起业已逝去的无数个百万年，随着交通不断萎缩，那幅巨大地图上的亮光一处接一处熄灭，直到最后只留下这唯一一条线。他寻思，在雅兰·蔡封掉自动路，关闭迪阿斯巴，使之与世界隔绝之前，那条线在它黯淡了的同伴们中间闪闪发亮，等着指引从未到过这里的人们，究竟等了有多久呢？

那是十亿年之前。即使在那时，利斯必定已和迪阿斯巴失去了联系。看来它不可能幸存……不管怎么说，那幅地图现在已毫无意义了。

基特隆突然从出神状态惊醒过来。他似乎很紧张，而且很不自在，压根儿不像一个自负而自信的人。在上面的城市里，他一直是自负而自信的。

"我认为现在我们不该再往前走了，"他说，"在……在我们做好更充分的准备之前，再往前走可能不安全。"

尽管这话说得有道理，阿尔文还是从基特隆的声音里听出了恐惧。但阿尔文决定继续干下去。已经做出了这么多努力，在目标可能就要出现在眼前的时候却转身后退，这未免太傻了。

"我要下那条隧道，"阿尔文执拗地说，仿佛在向基特隆挑战，"我要看看它通到何处。"他毅然拔脚便走，那位杰斯特犹豫片刻之后,也循着那支在他们脚下燃烧的光箭跟他一起走了。

跨进隧道时,他们感觉到蠕动场的熟悉的牵引力,一会儿之后他俩被盒内就被毫不费力地送到地下深处。这一过程持续了不到一分钟,蠕动场释放他们时,他们正站立在一个形似半个圆筒的狭长房间的一端。在房间远端,两条被黯淡的光照亮的隧道朝更远处延伸开去。

对黎明时代的人来说,这里的事物完全是熟悉的,然而对阿尔文和基特隆来说,这儿却是另一个世界。像火箭般对准远端隧道的那台长长的流线型机器,其用途阿尔文已大致猜出,但它仍然令阿尔文感到新奇。它的上部是透明的,透过外壁往里看,阿尔文能够看到一排排装饰豪华的座椅。机器身上根本看不出大门在哪里,整台机器在一根伸展至远处、消失在一条隧道里的金属杆上方约一英尺高度悬空飘浮,几码之外的另一根金属杆通向第二条隧道,但没有机器飘浮其上。阿尔文知道——就像有人告诉过他一样——在遥远而未知的利斯城地下的什么地方,第二台机器正在另一个类似的洞穴里等待着。

基特隆开始说话,语速非常快:

"多么奇特的交通系统啊!这东西一次只能运送一百人,所以不可能有很大的交通量。要是天空还开放着的话,为何要不厌其烦地在地下建造这样的交通系统呢?也许入侵者不许人类飞行,虽然我觉得难以置信。这也许是在人类退守地球后建造的,那时人类仍然可以进行旅行,但不希望会有什么东西使他们想起太空。这种交通系统令他们可以从一个城市去另一个城市,并且永远看不见天空和星星。"他发出一声神经质的笑声,"我觉得有一件事是确定无疑的,阿尔文。利斯存在时,它跟迪阿斯巴非常相像。所有的城市大体上必定是相同的。怪不得它们最终全都被抛弃,并入了迪阿斯巴。有一个城市已经足够了,要那么多做什么?"

阿尔文几乎没听基特隆说的话。他正忙着仔细察看那台长长的流线型机器,竭力想找到那上面的门。要是那台机器是由语言密码指令控制的话,那他就可能永远没法使它听从命令了。在他的余生中,它将始终是一个使人发疯的谜。

阿尔文全然没有注意到那扇无声无息打开的门。没有声音,事先没有发出任何信号,一部分舱壁就不见了,设计得非常漂亮的内舱展现在他的眼前。

这是做出选择的时刻。这一刻之前,若他想后退,他就能转身后退。但要是他跨进了那扇欢迎他的门,他知道会发生什么情况,虽然他不清楚它将把他送往何处。他将再也不能控制自己的命运,而是将自己置于未知力量的掌握之中。

他几乎没有犹豫。他害怕迟疑不决,害怕要是他拖得太久,这个时刻就永远不会再来——即使它能再来,他也可能不会像现在这样有勇气了。基特隆张开嘴巴,急于表示反对,但他还没来得及说出话,阿尔文就一脚跨进了门。他转身面对基特隆,基特隆站在那儿,紧张的沉默持续了片刻,他们都在等待对方说话。

只见一道半透明的东西微微一闪,那台机器的外壁又闭合了。阿尔文正举手挥别,长长的火箭就开动前行了。还未进入隧道,它的行驶速度就已经超过了人的最快奔跑速度。

曾经有过这么一段时间,数以百万计的人每天都在与此基本相同的机器里作这样的旅行,穿梭往来于家庭和单调乏味的工作地之间。曾经有那么一个时代,人类探索了宇宙,最终又返回地球——赢得了一个帝国,然后又被从自己手中夺走。现在,他又坐在这样一台机器里进行旅行。这是十亿年间，人类所进行的最重要的旅行。

阿莉丝特拉在墓室里找了十多次，尽管找一次就足够了，因为这里可以藏人的地方一处也没有。在最初的震惊之余，她想，莫非自己跟着穿过公园的那两个人压根儿不是阿尔文和基特隆，而只是他们的投影。但是那讲不通——投影可在人所想去的任何地方显现，用不着劳神费力自己跑到那儿去。没有一个头脑健全的人会让自己的投影"行走"两英里，花半个小时到达目的地，他可以即刻出现在那儿的。不对，她跟着进入墓室的那两个人肯定是真实的阿尔文和真实的基特隆。

那么，在某个地方必定有秘密进出口。她可以趁着等他们回来这段时间找一找。

基特隆从塑像对面现身时，她正在观察塑像背后的圆柱。她听见他的脚步声，向他转过身来，一下就看出只有他一人。

"阿尔文在哪儿?"她大叫起来。

杰斯特过了一会儿才回答。他显得心神不定、疑惑不决，阿莉丝特拉不得不再次问他，他这才注意到她。发现她在这儿，他好像毫不惊讶。

"我不知道他在哪儿，"他最后答道，"我只能告诉你，他此时是在去利斯的路上。现在你所知道的已经和我一样多了。"

以表面意义来理解基特隆的话，那可绝不是明智的。但是这一次，阿莉丝特拉无须进一步确认就知道，这位杰斯特今天并没有开玩笑。他告诉她的是实话——无论这意味着什么。

十

　　门在他身后关上了，阿尔文一屁股跌坐进离得最近的座位。他的两条腿好像一下子没了一点力气：他终于体验到盘旋在他所有同胞心头的那种对于未知世界的恐惧了，而这是他以前从未体验过的。他觉得自己四肢颤抖，眼前就像是蒙了雾似的一片模糊。要是他能从这台不断加速的机器里逃出去，他一定会拔腿逃走，即使把自己的所有梦想全都抛弃也在所不惜。

　　压倒他的不单是恐惧，还有一种难以言表的孤独。他所知所爱的一切都在迪阿斯巴，就算此行并无危险，也有可能永远看不到他的世界了。他现在认识到永远离开自己的家意味着什么，而在许多世代里，这一点已无人明白。在这个孤寂的时刻，他所走的路究竟通向危险还是安全，这对他似乎已无关紧要；此时，对他重要的只是：这条路正带着他远离家园。

　　这种情绪慢慢退去，浓重的阴影从他心头消散，他开始观察自己的周围，看能从那辆令人难以置信的古代车辆上了解到什么。隔了这么长的时间，这个被埋于地下的交通体系仍然运行完好，这一点并没有让阿尔文感到特别奇怪或惊异。它并没有保存在迪阿斯巴的监控器的记忆库里，但是别的地方必定有类似的记忆库在保护着它,使之不发生改变或朽坏。

他第一次注意到构成前壁一部分的那块显示板。那上面显示出一个简单却令人信心大增的提示:

利　斯

35分

就在他看的时候,那个数字变成了"34"。那至少是一条有用的信息,但由于他不知道那台机器的速度,所以他没法由数字推知旅程的长度。隧道壁呈现出一片连续不断的模糊灰色,唯一的动感是一种极为微弱的震动,若他不留神辨别,就绝不会察觉。

眼下,迪阿斯巴必定在许多英里之外,在他上方想必是沙丘连绵的沙漠。也许,此时此刻,他正在那片自己常从洛伦尼堡上眺望的起伏岗峦之下疾驰呢。

他的想象朝着利斯疾速飞去,仿佛急于要在他的身体抵达之前到达似的。那是个怎样的城市呢?不管他费多大劲儿去想,他所能想象出来的画面只是迪阿斯巴的一个小号的翻版而已。他对利斯究竟是否仍然存在深表怀疑,继而他宽心地想,要是不存在的话,这台机器就不会载着他在地下疾速穿行了。

脚下的震动蓦地出现了明显的变化。车子在放慢速度——这一点是确定无疑的。时间必定过得比他想象的快,阿尔文有点吃惊,他朝显示板瞧了一眼。

利　斯

23分

他觉得困惑,又有点担心,他把面孔紧贴在那台机器的侧面。高速行驶仍然使隧道壁模糊成一片毫无特征的灰色,但现在他不时能够瞥见一些标记,它们在眼前一闪而过,转瞬即逝。

接着,在事先没有任何提示的情况下,两边的隧道壁突然一下子不见了。机器以极高的速度驶过一片巨大而空旷的空间。

阿尔文惊奇地透过透明舱壁窥望。蓝色的光洪水般从天花板上倾注而下,在强光照射下,他勉强可以辨认出那些巨型机器的轮廓。灯光明亮得灼痛眼睛,阿尔文猜这里是车站。不一会儿,他乘的那辆车闪电般驶过一排又一排一动不动躺在导轨之上的圆筒。它们比他所乘的这辆车大得多,阿尔文猜想它们是用来运货的。在它们四周全是不知做什么用的机械。

这个开阔而阒寂的车站迅速消失在他身后。它在阿尔文心里留下了畏惧之感,他第一次真正明白迪阿斯巴下面那幅巨大晦暗的地图的含意了。世界比他想象的更奇妙。

阿尔文又瞧了一眼显示板,显示的数字没变。机器再次加速,尽管看似纹丝不动,可两边隧道壁正以难以估算的速度飞掠而过。

到那种微弱的震动再次传来时,时间似乎已过了一个世代。现在显示板显示:

利 斯

1分

这是阿尔文有生以来所经历的最长的一分钟。机器行驶得越来越慢。它终于要停下来了。

那个长长的圆筒平稳而无声地滑出隧道,驶进一个差不多比迪阿斯巴下面那个洞穴大一倍的洞穴。阿尔文太激动了,一时间竟看不清楚任何东西;当他意识到自己可以离开那辆车时,车门已经开了很长一段时间。他忙不迭地走出那台机器,朝显示板瞧了最后一眼,上面显示的文字已经改变,其内容令人无限欣慰:

迪阿斯巴

35分

他开始寻找出站的路。此时阿尔文第一次发现,有迹象表明他可能处在一个不同于迪阿斯巴的文明之中。在洞穴一端有一条低矮而宽阔的隧道,里面是一道台阶,显然那就是通向地面的路。这样的构造在迪阿斯巴是极为稀罕的,迪阿斯巴城的建造者们在一切高度有变化的地方都建了坡道。这是从大多数机器人靠轮子走动那个时代沿用而来的,台阶是轮子不可跨越的障碍。

那道台阶很短,尽头有门,阿尔文刚走近,门就自动打开了。他走进一个小房间,几分钟后,门又开了,眼前出现一条走道,走道缓缓升高,通向一座拱门。阿尔文知道自己必定已经上升好几百英尺了。他匆匆走上斜坡,进入前面那片阳光灿烂的空地。他急于观看展现在眼前的景象,早把所有的恐惧全都抛到爪哇国去了。

他站在一座小山的崖顶,刹那间,他好像又来到了迪阿斯巴的中央公园。但假如这果真是个公园的话,那它未免太大。他没有看到他所期望看到的城市。目力所及,尽是森林和绿草覆盖的平原。

接着,阿尔文举目向地平线眺望,一道巨大的弧形石头界线自右至左将世界团团围住。与那些石头相比,迪阿斯巴最孔武有力的巨人都成了侏儒。那道界线非常远,其细部模糊不清,但它的轮廓有些令他迷惑不解。他的眼睛最终习惯了那片辽阔的风景,他知道那些遥远的石壁并不是人类建造的。

时间没有征服一切,地球仍然拥有她可以为之骄傲的山脉。

阿尔文在隧道口站了好长时间。那一圈山脉能够把十多个迪阿斯巴那么大的城市围在中间。但是,尽管阿尔文竭力搜寻,他却看不到人类生活的一点点踪迹。不过,通到山下的那条路却好像维护得很好。

在山脚下,路消失在几可蔽日的大树之间。阿尔文走进树荫,迎接他的是混合在一起的奇异香味和声音。风吹树叶的沙沙声他以前听过,但是,在那种声音之外,还有一千种他全然陌生的含糊声音。一股从未闻过的气味扑鼻而来,那是连他的种族都没闻过的味道。那种热乎乎的感觉,那种扑面而来的香气和色彩,使他受到强烈的冲击。

他来到湖边。他前面是一大片辽阔的水域,几座小岛点缀其上。阿尔文有生以来从未见过这么多的水,相比之下,迪阿斯巴最大的池塘简直成了小水洼。他慢慢走下去,来到湖的边缘,双手捧起一掬温暖的水,让它从指间滴滴答答漏出去。

阿尔文看到的第一种非人动物,是一条突然用力穿过水下芦苇的巨大银鱼。本来银鱼对他是完全陌生的,但它的形状使他产生了似曾相识之感。它悬于淡绿色的虚空似的水中,鳍快速摆动,犹如力与速度的化身。那些曾经称霸地球天空的飞船的优美线条,在这儿被体现在鱼的曲线中了。进化与科学殊途同归,造物主的作品持续时间更为长久。

阿尔文终于从对湖的迷恋中清醒过来,继续沿着弯弯曲曲的路往前走。森林又一次将他环绕,但很快路就到了尽头,前面是一片宽一英里、长两英里的开阔地——阿尔文这才明白,他为何先前看不到人的踪迹了。

开阔地上到处都是低矮的两层建筑,呈现出柔和的色彩,即便在炫目的阳光下也显得非常悦目。大多数建筑设计简洁洗练,但有几幢使用了凹槽式圆柱和刻有优美回纹的石头,风格略显繁复。在这些年代好像非常久远的建筑里,还使用了极其古老的尖拱设计。

阿尔文一边慢慢走向村子,一边尽力察看新环境。没有一样东西是熟悉的,甚至空气也变了样。个儿高高、满头金发的人们在那些建筑中间走来走去,自然而然地表现出优雅的仪态,很明显他们与迪阿斯巴人不是同一种族。

他们对阿尔文丝毫未加留意,这可怪了,因为他的衣着和他们截然不同。由于迪阿斯巴温度从不改变,所以那里的衣服纯粹是装饰性的,而且往往极为繁复。这儿的衣服好像主要是功能性的,设计注重实用,而且常常将一块料子裹在身上就成了。

阿尔文一直深入到村子里面,利斯人才对他的出现有了反应,而且他们的反应有点出人意料:从一幢屋子里一起出来五个人,胸有成竹地举步朝他走来——说实在的,他们几乎像是在盼着他的来到。阿尔文突然激动得有点头晕,血液在血管里涌动起来。他想到人类在遥远的世界和其他种族必定有过的那些重要相遇。他所遇到的却是自己的同类——但是,在他们与迪阿斯巴相隔绝的亿万年间,他们是如何另成一个分支的呢?

这批代表在离阿尔文几英尺处止了步。他们的头领面带微笑，以古代表示友好的姿势伸出手。

"我们认为最好在这里迎接你，"头领说，"我们的家跟迪阿斯巴大不相同。我们陪你先在村里走一段，可以让你逐渐适应这里。"

阿尔文握住那只伸出的手，但他太吃惊了，一时竟答不出话来。现在他明白，为何其他的村民都对他这么全然不加理会了。

"你们知道我要来？"阿尔文最后说。

"当然。车一开动我们就知道了。请告诉我，你是怎么找到路的？自上次来人到现在，已经过去太长时间了，我们都担心那个秘密失传了呢……"

一个同伴打断了说话者。

"我看我们最好收敛一下好奇心吧，杰拉尼。塞拉尼丝在等呢。"

安在"塞拉尼丝"这个名字之前的那个称呼阿尔文并不熟悉，他以为那是某种头衔。其他的话他也很容易就听懂了，他从未想过这会有什么难处。迪阿斯巴和利斯具有共同的语言遗产，录音这项古代发明很久之前就把语言凝固在一个不可打破的模型之中了。

杰拉尼无可奈何地耸了耸肩。"好啊。"他微微一笑，"塞拉尼丝享有的特权不多，我可不该剥夺她的这一特权。"

他们向村子深处走去，阿尔文仔细观察自己身边那几个人。他们显得和蔼而又聪明，但是，阿尔文一直认为这些美德是人类所必备的，他要寻找的是，这些人在哪些方面与迪阿斯巴的人有所不同。区别是存在的。他们都比阿尔文身材高些，其中两人的年龄大体猜得出来。他们的皮肤呈深棕色，举手投足之间好像都显得热情洋溢,这使阿尔文感到非常振奋,尽管同时也感到有点困惑。他想起基特隆的预言——倘若他有朝一日到利斯,就会发现它跟迪阿斯巴一模一样——不禁莞尔。

现在,村民们怀着毫不掩饰的好奇心望着跟在向导们后面的阿尔文,他们不再假装对他毫不在意了。突然间,右边的树林子里响起一片尖声尖气的高喊,一伙激动的小东西冲出树林,把阿尔文团团围住。阿尔文惊愕万分地停下脚步,简直没法相信自己的眼睛。眼前出现的是在他的世界里很久之前就已经消失的、只存在于神话王国的情景。这些吵吵闹闹、令人心醉神迷的小东西就是人类的孩子。

阿尔文惊奇又疑惑地望着他们——还有另一种感情揪扯着他的心,但那种感情他一时还无法确定。眼前的景象使他强烈地感觉到,他与自己所知的那个世界离得有多么遥远。

那群人在一座巨大的建筑前停了下来。那幢建筑矗立在村子中央,在圆形小塔楼顶的旗杆上,一面绿色的三角旗在微风中飘拂。

杰拉尼进入那幢建筑时,其他人都自动退后。屋里安静而凉爽,阳光穿过透明的墙壁,柔和恬静的光将所有东西照得通亮。地板平滑而有弹性,镶嵌着精美的图案。墙壁上,一位才华横溢、大气磅礴的艺术家绘制了一组森林风景画。与这些画混在一起的还有另外几幅壁画,画的是什么阿尔文一窍不通,但那些画看上去很吸引人,也很悦目。一面墙壁上有一块凹进去的长方形屏幕,上面充满了不断变换的迷离色彩——想必是台视像电话接收器,虽然很小。

他们一起走上一道短短的环状楼梯,出楼梯就上了那幢建筑的屋顶平台。从这儿看下去,整个村子尽收眼底,阿尔文可以看到,村子是由百来幢房子构成的。远处,在树林的环抱中有一片宽阔的草地,几种动物在其上吃草。阿尔文无法想象那些动物是什么,大多数动物是四足兽,但有些好像长着六条甚至八条腿。

塞拉尼丝在塔楼阴影里等着他,阿尔文不知道她究竟有多大年龄。她的长长的金发已染上银白,他猜想那必定是某种年龄的标记。孩子们的出现,加上塞拉尼丝的白发,已经把他给搞糊涂了。有生必有死,在利斯,人的寿命可能跟迪阿斯巴大不一样。他分辨不出塞拉尼丝究竟是五十岁还是五百岁,抑或五千岁。但是,看着她那双眼睛,他能感觉到,她阅历丰富,而且十分睿智,就跟他和杰塞拉克在一起时感受到的一样。

她指了指一个座位,虽然她眼睛里含着笑意,可她并没开口,直到阿尔文坐舒服了,她才叹了口气,用低沉优美的声音对阿尔文说起话来:

"利斯很少迎来你这样的访客,所以如果我有唐突之处,还望见谅。不过,来这儿的客人——即便是你这样不期而至的客人,也应获得尊重。在我们谈话之前,有些事情我必须事先跟你说清楚的:我能解读你的心。"

见阿尔文面露惊愕,她莞尔一笑,赶紧又说:"你无须为此担心。没有比心灵隐私权受到更大尊重的权利了。只有获得了你的允许,我才会进入你的内心,但我必须告诉你,我具有这样的能力,否则就对你不公平。这儿不常使用语言,我们觉得用说话来交流比较缓慢和不便。"

阿尔文稍微有点慌张,但并不很吃惊。人和机器人一度也曾拥有这种能力。但是,在迪阿斯巴,人类自身却已经丧失了这种曾经与他们的奴隶共同具有的才能,而机器人仍然能够解读其主人的指令。

"我不知道是什么把你从你的世界带到我们的世界来的，"塞拉尼丝继续说，"但是，若你在寻找生命，那你的寻求业已到头了。在我们的山岭外面，除了迪阿斯巴，就只有沙漠了。"

说来奇怪，阿尔文以前对那些已经被人接受的观点也常要发问，但现在他并不怀疑塞拉尼丝所说的话。他的唯一反应是悲哀，除了这里，迪阿斯巴之外果然都是荒漠。

"请给我说说利斯的情况吧，"他恳求道，"你们为何与迪阿斯巴隔绝了这么久，可你对我们的情况又好像知之甚详？"

见他如此急切，塞拉尼丝笑了起来。

"我很快就会告诉你，"她说，"不过我首先想了解一些你的情况。请告诉我你是怎么找到来这儿的路的，以及你为何要来？"

阿尔文先是语塞，然后信心渐增，慢慢讲出了自己来这儿的经过。他以前从来没有这么尽兴地说过话，他终于在这儿遇到了不会嘲笑他的梦想的人，这些人似乎知道那些梦想并不是虚妄的。当他说到迪阿斯巴的一些为塞拉尼丝所不熟悉的情况时，她有一两次打断了他，向他提问。阿尔文很难认识到这一点：那些是他日常生活组成部分的事，对从未在迪阿斯巴生活过、对它的复杂文化和社会结构一无所知的人而言，是完全无法理解的。塞拉尼丝倾听着，他满心以为她是听得明白的；但没过多久，他就意识到，除了她，还有另外许多人在听他说话。

他的话说完了，全场静默了一会儿。然后，塞拉尼丝看着他平静地说："你为何到利斯来呢？"

阿尔文惊讶地瞟了她一眼。

"我已经给你说过了，"他说，"我想要探察世界。人人都对我说,在迪阿斯巴城外面只有沙漠,可我得亲自看一眼。"

"只有这个理由?"

阿尔文犹豫起来。他忽然觉得自己不再是勇敢的冒险者,而是异世界中迷失的孩子。

"不,"他轻声说,"这不是唯一的理由——虽然我直到此时才知道。我孤独。"

"孤独?在迪阿斯巴?"塞拉尼丝唇边漾起微笑,可眼里却含着同情,阿尔文知道她认可了自己的回答。

他已经讲了自己的故事,他等着她来履行她所做的承诺。片刻之后,塞拉尼丝站了起来,在屋顶来回踱步。

"我知道你想要问的问题,"她说,"有些问题我能回答,不过,用言语来回答令人生厌。要是你愿意向我打开你的心,我就把你需要知道的事情告诉你。你可以信任我——没有你的允许,我不会从你心里拿走什么。"

"你要我做什么?"阿尔文小心翼翼地问。

"心甘情愿接受我的帮助——看着我的眼睛——忘却所有的事。"塞拉尼丝下了命令。

阿尔文根本拿不准接下来会发生什么。他的所有感官全被遮蔽住了,当他往自己心里看时,他想要了解的知识已经在里面了,虽然他压根儿记不起来自己曾花力气学习过这些东西。

他的目光回溯过去,但看不清晰,就像站在高山之巅眺望雾霭朦胧的平原。他了解到人类并不总是居住在城市之中,自机器人使人免于劳作以来,两种不同类型的文明始终是敌对的。在黎明时代,城市成千上万,但大部分人类宁可生活在较小的乡镇。遍布各地的交通网与瞬时可达的通信手段,使他们能与外界进行必要的交流,他们觉得无须和几百万同胞挤在一起生活。

一开始,利斯和其他千百个村落没什么不同。但是,在许多世代里,它逐渐形成了一种独立的文化,那是人类所知的最高文化之一。那种文化主要建立在直接使用心灵的力量基础之上,这就使它与人类社会的其余部分——即变得越来越依靠机器人的那一部分——相分离。

经过漫长的时间,随着它们沿各自不同的道路向前发展,利斯和那些城市之间的鸿沟加宽了。只是在大危机时代,鸿沟两边才得以建立联系。在月亮坠落时,将月亮摧毁的就是利斯的科学家们。保卫地球抗击入侵者时亦然,在沙尔米兰决战中入侵者被打得走投无路。

那场大灾难耗尽了人类的元气,城市一个又一个毁灭,滚滚而来的沙漠覆盖了它们。随着人口剧减,人类开始移民,这才使迪阿斯巴成了所有城市中最后也是最大的一个。

这些变故中的大多数并没有对利斯产生什么影响,但是它有它自己要打的仗——抗击沙漠之战。山脉形成的自然屏障是不够的,直到过了许多世代,这巨大的绿洲才得以形成。到这儿画面模糊了,也许是有意的。阿尔文不知道利斯人究竟做了什么,才使利斯得到了与迪阿斯巴一样漫长的永生。

塞拉尼丝的声音好像是从非常遥远的地方传到他耳朵里的。但是,那并非是她一个人的声音,因为她的声音是和许多说话声融合在一起的,仿佛另外许多人跟她一起在说着话。

"那就是我们的历史,很简单的历史。你可以看到,即便在黎明时代,我们跟城市也很少发生关系,尽管城市里的人经常到我们这片土地上来。我们从不阻挠他们,因为在我们那些最伟大的人中就有许多是从外面来的,但是,在城市行将灭亡时,我们可不愿被卷进去。空中交通终止后,进入利斯的路只剩下以迪阿斯巴为起点的运输系统。在迪阿斯巴建造起公园后，系统中你们那一头就被关闭了——你们忘掉了我们，虽然我们从未忘掉你们。

"迪阿斯巴使我们吃惊。我们以为它会走所有其他城市的路，可是它非但没走，而且还成就了一种稳定的文化，其延续时间可能和地球一样长。这种文化我们并不赞赏，但我们很高兴有人能从迪阿斯巴跑出来。做过这种旅行的人比你想象的多，他们几乎都是杰出的人，他们是带着某些有价值的东西来到利斯的。"

声音消失了。阿尔文的感官麻痹感消退了，他又恢复了自己的本态。他吃惊地看到，太阳已经远远落到树林下面去了，东边的天空也已呈现出夜幕将临的征兆。什么地方的一口巨钟发出洪亮的声音，钟声震荡着渐渐归于寂静，在空气中留下一丝紧张。阿尔文发觉自己在微微颤抖，那倒不是刚开始袭来的夜寒引起的，而是出于对他所了解到的一切的全心敬畏和惊异。时间已经很晚了，他身在离家很远的地方。他突然希望见到他的朋友，希望置身于迪阿斯巴熟悉的事物和场景之中。

"我必须回去了，"他说，"基特隆、我的父母亲，他们会想我的。"

这话并不完全真实。基特隆肯定会惦念他，但是就阿尔文所知，别的人谁也不知道他已经离开迪阿斯巴。他无法解释自己为什么要说这种违心的话，这话一出口，他就有点自感羞耻了。

塞拉尼丝意味深长地看了看他。

"恐怕回去不那么容易。"她说。

"你说什么?"阿尔文问，"送我来这儿的车不能再送我回去吗?"他心里闪过一个念头——他可能被强行扣在利斯——但他拒绝面对这个想法。

塞拉尼丝好像第一次显得稍有点不自在。

"我们谈了你的事。"她说，但并不解释"我们"是谁，也不解释他们是如何在一起商量的。"要是你回去，迪阿斯巴全城就会知道我们的情况。即使你答应守口如瓶，你也会发现要保守我们的秘密是不可能的。"

"你们为何想要保密？"阿尔文问，"要是两地的人再次聚首，这无疑对我们双方都是好事。"

塞拉尼丝露出不悦之色。

"我们并不这么认为，"她说，"大门一打开，我们的土地就会被洪水般涌来的无所事事的好奇者和寻求刺激的人所淹没。但如果保持现在的状态，来到我们这儿的就只有你们之中最优秀的人。"

这一回答中，无意识的优越感溢于言表，但那是建立在武断的假设之上的。

"这话不对，"阿尔文直率地说，"我不相信你会在迪阿斯巴找到另一个能离城的人，即使他想要——即使他知道有什么地方可去。就算我回去了，迪阿斯巴的人也不会来利斯，利斯不会受到任何影响。"

"我的判断不是这样，"塞拉尼丝解释道，"迪阿斯巴的城墙并非牢不可破，我们心灵的力量能轻易穿越它。我们并不想违背你的意愿将你留在此地，只是，如果你要回去，我们就得将你心里对利斯的所有记忆全都抹去。"她迟疑片刻，"这种情况以前从未发生过，先你来此的人全都留下来了。"

这是阿尔文拒绝接受的一个选择。他想对利斯进行探察，了解它的一切秘密，搞清楚它不同于自己家乡的那些方面，但是，他同样坚定地要回迪阿斯巴，以便能向他的朋友们证明，他并不是一个百无聊赖的梦想家。

他意识到，自己必须拖延时间，或者让塞拉尼丝确信，她请他留下来是不可能的。

"基特隆知道我在哪儿，"他说，"你没法消除他的记忆。"

塞拉尼丝微微一笑。那是愉快的微笑，要是在其他情况下，那可能是一个很友好的微笑。但是，在那个微笑背后，阿尔文第一次瞥见，她拥有支配一切的权力。

"你低估我们了，阿尔文，"她答道，"那易如反掌。我到迪阿斯巴比横穿利斯还快。在以前来这儿的人中，有些跟他们在迪阿斯巴的朋友说过他们要去哪儿，但是那些朋友忘掉了他们，他们从迪阿斯巴的历史中消失了踪影。"

阿尔文真蠢，他忽略了这种显而易见的可能性，而现在塞拉尼丝指出了这一点。他寻思，自两种文化分离以来的数百万年里，为了维护他们小心守卫的秘密，从利斯派人到迪阿斯巴去的事曾经有过几次。他还寻思，这些素不相识的人拥有的神通究竟有多广大。

在心里制订计划，这安全吗？塞拉尼丝答应过，没有他的同意，她不会去解读他的心。但是，他觉得对方不守承诺的情况也有发生的可能。

"说真的，"他说，"你不能指望我立即做出决定。在我做出选择之前，我能不能看看你们国家的情况？"

"当然可以。"塞拉尼丝回答，"你想在这儿待多久就可以待多久，若你改了主意，最终也能回迪阿斯巴去。可要是你能在几天内做出决定，那事情就会容易得多。你浪费的时间越长，我们做出必要调整的困难就越大。"

阿尔文想知道她所说的"调整"究竟是什么。也许从利斯派人去和基特隆接触——在那个杰斯特不知不觉的情况下——把他的记忆篡改掉。阿尔文失踪的事实是无法掩盖的,但他和基特隆所发现的信息却是可以去除的。随着世代的流逝,阿尔文的名字会同神秘消失得无影无踪后被遗忘的其他特异人的名字一样,化为乌有。

这儿的奥秘多的是,而他似乎没法破解其中的任何一个。在利斯和迪阿斯巴之间那种奇特关系背后存在某种目的吗?抑或它只是历史的偶然?特异人究竟是何许人?要是利斯的人能够进入迪阿斯巴,那么他们为什么不把留有他们存在线索的记忆库消除掉?只有最后一个问题阿尔文能给出似乎合理的答案——中央计算机可能是个过于强大的对手,没法对付,即使最高级的心灵力量也无法使它受到影响。

他把这些问题搁在一边,有朝一日,当他了解到大量情况时,他就有可能对它们做出解答了。一味苦思冥想,在无知的基础上建造臆测的金字塔,那是懒人的做法。

"好吧。"他不情愿地说,"要是你能让我看看贵地的情况,我就尽快给你答复。"

"很好。"塞拉尼丝说,这次她的微笑中并未隐含威胁,"我们为利斯而骄傲。我们很高兴让你看看,人是能够在没有城市的情况下生活的。同时,你无须担心——你的朋友们并不会因你的失踪而恐慌。我们会确保这一点,这也是为了保护我们自己。"

但塞拉尼丝没能信守她的承诺,这在她有生以来还是第一次。

十一

　　阿莉丝特拉费了不少口舌,还是无法从基特隆口中获得进一步的信息。当那位杰斯特发觉自己孤零零置身于墓穴深处时,他感到极为震惊和恐慌,赶忙飞也似的返回地面。现在他已从这种震惊和恐慌中恢复过来。他对自己的怯懦行为感到羞耻,并怀疑自己是否有勇气回到那个向世界各地辐射的隧道网去。虽然他觉得阿尔文太性急,但他并不相信阿尔文会遇到危险。阿尔文到时候会回来的,基特隆确信这一点,或者说,几乎确信——他心里疑虑重重,这使他觉得需要小心行事。他打定主意,明智的做法是眼下尽可能少说话,让这件事就像开了个玩笑似的过去。但不幸的是,当他回到地面,阿莉丝特拉遇到他时,他未能把自己的感情掩饰好。她看到他眼神中的恐惧,于是立即认为,这意味着阿尔文已处于危险之中。基特隆所说的一切宽心话全部无效。他们一起穿过公园往回走时,她对他越来越愤怒。起先阿莉丝特拉想要留在墓地,等阿尔文莫名其妙地回来,就像他莫名其妙地消失时一样。基特隆想方设法说服她这是浪费时间,直到她跟他回了城才松了口气。阿尔文有可能立刻就回来,而基特隆不希望别人发现雅兰·蔡墓的秘密。

他们回到城里时，基特隆发现他的计谋彻底失败了，形势严重失控。他有生以来第一次束手无策，觉得自己没有能力处理所发生的问题。此前，基特隆从未想过自己行为的后果。他自己的兴趣，以及他对阿尔文的内心渴望所抱有的理解和同情，足以解释他所做的一切。虽然他给过阿尔文鼓励和帮助，可他从不相信阿尔文真的会离开迪阿斯巴。

尽管他们在年龄和阅历方面差距很大，但阿尔文的意志一直比他坚强。现在做出补救为时已晚，基特隆觉得，这件事正朝着完全超出他控制的方向飞速发展。

鉴于此，阿莉丝特拉明显将他视为阿尔文的唆使者，并将所发生的一切归咎于他。这有点不公道。阿莉丝特拉其实并没真的将他视为仇人，但是她很气恼，只好将一部分怒气发泄在基特隆身上。

他们走到围绕公园的环状路，一声不吭地分了手。基特隆望着阿莉丝特拉消失在远处，琢磨着她到底在做什么打算。

现在只有一件事能肯定：在将来相当长的一段时间里，他都会不得安宁。

阿莉丝特拉的行动快速而又明智。她并不急于跟埃里克顿和埃塔尼娅联系，阿尔文的父母是小人物，她觉得他们可亲但不可敬。他们只会在毫无结果的争论中浪费时间，最后所做的将跟阿莉丝特拉此时做的一模一样。

杰塞拉克不带明显感情地听了她的诉说。即使他感到焦虑或惊讶，也将其隐藏得很好——阿莉丝特甚至有点失望了。在她看来，这么离奇、这么重大的事情以前从来没有发生过，杰塞拉克那种不动声色的反应使她感到沮丧。她说完后，他问了她一些话，并且暗示她可能犯了个错。有什么理由认为阿尔文真的离开迪阿斯巴了呢？也许那是个捉弄她的花招，基特隆掺和在里面，大有可能干出这种事来。此时此刻，阿尔文可能正藏身于迪阿斯巴的什么地方笑她呢。

她从杰塞拉克那儿得到的唯一积极反应是，他答应打听打听，一天之内再跟她联系。他劝她，在这段时间里不要担心，而且最好别跟任何人说这件事。没有必要为了一件或许在几小时后就会得到澄清的小事散布惊恐情绪。

阿莉丝特拉带着些许颓丧离开杰塞拉克。要是她能看到他在自己走后立即采取的行动，她就会感到比较满意了。

杰塞拉克在市议会里有朋友，在他漫长的一生中，他自己就曾做过市议会的成员，要是他运气不好的话，他有可能再次当选。他拜访了三位最有影响力的前同事，旁敲侧击地提到了阿尔文失踪一事。作为阿尔文的老师，他不方便明说，对此他很清楚，也懂得如何自我保护。就眼下而论，知道发生了什么事的人越少越好。

他们很快就达成一致：要做的第一件事是跟基特隆联系，要求他做出说明。这个计划只有一个缺点：基特隆料到他们要找他，此时已不知去向。

在塞拉尼丝所统治——虽然用这个字眼来描述她的地位未免太生硬了——的艾尔利小村子里，阿尔文可以自由走动。有时候，在阿尔文看来，她是个仁慈的独裁者，但有些时候，她又好像压根儿没有什么权力。到此时为止，他对利斯的社会制度还完全没法理解，它太简单，抑或太复杂了，所以它所产生的种种现象使他深感莫名其妙。根据他的所见所闻，可以确认的只有一点：利斯被划分成无数村子，其中艾尔利是颇有典型性的。然而,就某种意义而言,"典型"又是不存在的,因为每个村子都尽可能使自己跟邻村不一样。总之,情况扑朔迷离,让人摸不着头脑。

艾尔利尽管很小,村里不到一千人,但却充满了惊奇的事。村里人的生活跟迪阿斯巴的生活迥然不同。差别甚至涉及诸如语言这样的基本层面。只有孩子们是用声音来进行日常交流的,成人几乎从不说话。一段时间之后,阿尔文认定他们说话只是出于对他的礼貌。被困在一张无声且无法探知的语言巨网中,这真是一种令人丧气的奇特经验。但一段时间后,阿尔文就习惯了。有声语言在不再使用的情况下居然完好保存下来,这似乎令人惊诧,但阿尔文后来发现,利斯人非常喜欢唱歌。说真的,他们喜欢一切形式的音乐。没有这种爱好,他们很可能在很久之前就变成十足的哑巴了。

他们总是忙忙碌碌的,所忙的事,或者所忙于处理的问题,通常是阿尔文无法理解的。有时候,阿尔文好像能明白他们在做些什么,但在他看来,他们所做的许多工作似乎都是完全不必要的。比如,他们的食物相当一部分是自然生长而成的,并不是按照许多世代之前所制定的方法合成的。当阿尔文对此发表意见时,他们就耐心地向他解释,利斯人喜欢观察东西生长,喜欢进行复杂的遗传学实验,使之渐渐形成美妙的滋味与香味。艾尔利以出产水果闻名,但是,当阿尔文品尝挑选出来的样品时,他觉得那些水果并不比迪阿斯巴的好吃。在迪阿斯巴,轻而易举就能像变魔术似的把它们变出来。

起先他想利斯人是否已经忘却——或者从来未曾拥有过——他所司空见惯的动力和机器,在迪阿斯巴,所有的生活都是建筑在动力和机器的基础之上的。他很快发现,这里的情况并非如此。利斯人有工具和知识,但只是在非用不可时才用。这方面,最明显的例子就是交通体系——假如它可以用这么一个名字来称呼的话。距离短,他们就步行,他们好像很喜欢步行;要是有急事,或者有少量货物要搬运,他们就用牲口,那些牲口显然就是为了这一目的而培育起来的。驮货的牲口是一种低矮的六腿畜,非常驯良强壮,但智力低下。骑乘的牲口则是完全不同的一种,平常用四条腿走路,但真正快速奔跑时却只用肌肉强劲的后腿。它们几个小时就能横穿整个利斯,骑乘者就坐在被固定于牲口背上的可转动的座位里。阿尔文无论如何也不会冒险去那上面坐坐,尽管这在年轻人中是一项非常流行的运动。他们那些精心养育的千里驹是动物世界的贵族,他们很清楚这一点。他们掌握了相当大的词汇量,阿尔文经常无意中听到他们在一起夸夸其谈,将过去所取得的和未来将要取得的成果神吹一通。当他竭力装出友好的姿态,试图加入谈话时,他们就装出一副听不懂话的样子。要是他坚持,他们就会愤愤地跑开。

这两种牲口足以应付一切日常所需,给主人带来任何机器都无法给予的便利。但是,在需要极快的速度或者要搬运大量货物的时候,他们就会毫不犹豫地使用所拥有的机器。

虽然利斯的动物激起了阿尔文极大的兴趣,使他感到惊奇不已,但最使他着迷的还是处于两个极端年龄段的人:非常年幼的人和非常年老的人——这两种人使他感到同样新奇、惊异。艾尔利最年长的居民刚过百岁,而且顶多只能再活几年。阿尔文心想,当他自己达到那个年龄的时候,身体几乎不会有什么改变,而这位老人的生命活力却几乎已经耗尽,并且他没有一连串来生可以期待、可作补偿。他头发全白,脸上皱纹密布,纵横交错,令阿尔文大感惊讶。坐着晒晒太阳,或者在村子里慢慢行走,和遇到的人无声地打招呼——他的大部分时间似乎就是这样度过的。就阿尔文所见,这老人完全心满意足,不要求更长的寿命,也不因生命结束之日临近而忧伤。

这种处世哲学和迪阿斯巴大相径庭,使阿尔文完全无法理解。活上千年,接着沉睡上千年,然后返回自己曾经参与形成的世界,重新开始生活——既然可以做这种选择,人为何会接受毫无必要的死亡呢? 他决心一得到能直言不讳加以讨论的机会,就要来破解这个奥秘。他很难相信,要是利斯人知道存在其他选择的话,他们还会出于自由意志坚持原来的选择。

他在孩子们中间找到了部分答案,对他来说,那些小家伙就跟利斯的种种动物一样新奇。他跟孩子们一起度过了许多时间,观看他们玩耍,最终被他们当作朋友接受。有时候,他好像觉得他们压根儿不是人类,他们的动机、他们的推理,甚至他们的语言,都是那么不可思议。他难以置信地看着那些成年人,不理解他们怎么可能是从这些奇特的小家伙演变而来的。

然而,孩子们在他的心里激起了一种前所未有的感情。在他们因困惑或绝望而失声痛哭时——这种情况并不经常发生,只是偶尔才有——他们好像比丧失了星系帝国后的人类更痛苦。

阿尔文在迪阿斯巴有过爱情,但现在他正在学习某种同样珍贵的东西。没有这种东西,爱情本身就永远无法达到最高境界,而且留有永恒的缺憾。他正在学习"体贴"。

如果说阿尔文正在仔细观察利斯,那么利斯也正在仔细观察他。他在艾尔利待了三天后,塞拉尼丝提议,他可以进一步走向田野,更多地看看她的国家。他立即接受了这个提议——条件是别指望他去骑村子里的牲畜。

"你放心,"塞拉尼丝带着难得的幽默说,"这儿的人做梦都不会想到让自己的一头爱畜去冒险。这次是特殊情况,我会安排使用你比较习惯的交通工具。希尔瓦做你的向导,不过,你高兴去哪儿当然就可以去哪儿。"

阿尔文怀疑此话是否当真。他认为,要是他想回到那座小山去,那准会遭到反对。他起初就是从那儿进入利斯的。不过,眼下他并不急于回迪阿斯巴,所以这一点倒不用担心。这儿的生活仍然那么有趣,那么新奇,他目前还是过得很满意的。

塞拉尼丝让自己的儿子给他做向导,他很感激她的好意,但她也反复告诫希尔瓦千万别淘气。阿尔文花了些时间去习惯希尔瓦。在迪阿斯巴,每个人在身体上都是完美的,所以个人的美完全失去了价值,人们对它的重视程度远比不上他们所呼吸的空气。在利斯,情况却不是这样,适用于希尔瓦的最恭敬的形容词是"相貌平平"。以阿尔文的标准来看,希尔瓦真是丑极了,有一段时间阿尔文甚至有意避开他。希尔瓦察觉到了这一点,却毫不在意。不久,希尔瓦的和善友好就消融了他们之间的壁垒。最终,阿尔文完全习惯了希尔瓦嘴巴咧得大大的古怪微笑,习惯了他的力气和彬彬有礼。阿尔文几乎不相信自己竟然曾经觉得他是丑陋的。

天亮不久,他们就乘一辆小车离开了艾尔利,希尔瓦称那种小车为地面车,其工作原理和把阿尔文从迪阿斯巴送来的机器显然相同。这小车浮于草皮之上数英寸的空气中,尽管看不到任何导轨,希尔瓦却告诉他,这种车只能在预定路线上行驶。利斯所有的人口中心就以这种方式连接在一起,但在阿尔文逗留利斯期间,这种地面车他只见过一次。

希尔瓦为组织这次远行做了大量努力,他显然跟阿尔文同样热烈地期待着这次远行。他按照自己的兴趣安排了路线——他爱好自然历史，希望能在他们要去的居民较为稀少的地区找到新的昆虫。他想去所能到达的最南部地区——只要车子能到的地方就乘车，其余的则步行。阿尔文并没有充分认识到这一安排到底意味着什么，因此没有反对。

他们一路上还带着个伙伴——克里夫，那是希尔瓦诸多宠物中最引人注目的一个。克里夫休息时，克里夫的六只薄纱似的翅膀贴身折拢，透过这些翅膀，它的身体就像嵌着珠宝的权杖一样熠熠生光。要是什么东西打扰了它，它就会忽地一闪，看不见的翅膀发出轻微的呼呼声，升到空中。虽然叫这只巨大的昆虫时它会飞过来，有时候还会服从简单的命令，但它几乎是没有脑子的。可是它个性鲜明，而且不知出于什么原因，它对阿尔文始终心存疑虑。阿尔文有时想要取得它的信任，但都以失败告终。

对阿尔文而言，这次穿越利斯的旅行如梦境般虚幻。地面车静默无声，宛如幽灵，滑过一望无际的平原，蜿蜒着穿过森林，从不偏离自己的轨道。它的行驶速度也许比人舒舒服服步行快十倍，但利斯的居民很少有匆忙到要求更快速度的时候。

他们经过许多村庄，有的比艾尔利大，但大多是按照相似的样子建造的。他们从一个乡村到下一个乡村，在此过程中，阿尔文发现，人们的衣着，乃至身体外表具有微妙但重要的差别。利斯的文明是由数以百计、彼此不同的文化构成的。每个文化都为整个文明做出了独特贡献。地面车里装了很多艾尔利的特产——一种黄色的小桃子。希尔瓦所到之处都将这种桃子作为礼品送人，人们也千恩万谢地接受。他常常停下来跟朋友们谈话，并介绍阿尔文，阿尔文没有一次不被他们的礼貌行为所感动

——大家一了解到他是迪阿斯巴人，就用起了有声语言。对他们来说，使用有声语言肯定是非常厌烦的，但就他所见，他们总是抗拒诱惑，不让自己自然而然地使用传心术。他从未感觉到被排斥在他们的谈话之外。

他们在一个很小的村子里停留的时间最长，这个小村子几乎隐藏在一片高高的金色草的海洋里，直往上蹿的金色草高过他们的头顶，在轻风中波浪一般起伏，仿佛被赋予了生命。在草间穿行时，他们头顶上方的无数叶片齐刷刷地欠身鞠躬，使他们不断被压在滚滚波浪之下。起先这有点儿令人生烦，因为阿尔文抱着一个傻乎乎的幻想：那些草正弯下身子看他呢。但一段时间后他就发觉，这使人颇感舒适。

阿尔文不久就明白，他们在此停留原因何在。在车子滑行进村之前就已聚集起来的那一小群人里，有一个腼腆的肤色黝黑的姑娘，希尔瓦在作介绍时称她尼娅拉。他们显然很高兴彼此再次见面，对他们在这次短暂重聚中溢于言表的幸福，阿尔文深感嫉妒。希尔瓦既承担着向导的职责，又想单独和尼娅拉在一起，他明显无所适从。阿尔文主动为希尔瓦提供了便利——他自己去村子里参观了。尽管小村里没多少东西可看，但他还是故意拖长了时间。

他们重新上路时，他有许多问题急于要问希尔瓦。他无法想象，在一个靠传心术交流的社会里，爱情会是什么样子，他慎重斟酌了一会儿后便提出了这个问题。希尔瓦很愿意做出解释，但阿尔文怀疑自己破坏了朋友心里缱绻的离情别意。

在利斯，爱情似乎都是以心灵接触开始的，可能要经过几个月或者几年，两个人才能真正见面。希尔瓦解释道，用这种方式，就不会造成虚假印象，双方都搞不了欺骗。两个心灵彼此打开的人是无法隐藏秘密的,哪一方想藏都不行,因为对方马上就会知道你隐瞒了什么事情。

只有非常成熟、能很好地保持平衡的心灵才能接受这样的诚实,只有建立在绝对无私基础上的爱情才能在这样的情况下维持下去。阿尔文认识到,这样的爱情要比迪阿斯巴人所知道的任何感情都更加深刻、更加丰富;这样的爱情可臻尽善尽美之境。事实上,他难以想象,这种境界居然能够达到。

但是,当阿尔文想让希尔瓦进一步做出解释时,希尔瓦眼睛发光,明确告诉他,有些事情是无法用语言表达的。阿尔文悲伤地断定:这些幸运的人之间的那种相互了解,他是永远无法达到的。

大草原忽然到了头,仿佛被划出一道边界,边界之外就不允许长草了。地面车驶出大草原时,前面出现了一排低低的树木茂盛的山峦。希尔瓦解释道,这是守护利斯的堡垒的前哨站,真正的山脉还在外面,但在阿尔文看来,即便这些小山峦也非常壮观、令人望而生畏。

车子在一道狭窄的山谷里停了下来。山谷沐浴着落日的温暖光亮。希尔瓦睁大眼睛,用诚实的目光看着阿尔文。

"这儿我们要开始走路了,"他开心地说,一边将装备从车里掷出去,"再不能乘车啦。"

阿尔文环顾四周的山峦,然后看看车上他坐的那个舒适的座位。

"没有一条绕过去的路了?"他并不抱太大希望地问。

"当然有,"希尔瓦答道,"可我们不是要绕过去,我们要去山顶,那儿有趣得多。我将车子设置为自动驾驶模式,这样,当我们从另一边下去时,车就会在那儿等我们啦。"

阿尔文决定先作点抗争再让步。

"天快黑了,"他不赞成地说,"在日落之前我们绝对走不了那么多路。"

"当然走不了。"希尔瓦说,一边以令人难以置信的速度将行李和装备分类整理好,"我们将在山顶过夜,明天早上走完全程。"

阿尔文只好放弃抵抗。

他们所扛的装备体积庞大,看上去很吓人,实际上却毫无重量。东西都装在能抵抗重力的重力极化容器中,要应付的只是惯性而已。只要阿尔文沿直线行走,他就不会觉得自己扛着东西。扛这种容器要受点训练,因为假如扛的人突然想改变方向,那所扛的东西就会固执地保持原有的行进方向,直到扛东西的人克服了惯性为止。

希尔瓦调整好所有的背带,一切就绪后,他们开始慢慢向山上走去。阿尔文恋恋不舍地回过头,看那辆地行车循着来时的轨道往回走,直至从视野中消失。他想,要过多少个小时,他们才能再次坐进那舒适的座位放松放松呢?

不过,和煦的阳光晒在背上,边攀爬边欣赏四下里不断变幻的景色,还是令人非常愉快的。他们走的那条小路时断时续,但希尔瓦却好像知道了它的走向。阿尔文问希尔瓦这条路是什么人修的,希尔瓦告诉他,山里有许多小动物——有些是独处的,有些则生活在与人类文明相仿的原始群落之中——少数几种甚至会使用工具,或被看到在使用工具。阿尔文从未想过这样的动物会是不友好的,因为许多个世纪以来,没有任何物种可以挑战人类。

他们攀登了半个小时,这时阿尔文才注意到,在他周围的空气中有一种轻微的、反复回荡的细小声音。他无法找到声源,因为那声音好像没有固定的来源。声音永不停息,而且随着四周渐趋开阔而变得越来越响。他本来想问希尔瓦那是什么声音,但他此时必须节省体力,专注于攀登。

阿尔文身体十分健康,说实在的,他有生之年从来没有生过一个小时病。但是,仅仅身体好还不足以完成他面临的任务——他没有技巧。希尔瓦步履轻捷,走上斜坡时那种毫不费劲的活力,使阿尔文满心嫉妒。他暗下决心:只要他的两只脚还能挪动,就绝不认输。他非常清楚地知道,希尔瓦在考验他,对此他并不生气。这是一场善意的比赛,即使双腿越来越沉重,他还是兴致勃勃。

他们攀登了三分之二的高度后,希尔瓦对阿尔文产生了恻隐之心。他们躺在一个朝西的山坡上休息了一会儿,柔和的阳光沐浴着他们的身体。现在,刚才的嗡嗡声已经变成了轰隆声,阿尔文向希尔瓦求教,但希尔瓦拒绝对此做出解释。他说,倘若阿尔文知道攀顶后能看到什么,那惊喜就会减弱许多。

他们此时是在和太阳赛跑,但幸运的是,最后一段路途的坡度很小。树木现在已经变得稀少了,仿佛它们与重力斗累了似的,最后的几百英尺地面铺着短而细的草,走在其上十分惬意。山顶在望时,希尔瓦突然迸发出力量,一路跑上坡去。阿尔文决定对这一挑战不加理会,说实话,他实在别无选择。他继续慢慢稳步前行,对此感到颇为满意。赶上希尔瓦时,他精疲力竭,情不自禁在希尔瓦身边倒了下去。

他好不容易才恢复了平稳的呼吸,开始欣赏呈现在下方的景致,终于看到了无休无止的轰隆声的源头。在他前方,地面从山巅陡然下落——非常陡,没多远就几乎成了竖直的悬崖——

一道气势磅礴的瀑布从崖上飞泻而下,划出一道弧线,訇然跌至一千英尺下的岩石间。飞溅的水花弥散成闪烁生光的雾霭,看上去一片迷蒙。而那永不停息的擂鼓似的轰隆声就是从深渊传来的,两侧的山峦都响起了低沉的回声。

此时,瀑布的大部分都隐没在阴影中,但阳光依然照着下面的大地,给这片景色增添了最后一抹魔力色彩—— 一道美丽的彩虹横跨在瀑布之上。

希尔瓦胳膊一挥。

"从这儿,"他说,他把声音提得很高,以便在轰隆隆的瀑布声中能被听见,"你可以看到整个利斯。"

阿尔文相信他的话。北面是连绵的森林,森林中间有些地方出现了开阔地、田野和上百条弯弯曲曲、看上去就像线似的河流。艾尔利村就隐藏在那片辽阔的景色之中,但想要找到它是不可能的。阿尔文以为他看到了有条路通向利斯入口的那个湖,但很快就断定是眼睛欺骗了他。再向北看,树木和开阔地全化成斑斑驳驳的绿色地毯。使地毯起了皱的是一条条山峦线。越过那块地毯,在视野的边缘,他看到将利斯围住使之免受沙漠侵袭的山脉就像远处低垂的云朵。

东面和西面,景象稍有不同,但南面的山脉似乎只在几英里之外,阿尔文能够看得非常清晰。他意识到,它们要比他此时所站的小山岗高得多。那些山脉和他之间是一片比他刚才经过的地方宽阔得多的乡野。不知怎么,它看上去荒无人烟,一片空旷,好像人类已经有许多年不在那儿生活了。

希尔瓦回答了他未说出口的问题。

"利斯的那一部分地区曾经住过人,"他说,"我不知道那里为什么被放弃了,也许有朝一日我们会重新搬进去。但现在只有动物生活在那儿。"

确实没有一个地方有人类生活的迹象——没有表明有人类存在的开阔地和整治得很好的河流。唯有一个处所显示出人曾经在此生活过——在许多英里之外,有一片孤零零的白色废墟,像一颗断裂的兽牙凸出在森林之上。

"我们早该扎营了。"希尔瓦一边卸下背上的装备一边说,"五分钟后,天就要完全黑下来了,而且气温会变得很低。"

稀奇古怪的设备放在草地上。从一个细长的三脚架中伸出一条竖直的竿子,竿子上端带有一个形状如梨的鼓起物。希尔瓦将竿升高,使梨状物刚好超过自己的头部,并发出某种阿尔文不得而知的心灵感应信号。他们的小营地立时透亮。那个梨状物不仅发光,而且发热,阿尔文能够感觉到一种柔软的、热乎乎的东西似乎深入他的骨髓。

希尔瓦一手提着三脚架,一手拿着行李包走下山坡,阿尔文急忙跟在后面,尽力使自己始终处在光圈之中。他们最后在山顶下方几十英尺处的一块小洼地扎了营,开始将其余的设备投入使用。

首先是一个用某种坚固而又几乎看不见的材料做成的巨大半球,这东西能将他们完全包住,使其免受此时已在山坡上刮起来的冷风的侵袭。半球好像是由一只小长方盒子生成的,希尔瓦将盒子放在地上,然后就全然不去理会它了,他甚至任它被埋在其余的装备下面。也许那张舒服的半透明长睡榻也是这只盒子投射出来的,希尔瓦很高兴能躺在上面松松筋骨。这是阿尔文在利斯第一次看到家具显形。在他看来,利斯的房子里乱七八糟地堆满了经久耐用的人造物品,这些东西如果放在记忆库里会保存得更好,也不会碍手碍脚。

　　希尔瓦从另一只容器里变出餐食,这是自阿尔文到利斯后所吃的第一顿纯合成餐食。物质转换器利用原材料奇迹般地将日常生活所需的种种东西变出来,一股强有力的气流不断通过半球穹顶上的某个小孔被吸进来。总的来说,阿尔文更喜欢吃纯合成食品。他觉得利斯普通食物的制作方法是极不卫生的,至少,使用物质转换器,你能确切地知道自己在吃些什么。

　　周围夜色更浓,星星出来了,这时,他们坐下来进晚餐。晚餐结束后,在他们那个光圈外面,天完全黑下来了。阿尔文能够看见模糊的身影在活动,那是森林里的动物从它们的隐身处爬出来了。他不时看到闪烁的反射光,那是灰白的眼睛在瞪着他。但是,望着他们的野兽一只也不会走近,所以他无法看到它们身体的其他部分。

　　夜非常静,阿尔文觉得满意之至。他们在自己的长睡榻上躺了一会儿,开始聊之前见到的那些东西、所着迷的那个奥秘,以及他们两种文化的不同之处。希尔瓦被记忆库迷住了,那种记忆库竟然将迪阿斯巴保存了亿万年。但阿尔文发觉,希尔瓦的一些问题是很难解答的。

　　"我不明白的是,"希尔瓦说,"迪阿斯巴的设计者们怎么能够确信,记忆库是永远不会出问题的? 你告诉我,城市与生活在其中的所有人的信息,是以电荷形式储存在晶体内的。晶体将永久存在,可是,跟晶体连在一起的所有电子线路又怎样呢? 永远不会发生故障吗?"

　　"我问过基特隆同样的问题,他告诉我记忆库实际上是一式三份的。三个库中的任何一个都能把城市保持住,若其中一个出了毛病,其他两个就自动给予纠正。只有同一个毛病同时在三个记忆库中发生,才会造成永久性毁损——这种机会是无限小的。"

"储存在记忆单元中的模式和城市实际结构之间的关系是怎样维持的呢？也就是，在设计图和设计图所描述的事物之间？"

阿尔文此时已完全无法应付了。他知道回答这个问题涉及对空间本身进行操纵的技术，但是怎样才能将一个原子严格锁定在由储存于别处的数据所规定的位置上，他就解释不上来了。

出于突发的灵感，他指着保护他们过夜的那个看不见的半球说：

"请告诉我，我们头顶上的这个屋顶是怎么被你此时坐于其上的那只盒子创造出来的？如果你能解释，我就把记忆库的工作原理讲给你听。"

希尔瓦大笑。

"我看这倒是一个公平交易。若你想要知道这一点，你可得去问我们的场理论专家，我肯定没法告诉你。"

这个回答使阿尔文陷入沉思。这么说，在利斯还有明白他们的机器怎样工作的人……在迪阿斯巴可没有。

他们就这样谈着、争论着，直到希尔瓦说："我累啦，你呢？想要睡了吗？"

阿尔文揉揉自己仍然感到疲乏的四肢。

"我想睡，"他照实说，"可我不一定睡得着。在我看来，睡眠仍是一个不可思议的习惯。"

"这远远不止是一个习惯。"希尔瓦微微一笑，"有人告诉过我，睡眠一度是每个人不可或缺的东西。我仍旧喜欢一天至少睡一次，即便只睡几个小时。在睡眠时间，身体得到自我更新，心灵亦然。在迪阿斯巴从来没人睡觉吗？"

"这是极难发生的事。"阿尔文说,"我的老师杰塞拉克在过度使用脑力的情况下,曾经睡过一两次。一个设计良好的身体是不会需要这种休息期的,我们在数百万年前就把睡眠废除掉了。"

就在说这些话的时候,他感到前所未有的疲倦。疲倦似乎从他的小腿肚和大腿扩展开,直至袭遍全身。这种感觉并无不愉快之感——正好相反。希尔瓦带着微笑望着他。阿尔文怀疑,莫非他的伙伴对自己施加了心灵控制术?若是如此,他倒一点也不反感。

头顶上的那个金属梨投下来的光减弱了,变成一缕淡淡的红光,但是它所辐射出来的热量始终没有降低。借着最后的灯光,阿尔文在昏睡中留意到一件奇怪的事,这件事明天早上他可得问清楚。

希尔瓦已经脱掉衣服。阿尔文第一次看到,人类的这两个分支差异有多大。有些差异只限于突出程度或比例大小,但有些则是根本的差异,诸如外生殖器以及牙齿、指甲与分明可见的体毛。但是,最使他感到困惑的是,在希尔瓦腹部有一个奇怪的小凹陷。

过了些日子,当他突然记起这件事时,希尔瓦费尽口舌,而且还画了好几张简图,才把肚脐的功用说清楚。

他和阿尔文两人在了解彼此的文化基础方面都向前跨出了一大步。

十二

　　阿尔文醒来时已是深夜。有什么东西闹醒了他，倒不是那永不间断的隆隆的瀑布声，而是一种往他心里钻的细小声音。他在黑暗中坐起来，望着隐藏在黑暗中的原野，同时屏声凝息，倾听瀑布擂鼓似的吼声和时有时无的夜行动物的声音。

　　什么东西也看不见。星光太黯淡了，连几百英尺下的辽阔乡野也看不清。唯有一条比夜空更黑的锯齿形线条，显示出南面地平线上的山脉轮廓。阿尔文听到他的同伴翻身坐了起来。

　　"怎么回事?"传来轻声的问话。

　　"我觉得听到了一些声音。"

　　"什么声音?"

　　"我不知道，也许只是想象。"

　　一片静默，两双眼睛朝神秘的夜色中窥望。接着，希尔瓦突然抓住阿尔文的胳膊。

　　"看!"他小声说。

　　南面远远的地方，出现孤零零的一点亮光，位置很低，不会是星星。那是一点灿亮的白光，带着紫罗兰色。正当他们望着它的时候，那光开始变得越来越强，直至眼睛再也无法直视。接着它就炸开了,宛如在世界边缘迸发出的闪电。一刹那间,那些山,以及山所包围的大地,被黑夜衬托下的火点亮。很久很久之后,远远传来一声爆炸,下面林子里一股突然刮起的风在树木间搅动。这一切声响很快就消失了,群星又一一回到天上。

阿尔文有生以来第二次感到恐惧。这种恐惧不像他在自动路停靠站里决定来利斯时那么直接——也许那是惊慌,而不是恐惧。现在,他正面对面地看着那个未知世界,他好像已经感觉到,在那些山的外面存在着什么他必须去探寻的东西。

"那是什么?"他最后轻声说。

等了很久都没有回应。他又问了一遍。

"我正在设法搞清楚。"希尔瓦说,接着又是静默。阿尔文猜到他在干什么,并没有打断朋友的探寻。

不一会儿,希尔瓦轻轻发出一声失望的叹息。"所有的人都睡了,"他说,"没有一个人能告诉我。我们必须等到早上,要不只好叫醒一个朋友。我不想这么做,除非事情确实重要。"

阿尔文想,什么事情希尔瓦才会认为是确实重要的呢?他几乎就要略带嘲讽地说,为这件事打断某人的睡眠可能是很值得的吧。可他还没来得及把话说出来,希尔瓦又开腔了:

"我想起来了,"他颇为歉疚地说,"我已经很久没到这儿来了,我对自己的方位不大拿得准。不过那准是沙尔米兰。"

"沙尔米兰!那地方还在?"

"是的,我都快忘记了。塞拉尼丝有一次告诉我,那座城堡就在那些山里。当然,那是个废墟,已经废弃好多世代了,但也许仍然有人住在那儿。"

沙尔米兰!对两个文化和历史差异如此巨大的种族的孩子们来说,这是个具有魔力的名字。在地球漫长的历史中,没有比保卫沙尔米兰、抗击征服了全宇宙的入侵者更加伟大的史诗了！尽管在将黎明时代团团笼罩的浓雾之中，事实已完全隐而不彰，但种种传说却永远不会被遗忘，并将延续至人类生存的最后一天。

不一会儿，希尔瓦的声音又从黑暗中传来：

"南方人能告诉我们更多的情况。我在那儿有些朋友，明天早上我就去拜访他们。"

阿尔文几乎没听见他的话，他沉浸在自己的思想中，竭力回想自己曾听说的有关沙尔米兰的那些事。有关的史实很少，在过了这么久的时间之后，谁也无法从传说中辨认出事实了。可以肯定的只是：沙尔米兰之战标志着人类煌辉的终结，以及长期衰落的开端。

阿尔文想，在那些山脉中间，可能存在着折磨了他这么多年的所有问题的答案。

"我们去那座要塞要多少时间？"他对希尔瓦说。

"那儿我从没去过，但那儿要比我想去的地方远得多，我看花一天时间都不一定到得了。"

"我们不能坐地面车去？"

"不能。那是山路，车没法开。"

阿尔文仔细想了想。他很疲惫，由于从未走过这么多路，他两腿发酸，大腿肌肉还在隐隐作痛。他很想下次再去，但他不知道会不会有下次。

在沉落的星星模糊的光芒笼罩下，阿尔文反复权衡，不久他就做出了决定。什么都没有改变，那些山依旧守望着那片沉睡的大地。但是，历史的一个转折点到来了，人类正朝着一个陌生的崭新未来前进。

那天晚上,阿尔文和希尔瓦再也没有入睡。当第一缕曙光出现时,他们走出了营地。山峦露水遍布,到处湿漉漉的,每一片草叶和树叶上都沾着沉甸甸的露水,珍珠似的闪着光,使阿尔文惊异不已。他所经之处,湿草在脚下发出的沙沙声响使他心醉。向山峦上面回首望去,他可以看到自己走过的路就像一条黑色的带子在身后闪光的地面上延伸。

他们到达森林外缘时,太阳刚从利斯的东部壁障之上升起。在这儿,大自然恢复了她的本来面目。在那些阻挡阳光的巨树中间,一块块阴影投注在丛林地面上,连希尔瓦好像也有点不认识路了。幸亏那条从瀑布向南流的河的河道是笔直的——几乎令人怀疑这条河并不是天然形成的——始终沿着河边走,他们就可以避免走进更密的灌木丛。希尔瓦的许多时间用在控制克里夫上,它时而钻进丛林不见踪影,时而发疯似的掠过水面。就连对每样景物仍具有强烈好奇心的阿尔文也能感觉到,这儿的森林比利斯北部那些较小的树林更有魅力。相像的树木极少,大多数树木都处在不同的退化阶段,有些已经回复到好多世代之前,几乎是其原始的自然状态。许多树明显不是地球植物——或许甚至不是太阳系植物。三四百英尺高的巨大红杉,像哨兵似的守望着那些较小的树。那些红杉曾被称为地球上最古老的生物,它们的物种寿命要比人类还长一些。

那条河越来越宽阔,在很多地方它变成了小湖,一些小岛像船只似的停泊在湖面上。这儿到处都是昆虫,色彩鲜艳的鸟儿在水面上优哉游哉。有一次,克里夫不听希尔瓦的命令,猛扎过去,加入它的远亲的行列,一眨眼它就在一片闪闪发光的翅翼之云中消失了踪影,随即传来一阵愤怒的叽喳声。不一会儿,那片云突然裂开,克里夫又越过水面飞回来了,快得眼睛几乎跟不上。之后，它始终贴近希尔瓦，再没有跑开。

傍晚时分，他们偶尔可以瞥见前方的山。一直作为忠实向导的那条河此时流速缓慢，仿佛离它的旅程终点十分近了。但是，他们显然无法在夜幕降临时到达山边，离日落还有一段时间，森林却已经一片乌黑，不能继续前行了。巨树矗立在阴影之中，一股冷风掠过树梢。阿尔文和希尔瓦在一棵参天的红杉旁停下来过夜，红杉的顶部树叶仍然反射着阳光。

到被遮蔽的太阳最后落下去时，微波荡漾的河面上仍然有阳光恋恋不去。两个探险者——他们现在自以为是探险者，说实在的，他们确实是——躺在从四面聚拢的阴暗之中，望着河，想着他们所见到的一切。不一会儿，阿尔文又一次感觉到，他在头一夜第一次领略到的令人愉快的睡意又偷偷袭来。他高兴地听凭自己进入了梦乡。在迪阿斯巴的生活中，睡眠或许是不需要的，但在这儿，他欢迎它的到来。在无意识状态征服他之前的最后一刻，他还在寻思，上一次走过这条路的人是谁？到现在已经有多久了？

当他们离开森林，最终站在作为利斯壁障的山前时，太阳已经高高升起。在他们前面，光秃秃的岩石拔地而起，直插云霄。那条河到此为止，形成了跟它的源头一样的景观，因为它所流经的地面裂开了，河水咆哮着跌落，消失了踪影。阿尔文纳闷儿这究竟是怎么一回事，在再次进入光天化日之下之前，河水要流经什么样的地下洞穴呢？也许地球上那些业已消失的海洋仍然存在。在地下深处的永恒黑暗中，这条古老的河流仍然感觉得到将它引向大海的召唤。

希尔瓦朝那飞溅的湍流和断裂的大地看了一会儿，然后他指了指山峦中的一个罅口——

"沙尔米兰就在那个方向。"希尔瓦自信地说。阿尔文并没问希尔瓦是怎么知道的。阿尔文断定希尔瓦的心灵跟许多英里之外的一个朋友的心灵进行过短暂沟通,他所要的信息已经默默传过来了。

没多久,他们就到了那个罅口。穿过罅口,他们面对的是一片缓缓向四面倾斜的奇特高地。阿尔文现在不觉得疲劳,也不觉得恐惧——他只感到一种紧张的期待,并意识到历险在即。他会发现些什么,还不得而知,但他绝不怀疑自己将会有所发现。

他们接近高地顶部时,地表的风貌顿时改变。那些较低的斜坡由多孔的火山岩构成,大堆大堆的火山渣到处可见。地表似乎突然变为坚硬的玻璃,光滑而又暗藏危险,仿佛那岩石曾经处于熔融状态,像河流般淌下山。

高地边缘几乎就在他们脚下。希尔瓦先到,几秒钟之后,阿尔文赶上了他,默默站在他身边。他们所站的悬崖边缘,并不是他们所期待的高地边,而是一个深半英里、直径三英里的巨碗形凹地的边缘。在他们前边,地面陡然下落,到谷底缓缓展开,接着又升高,越来越陡,直至对面的崖缘。碗形凹地的最低部分是一个圆形的湖,湖面不断地颤抖,仿佛正被波浪所搅动。

虽然完全处在炫目的阳光下,但整个大凹地却一片乌黑。那碗形坑究竟是由什么物质形成的,阿尔文和希尔瓦甚至无法猜想,但它黑得就像一个永远没见过太阳的世界里的岩石。奇异之处还不止于此,在他们脚下,一条金属带围绕着整个碗形凹地,有上百英尺宽,因经历了无法计算的年代而失去光泽,但并未显示出丝毫腐蚀的迹象。

等眼睛渐渐适应了这一奇特的景象,他们发现碗形凹地里的那片乌黑并非之前所想的那么纯粹。在乌木般的四壁上,有一个个小光点在闪烁,稍纵即逝。那些光点毫无规律地忽明忽暗,宛如星星在起伏的大海上的反光。

"真奇妙!"阿尔文惊叹道,"那是什么?"

"看上去像是某种反射器。"

"可它那么黑!"

"记住,以我们的眼睛来看它才是黑的。我们不知道它反射的是什么辐射光。"

"这必定大有文章! 要塞在哪儿?"

希尔瓦指着那个湖。

"仔细看看。"他说。

阿尔文瞪眼往颤动的湖面下看,竭力想看出隐藏在湖水深处的秘密。起先,他什么都看不到;继而,在靠近边缘的浅水处,他依稀看出一张光影交织的网。他能够循迹看出那张网向湖心伸展,直至越来越深的湖水将更远处的一切完全掩盖住。

那黑沉沉的湖泊将要塞吞没了。那群一度非常雄伟的建筑的废墟就在湖下。然而,并不是所有的建筑都被淹没在水下,因为阿尔文此时看到,在碗形凹地的远侧横陈着一个个乱石堆,还有大块的方石料,那些石料以前必定是砌筑巨大墙体用的。湖水将它们围住,但是还没有上升到足够的高度,将它们全部淹没。

"我们绕湖走一圈吧。"希尔瓦说,声音很轻,仿佛那个庄严肃穆的废墟使他的灵魂深处充满了敬畏,"也许我们能在那儿的废墟里找到什么东西。"

刚开始的几百英尺内,碗形凹地的边缘又陡又滑,人简直难以站直身子,但过了一会儿,他们到了缓坡,便可以毫不困难地行走了。在靠近湖缘处，乌黑光滑的岩面盖着一层薄土，那准是在无数世代里从利斯刮来的风带到这儿来的。

四分之一英里外，巨大的方石料一块块地堆叠着，犹如巨人婴孩抛弃的玩具。一个地方，一段墙仍然可以辨认；另一个地方，两座方尖碑表明那儿以前曾是一扇巨大的门。到处都长着苔藓和藤蔓，以及发育迟缓的小树。连风也停止了发声。

阿尔文和希尔瓦就这样来到了沙尔米兰废墟。能将世界碎成齑粉的军队用火焰和霹雳攻击那些墙垣，攻击那些墙垣之中所拥有的力量，但最后却遭到彻底的失败。

没有一个人曾经攻下沙尔米兰。但现在那座要塞，那座坚不可摧的要塞，终于坍塌了——被常春藤耐心的卷须、被一代又一代盲目钻挖的蠕虫、被慢慢上升的湖水攻占并摧毁了。

阿尔文和希尔瓦被它的庄严肃穆震慑住了，他们默默走向残存的庞然大物，来到一堵断壁残垣的阴影之中，进入一个山体岩石开裂的峡谷。湖就在他们前面。不一会儿，他们就站在了湖畔。数英寸高的小浪不停地拍击着狭窄的湖岸。

希尔瓦先说话了。听他的声音，好像有点把握不定，这使阿尔文一惊，忍不住向他瞟了一眼。

"有些事我搞不明白，"希尔瓦慢悠悠地说，"这儿没风，这些小波浪是怎么形成的呢？没风的话，湖水应该是完全静止的才对。"

阿尔文还没来得及想出答案，希尔瓦就已趴到地上，头侧向一边，将自己的右耳浸入水中。阿尔文感到奇怪，他想以这种可笑的姿势发现什么呢……随后阿尔文便意识到他是在倾听。尽管不大愿意——因为黝黑的湖水看上去让人特别不好受——他也学希尔瓦的样儿趴了下去。

寒冷给人的冲击只持续了一秒钟,之后,他就听到一种清晰的、有节奏的搏动声,仿佛在听湖水深处一个巨人心脏的跳动。

他们甩掉头发上的水,彼此瞪眼望着,心里在猜测,谁也不愿说出自己的想法——那个湖是活的。

"最好我们就在废墟间找找,"停了一会儿,希尔瓦说,"离湖远点。"

"你认为湖下有什么东西?"阿尔文指着冲他的脚涌来的谜一般的小波浪,问道,"会有危险吗?"

"凡是拥有心灵的东西是不会有危险的,"希尔瓦答道(真的?阿尔文想。那些入侵者呢?),"我在这儿探测不到任何思想,但我不相信这儿只有我们俩。这很奇怪。"

他们慢慢向城堡废墟走去,每个人的耳朵里都回响着那种一刻不停的搏动声。在阿尔文看来,这真是谜上加谜,他费了九牛二虎之力,现在却离他所希望了解的事实真相越来越远了。

他们在瓦砾堆和大堆大堆的石块中间仔细寻找,但那片废墟好像不会透露任何信息。这儿也许是那些被埋葬了的机器的坟墓——很久很久之前就已完成自身工作的机器。阿尔文想,现在,要是入侵者回来,那些机器就会毫无用处,敌人为何永不再来了呢?可是,那只是又一个谜而已……他要破解的谜多着呢,不需要更多的谜了。

在离湖几英尺远的地方,他们发现了一块瓦砾中间的小空地。空地上覆盖着野草,但已经被烤黑了,阿尔文和希尔瓦一走近,野草就碎裂成灰,给他们的腿抹上了一条条炭黑色的纹路。在空地中央,竖立着一个牢牢固定在地上的金属三脚架,三脚架支撑着一个圆环,圆环是倾斜着装在轴上的,指向半空。乍看之下,圆环里面什么东西也没有。后来,阿尔文更仔细地察看,才发现那里面有一层淡淡的模糊不清的东西,看起来眼睛很不好受,因为它处于可见光谱的边缘,时隐时现。他怀疑,那是能量的闪光,将他们引诱到沙尔米兰来的那种光就是从这个装置发出的。

他们不敢走得太近,只好站在安全距离外看着那台机器。阿尔文想,看来找对了,现在只要搞清楚这个装置是谁安装在这儿的、其目的何在就行了。那个倾斜的圆环——显然是对准太空的。他们看到过的闪光是某种信号?这个想法令人激动不已。

"阿尔文,"希尔瓦突然说,声音平静却又急迫,"有人来看我们了。"

阿尔文一下转过身来,发现自己正瞪着三只没有眼睑的眼睛,它们连起来是一个三角形,至少那是他的第一印象;接着,他便在三只瞪视他的眼睛后面看到一个小而复杂的机器人的轮廓。它悬在地面之上几英尺的空中,跟他见过的机器人不一样。

最初的惊讶一过去,他就觉得,自己完全有能力掌控局面。他有生以来一直都在给机器人发指令。尽管他没见过这种样子的机器人,但他并不惊诧,因为机器人种类繁多,就连迪阿斯巴的机器人,他也只见过其总量的百分之几。

"你会说话吗?"他问。

默然。

"你是谁操纵的?"

还是默然。

"走开。到这儿来。上升。下落。"

这些常规的控制用语一个也不起作用,机器人始终傲慢地一动不动。这表明两种可能性:要么它的智力太低,听不懂他的话;要么它确实非常聪明,具有自己的选择和意志。如果是后一种情况,他就必须将它视为平等者对待。即便他有可能低估它,它也不会对他抱有怨恨,因为机器人没有骄傲自大的恶习。

见阿尔文指挥不灵,希尔瓦不禁笑出声来。他正想说,跟机器人交谈这个任务应该交给自己,可话到嘴边又咽了下去。沙尔米兰的寂静被一个不祥的声音打破了——一个非常巨大的身体从水中冒出来时发出的咕噜声。

自阿尔文离开迪阿斯巴,这是他第二次希望自己待在家里。但他继而想起,这可不符合冒险的精神,于是举步慢慢朝湖里走去。

此时,从黝黑的湖水里冒出来的活物,看上去就像是仍然默默盯着他们看的那个机器人的拙劣复制品,但却更加丑陋,而且它是以血肉构成。眼睛同样排列成等边三角形,这不会是巧合;连触角和有关节的短肢也大致相同。但除此之外就不像了,机器人并不具有——它显然不需要——那一圈以固定的节奏击水的精巧羽毛状触须,不需要那多条粗短的腿——那头怪兽就是用这些腿支撑着身子上岸的,不需要那些吸气口——现在那些口子就在稀薄的空气中呼哧呼哧地吸着气。

那头怪兽的大部分身子仍留在水中,只有前部的十只脚抬了起来。怪兽的整个身体大约有五十英尺长,即使毫无生物学知识的人见了也会觉得,这东西完全不对头。设计的随意性达到了登峰造极的程度,仿佛它的组成部分是随意制造出来,然后粗枝大叶地拼凑到一起的。

尽管他们起初心存疑虑,但在看清那个湖里的居住者后,就不觉得有丝毫紧张了。那头怪兽笨拙得可爱,使人不可能将它视为严重的威胁——即使现在有理由认为它可能具有危险。对仅仅在外表上显得怪异的东西,人类很久以前就已经克服了幼稚的恐惧心理。在与友好的外星种族初次接触之后,这种恐惧就不可能继续存在。

"让我来对付它,"希尔瓦平静地说,"我经常摆弄动物。"

"可它不是动物,"阿尔文耳语道,"我肯定它是智慧生物,是那个机器人的主人。"

"那机器人还可能是它的主人呢……不管怎样,这东西的心理状态必定非常怪。我到现在还探测不到任何思想的迹象。嘿——出什么事啦?"

那怪物在湖水边缘半抬起身子一动不动,它保持这个姿势看上去像是花了很大力气。但是,在眼睛所组成的三角形的中心,一道半透明的膜形成了—— 一道颤抖的膜,而且不一会儿便开始发出声音,洪亮低沉。他们听不懂它的意思,尽管那头怪兽显然竭力想要跟他们说话。

看着它不顾一切想要进行对话的样子,真令人痛苦。怪兽费了好大的劲儿试了几分钟,然后好像蓦然意识到自己犯了错。那片颤动的薄膜缩小了,发出的声音上升了几个八度,直到进入可听见的声谱区间。可以辨识出的词语开始形成,尽管中间还夹杂着莫名其妙的声音,就好像那头怪兽想起了一种它很久以前知道、但多年没有机会使用的词汇。希尔瓦尽力给予力所能及的帮助。"我们现在能听懂你的话了,"他缓慢而又清晰地说,"我们能帮你吗? 我们看到了你射出的光,它把我们从利斯带到了这儿。"

怪兽一听到"利斯"这个词就似乎泄了气,好像经受了某种痛苦的失望。

"利斯……"它重复道。"斯"这个音它发不好,所以它说出的那个词听上去就像"德"。"来的总是利斯人,从来没有别的人来过。我们呼唤伟大者,可他们听不到……"

"伟大者是什么人?"阿尔文急切地倾身向前问道。那些精巧的、永远在动的触须迅即朝天空挥了一下。

"伟大者,"它说,"来自永远是白昼的行星。他们会来的。主答应过我们。"

此话似乎并没有把事情说清楚。阿尔文正想继续盘问,希尔瓦又插了进来。他问得非常耐心,但又非常深入,阿尔文心里有数,所以不去打断他,尽管自己急于想问。他不愿承认希尔瓦在智力上胜自己一筹,但这一点是毋庸置疑的:希尔瓦摆弄动物的本领甚至应用到这头怪物身上来了。更有甚者,怪物好像对他作出了响应。随着对话的持续,它说的话变得更清晰了,起先说的是生硬到粗野的话,现在它的回答字斟句酌,而且开始主动提供信息了。

希尔瓦将那个令人难以置信的故事拼缀到一起时,阿尔文完全没有意识到时间的流逝。他们无法搞清楚全部事实,能引起猜测和争论的地方数不胜数。怪物越来越乐意回答希尔瓦的问题,它的外表开始改变。它颓然将身子退回湖中,那些支撑它的粗短的腿似乎融化到它身体的其余部分中去了。不一会儿,一个更加惊人的变化发生了:那三只巨大的眼睛慢慢闭合,缩成三个小点,最后完全消失了,仿佛那头怪物此时已把所有它想看的东西都看完了,不用再使用眼睛。

其他较为微妙的变化也在不断出现,最终,几乎只剩下那片振动着的膜仍然留在水面之上,怪物就是通过它来说话的。到以后不再需要的时候,这片膜无疑也将融化,回到那一团原始的、不定型的原生质中去。

　　阿尔文觉得难以相信，智力竟然能够存在于这么不稳定的形体之中，然而更使他吃惊的事情还在后面呢。那头怪物不是原生于地球的——虽然这一点看似显而易见，但即使是生物学知识十分广博的希尔瓦，也花了一些时间才认识到他们此时与之打交道的那种生物的类型。它不是单个的实体，在他们跟它的全部对话中，它始终称自己"我们"。事实上，它是许多独立生物的聚合体，由未知的力量组织和控制。

　　远古时代相似类型的动物——比如水母——曾在古老的地球海洋中繁盛过。它们中有些体型庞大，有透明的身体和森林似的、会叮蜇其他生物的触须，在水中逦迤五十英尺至一百英尺。但是，它们之中没有一种获得过哪怕一丁点儿智力，除了对简单刺激做出反应的能力外。

　　在这头怪兽身上肯定有智力，虽然那是一种衰变退化的智力。阿尔文永远不会忘记这次神秘的相遇：在那只外星水螅试着使用那些不熟悉的词语时，希尔瓦将水螅口中"主"的故事拼缀到一起，黝黑的湖水拍溅着沙尔米兰废墟，而那个三只眼的机器人则一动不动地望着他们。

十三

在星系帝国崩溃，但星际交通线尚未完全中断时，主在过渡世纪的混沌之中来到地球。他是源生于人类的，虽然他的家是围绕七太阳的一颗行星。当他还是年轻人的时候，就被迫离开了自己出生的世界，但他的记忆却毕生追随着他。他将自己的被逐归咎于复仇的敌人，但事实是他患了一种不治之症，在宇宙所有智慧种族中，似乎只有人类才会患这种疾病。此病即宗教狂。

在整个人类早期历史中，接连不断地出现先知、预言家、救世主和福音传教士，他们要自己及其追随者们确信，宇宙的秘密是只向他们显示的。他们中有些人成功地建立了存在许多世代、影响了数十亿人的宗教，而有些则甚至在其本人去世之前就被遗忘了。

科学以其严谨的系统性推倒了先知们的宇宙论，并创造出他们永远无法达成的奇迹。科学的兴起最终摧毁了所有信念，但它并没有摧毁敬畏，并没有摧毁崇敬和谦卑——所有智慧生物在思考自己置身其中的茫无边际的宇宙时就会产生这些感觉。科学削弱并最终消灭了无数的宗教，那些宗教全都以令人难以置信的妄自尊大声称,自己是真理的唯一拥有者,其对手和前人统统都是错的。

不过,尽管人类进入初级的文明阶段后,宗教就从未拥有过真正的权力,但是,偶像不断出现,无论他们的行为多么怪异,他们总能想出办法,吸引一些门徒。在混乱与动荡时期,他们以非同寻常的力量勃兴,在过渡世纪,非理性的东西大量涌现,这并不令人惊奇。当现实令人沮丧时,人们竭力以神话安慰自己。

主被逐出了他自己的世界,但他并不是两手空空离开的。七太阳本是星系权力与科学的中心,主必定拥有具有影响力的朋友。他是乘一艘小太空船逃亡的,那是当时速度最快的太空船之一。他在逃亡中还带着另一样星系科学产品,即此时正看着阿尔文和希尔瓦的机器人。

没有一个人了解这个机器人的全部功能。实际上,在某种程度上,它已成为主的第二自我;没有它,伟大者的宗教或许会在主去世后瓦解。主和他的信徒一起在星云中漂流,最后——肯定不是出于偶然——回到了主的先人们起源的世界。

记述那个历险故事的图书汗牛充栋,每一本著作都引发了无数评论。但这些评论又引来了更多的评论,导致原著被湮没在浩繁的诠释之中。主在许多世界作了停留,在许多种族中接纳门徒。他的人格必定具有无比强大的力量,它鼓舞了人类,也同样鼓舞了非人类,毫无疑问,一个具有如此广泛吸引力的宗教必定包含许多美好而又崇高的内容。或许,在所有人类的救世主中,主是最成功的一个——同样,也是最后一个。之前没有一个人能够赢得这么多的皈依者,之前也没有一个人的教导能越过这么多时间和空间的鸿沟。

那些教导是什么,阿尔文和希尔瓦无法准确知道。那头大水螅竭尽全力想要说出来,但它所使用的词语有许多听不清是什么意思,而且它有一个习惯,即以一种疾速呆板的语调重述句子或整篇讲话,使他们难以忍受。一段时间后,希尔瓦竭力改变谈话方向——离开毫无意义的宗教说教,而转移到可以听明白的事实上来。

在众多的城市业已毁灭,迪阿斯巴港仍然对群星开放时,主和他的一帮最忠实的信徒来到了地球。他们准是乘坐多种太空船来到的;比如,那些水螅乘的就是一种充满了海水的太空船,大海是它们的家。主和他的信徒在地球上是否受欢迎,这没法确定,但至少没有遇到暴力对抗。在漫无目的地行进了一段时间后,他们在利斯的森林和群山中建立了最后的栖身地。

在他漫长一生的终点,主不止一次想到自己的家,他就是从那儿被流放的,他请求朋友们将自己抬到室外,使他能看见星星。他等着——他的力气在消退——一直等到七太阳到达最高点,到最后,他口齿不清地说了许多事,那些事情将引发后人的更多猜想。他一遍又一遍地说起"伟大者",他们现已离开了这个物质宇宙,但是有朝一日肯定会回来,他要他的信徒们留在这儿,等伟大者回来。那是他说的最后一句有理性的话。但就在主去世之前,他说出了一句世世代代流传,在所有听到过它的人心里萦绕不去的话:"那些永恒光明的行星上的色彩,看上去真可爱。"然后他就死了。

主死后,他的许多信徒作鸟兽散,但有些信徒却始终忠实于他的教导,并在以后的许多世代中慢慢对其进行阐发。起先他们以为,伟大者——无论他们是何许人——会很快回来,但是这个希望随着许多世纪的流逝而淡薄了。故事说到这儿就变得非常混乱,事实和传说似乎难解难分地纠缠在一起。阿尔文只是模模糊糊地看到这样一幕情景：一代代的狂热者等待着某个他们所不了解的伟大事件在一个不可预期的日子里发生。

伟大者一直没来。随着信徒的死亡和信仰的淡薄，等待伟大者的运动也偃旗息鼓。短命的人类信徒是最先走的。特别具有讽刺意味的是，一位人类先知的最后一个追随者竟然是一头完全不像人的生物。

那头大水螅是由于一个非常简单的原因而成为主的最后一个门徒的。它是不死的。组成它身体的亿万个单细胞会死，但是它们在死亡之前会进行繁殖。经过很长的时间间隔，那头怪物就会分解成无数个各自分开的细胞，那些细胞会以自己的方式生存，要是环境合适，就分裂繁殖。在这段时间里，那头水螅，作为一个具有自我意识和智力的整体，就不存在了——听到这儿，阿尔文不由得想到迪阿斯巴居民在城市记忆库里度过数千年沉寂期的那种生存方式。

到适当的时候，某种神秘的生物力量又把分散的细胞聚合在一起，那头水螅就此开始新一轮的生命。它恢复了意识，并回想起自己的早期生活，虽然那种记忆往往并不完整，因为偶然事件有时会损毁带有精密记忆模式的细胞。

也许没有另外一种模式的生命能够在这么漫长的时间里，对一个已被遗忘亿万年的信条保持忠实。就某种意义而言，那头大水螅是其生物特性的无奈的牺牲品。因为它不死，所以它无法改变，只好不得已地永远重复同一个模式。

到后来的阶段，对伟大者的崇拜就演变成了对七太阳的崇拜。伟大者顽固地拒绝出现，信徒们就试图向他们遥远的家乡发送信号。很久之前，发送信号就变成了一种毫无意义的仪式，而到了现在，这种仪式由一头不断重复同一模式的动物和一个永远不知道如何忘却的机器人维持着。

当那无限古老的声音在静止的空气中消逝后，阿尔文觉得自己被一股汹涌的怜悯之情压倒了。恒星和行星消亡了，信仰沦丧了，坚守的忠诚付诸东流——如果不是证据摆在眼前，他永远不会相信这么一个故事。他对自己不了解这段历史感到悲哀。历史的一鳞半爪被照亮了短暂的瞬间，但现在黑暗又将它遮盖住了。

宇宙的历史必定是一团纠结的线条，没人能够说出哪一条重要，哪一条无足轻重。从黎明时代的文明流传下来的传说多得无法计数，这个主和伟大者的不可思议的故事只是其中一个。然而，那头巨大的水螅和那个沉默的机器人的存在，使阿尔文不可能将这整个故事当作疯狂的、自我欺骗的神话一笔勾销。

阿尔文看看那个仍然死死盯着他的谜一般的机器人。它为什么不说话？在它那复杂的、也许与人类迥然不同的内心深处，它在想些什么呢？不过，若它是设计出来为主服务的，它的心就不会跟人完全不一样，它应该能对人的命令做出反应。

想到那个不吭声的机器人必定藏着这些秘密的时候，阿尔文感到一种近乎贪婪的好奇。这样的秘密不为世人所知，好像很不公平……它必定知道很多令人惊奇的事，多得甚至超过迪阿斯巴中心计算机的容量。

"你们的机器人为何不跟我们说话？"希尔瓦问那头水螅。它的回答基本在他预料之中。

"那样做违背主的意愿，主只准许它以主的声音说话，而主现在不能说话了。"

"它会服从你吗？"

"会的，主将它交给我们管。无论它走到哪儿，我们都能通过它的眼睛观看。它看管着那些保护这个湖,使湖水保持纯洁的机器。不过,把它称作我们的伙伴,要比称作我们的仆人更准确些。"

阿尔文仔细思考了一下这句话。他心里开始出现一个模糊的想法。他产生这一想法的动机有自私的成分——他想通过水螅了解更多关于主的事情——但也包含了他对水螅的同情。如果可以的话,他想终结这场徒劳无益的漫长等待,使这些创造物从荒诞的命运中解脱出来。他拿不准自己能对那头水螅做些什么,但是治愈那个机器人的精神失常,同时将它那无价的、被禁锢的记忆释放出来,或许是可能的。

"你肯定留在这儿就是真正在实现主的遗愿吗?"阿尔文慢慢地说。虽然他是在朝那头水螅说话,但实际上话是说给机器人听的,"主希望人们了解他的教导,可你躲在沙尔米兰的时候,他的教导已经失传了。我们只是出于偶然才发现你的,可能还有许多别的人想要听到关于伟大者的教导呢。"

希尔瓦迅即扫了阿尔文一眼,显然无法确定他想要干什么。那头水螅似乎有点不安,它那有规律跳动的呼吸器颤抖了几秒钟。之后,它用颤巍巍的声音回答:"我们对这个问题讨论了多年。但是我们无法离开沙尔米兰,所以,只好等人们到我们这儿来,不管路有多远。"

"我有一个比较好的主意,"阿尔文急切地说,"说实在的,你可能不得不待在这湖里,但是,你的同伴为何不跟我们走呢?它自己想什么时候回来,或者你什么时候需要它,它都可以回来嘛。自从主死后,许多事情都发生了变化——你应该了解那些事情,但是假如你一直待在这儿,你就永远无法了解。"

机器人始终一动不动,但是那头水螅却由于拿不定主意而万分痛苦,它完全沉到湖面之下,在水下停留了几分钟。也许,它在跟同伴进行一场无声的争论吧。它几次重新浮出水面,为了三思而行,它又沉入水中。希尔瓦借机和阿尔文交谈了几句。

"我想知道你打算干什么。"希尔瓦轻声说。

"你肯定为这些可怜虫感到难受吧?"阿尔文答道,"你不认为,解救它们是一种善举吗?"

"我的确感到难受,但是我对你具有足够的了解,因此可以相当肯定地说,利他主义并不是你信奉的宗旨,你必定还有其他的动机。"

阿尔文悲哀地一笑。虽然希尔瓦不了解他的想法——希尔瓦不可能了解——却无疑了解他的个性。

"利斯的人具有与众不同的智力,"阿尔文答道,尽力避免谈论危险的话题,"我想他们或许能对这个机器人做些什么——若不能对这头动物做些什么的话。"他说得非常小声,以免被机器人听到。他的谨慎可能是对的,但假如那个机器人听到了他说的话,它也不会流露出来。

幸而在希尔瓦进一步逼问之前,那头水螅又一次露出了湖面。在过去的几分钟里,它已经变得小多了,动作也更加紊乱。就在阿尔文观望它的时候,它那复合的透明身体有一截突然与主体脱离,接着便分解为无数小东西,迅即消散。水螅在他眼前开始解体了。

当它又开始说话时,它的声音飘忽不定,几乎难以听懂。

"下一轮回开始啦。"它用一种时起时伏的细小声音急促地说,"没想到这么快——只剩下几分钟——刺激太大——无法聚合多长时间。"

阿尔文和希尔瓦瞠目结舌地看着那头动物,既毛骨悚然,又心醉神迷。虽然他们所观看的是一个自然过程，但眼看一头具有智慧的动物明显处于临终的痛苦之中，那也是不愉快的。他们还模模糊糊地产生了一种负罪感，其实产生这种感觉是没有道理的，因为那头水螅迟早都会开始另一轮回。不过他们意识到，他们的出现给了它非同寻常的刺激，这对它的过早变态是负有责任的。

阿尔文知道他得赶快行动，否则机会就会丧失——水螅再次出现也许只要几年，也许要几个世纪。

"你决定怎么办？"他急切地问，"机器人能跟我们一起走吗？"

令人痛苦的停顿，那头水螅正竭力使自己处于溶解的身体听从它的意志。那片说话的膜抖动了一下，但没有发出可以听见的声音。然后，仿佛做出一个绝望的告别姿势，它无力地挥动灵敏的触须，并听任它们回落到水中。那些触须在水里迅即断裂四散，漂到湖中看不见的地方去了。约莫几分钟后，变态过程结束。那头动物留下来的东西没有一块是大于一平方英寸的。水里到处是细小的绿色斑点，好像具有生命似的，迅速在宽广的湖上失去了踪影。

湖面上的涟漪现在完全消失了，阿尔文知道，湖水深处的声音也该停下来了。湖又成了死湖——或者说像是死湖。但那是错觉，有朝一日，那个在过去从来没有失职的未知力量会再次让那头水螅重生。这是个不可思议的奇妙现象，但人体不也是由亿万个细胞组合而成的吗？

阿尔文并没有在这种思考上浪费精力。他被失败感压倒了。一个令人目眩的机会已经失去，而且有可能永远不会再来。他悲哀地凝视着那个湖，过了一段时间之后，他才意识到希尔瓦正在自己耳边平静地说着话。

"阿尔文,"他的朋友轻声说,"我想你已经赢得你所想要的东西了。"

他蓦地转过身来。那个一直孤零零地飘浮在远处,从不接近他们、距离始终保持在二十英尺的机器人已经默默上前,停在他头部上方三英尺高的地方。它那一动不动的眼睛并没有显示出它在朝哪个方向看,但阿尔文丝毫不怀疑,它的注意力现在集中在自己的身上。

它在等待他的下一个行动。就某种程度而言,至少,它现在处于他的控制之下。它可能会跟他去利斯,也许甚至去迪阿斯巴——除非它改变主意。但在它改变主意之前,他就是它的临时主人。

十四

　　回艾尔利的旅程几乎耗费了三天——阿尔文自己也不急着回去。对利斯的实地探测现在已进入更重要、更激动人心的第二阶段。他正在慢慢和那个奇特的智能机器人接触，现在它已成为他的伙伴。

　　他怀疑机器人想要利用他来达到自己的目的，但它的目的是什么他无法确定，因为它仍然顽固地拒绝跟他说话。由于某种自身的原因——也许怕它会泄露太多的秘密——主必定对它的语言线路设置了非常有效的封堵。阿尔文想尽办法清除封堵，但均告失败，甚至像"要是你不说什么话，我就当你说'是'"这种话对它也毫无效果。机器人太聪明了，这么简单的花招是骗不了它的。

　　但是，在其他方面，它却比较合作。只要不是让它说话或透露信息的命令，它都会服从。一段时间后，阿尔文发现，他能像指挥迪阿斯巴的机器人那样，光靠意念来控制它。这是向前迈了一大步。又过了不长时间，那东西——很难将它当作一台纯粹的机器——进一步放松了对他的警惕，并允许他直视它的眼睛。对这种被动的交流方式，它似乎并不反对，但它拒绝了建立更亲密关系的一切要求。

对希尔瓦的存在,它全然不加理会,它不会服从他的任何命令,对他的一切探测,它的心都是关闭的。起先,这使阿尔文感到失望,他原希望希尔瓦强大的心灵感知力能强行打开那东西的心门,揭露隐藏的记忆。到后来,他才认识到拥有一个只服从自己的仆人的好处。

在探险队成员中,对机器人抱有强烈反感的是克里夫。也许它以为现在自己有了一个对手,也许它排斥任何不长翅膀却会飞的东西。在没人看它的时候,它对机器人发起了几次直接攻击,机器人对它的攻击毫不在意,这更加激怒了它。最终,是希尔瓦使它平静下来。在乘坐地面车回家时,它似乎不得不安于现状。机器人和克里夫护送那辆车无声地滑过森林和原野——它们飞在各自主人的一侧,装作没看见对方。

车子滑进艾尔利时,塞拉尼丝已经在等着他们。阿尔文想,要使这些人吃惊是不可能的。他们那相互连接的心,使他们始终和发生在他们土地上的每一件事保持接触。他寻思,他在沙尔米兰的冒险活动现在可能在利斯已尽人皆知了。

塞拉尼丝好像很担忧,阿尔文想起了自己必须做出的那个选择,现在它已经摆在他面前了。在最近几天,他因为激动而几乎把它给忘了。他不喜欢花费精力去为未来的问题担忧,但未来即将　降临到他身上。他必须决定,在这两个世界中,他想在哪一个世界生活。

塞拉尼丝开始说话,她的声音很不安。阿尔文突然觉得:利斯有什么地方出问题了。他不在的时候发生了什么事?塞拉尼丝派人去抹除基特隆对阿尔文离开迪阿斯巴的记忆了吗?难道他们没有完成自己的职责?

"阿尔文，"塞拉尼丝开口道，"有许多事情我以前没告诉你，但你现在必须知道——要是你想了解我们的所作所为的话。

"我们两个种族孤立的原因，你已经知道了其中一个——害怕入侵者，这种恐惧隐藏在每个人的心灵深处，这使迪阿斯巴的人切断了和外界的联系，沉浸在自己的梦幻之中。而在利斯，这种恐惧从来没有这么巨大，尽管我们也担心最后难逃一劫。

"很久以前，阿尔文，人们寻求不死并最终实现了这一点。他们忘了，一个摈弃死亡的世界必定也摈弃生命。使自己的生命无限延长的能力或许会给个人带来满足，但却造成了种族发展的停滞。许多世代之前，我们放弃了不死，但迪阿斯巴仍然追寻着那个虚幻的梦。这就是我们分道扬镳的原因，也是双方必定永远不再聚首的原因。"

虽然这些话多半是在预料之中，但打击却好像并不比预期的小。阿尔文拒绝承认他的失败。他记下了塞拉尼丝的话，但他却在同时回忆返回迪阿斯巴的路，竭力想象可能设置在他道路上的每一个障碍。

塞拉尼丝明显并不高兴。她说话时，几乎是在恳求，阿尔文知道她不仅是在对他，而且也是在对她儿子讲话。她必定意识到，在阿尔文和希尔瓦一起度过的日子里，他们之间业已建立起来的那种理解和感情。在她说话时，希尔瓦目不转睛地望着他母亲。在阿尔文看来，他的凝视中不仅带着关切，还带着不小的指责。

"我们不希望迫使你做违反你意志的事，但你必须明确认识到，若我们和你们再次聚首，那将意味着什么。在我们和你们的文化之间，存在着一条巨大的鸿沟，大得就像将地球和它的古代殖民地分开的鸿沟一样。想想这一个事实吧，阿尔文，你和希尔瓦现在年龄相仿，但将来你依然是个年轻人的时候，他和我却已死去几个世纪了。在一个无限的生命系列中，现在只是你的第一次转生啊。"

房间里非常安静，静得阿尔文都能听见村外田野里不知名的野兽哀怨的叫声。不一会儿，他用几不可闻的声音说："你要我做什么？"

"我们原本打算让你自己选择：待在这儿，或是回迪阿斯巴。可现在不可能了。我们这儿发生了许多事，所以不能让你自己做选择了。就在你来这儿的这段时间里，你已经引起了极大的动荡。不，我不是责怪你。我确信你并不想造成危害。但是，最好别去改变你在沙尔米兰遇到的那些东西的命运。

"至于迪阿斯巴……"塞拉尼丝做出一个气恼的姿势，"知道你去了哪儿的人太多了。我们没有及时采取行动。最严重的是，帮助你发现利斯的那个人已经失踪了。你们的市议会和我们的密使都没能发现他，所以他成了我们安全的一个潜在危险。也许你会感到惊讶，我竟把这一切都给你说了。但是，我这么做是十分安全的。恐怕我们面前唯有一个选择：我们必须把带着一整套错误记忆的你送回迪阿斯巴。那些记忆是精心设计而成的，你回到家里之后，我们的情况你就一无所知了。你会相信，你是在阴暗的地下洞穴里经历了一次非常乏味而又危险的旅行，那儿的洞顶不断在你身后坍塌，你靠吃难以下咽的野草和喝偶尔遇到的泉水才活下来。在你的有生之年，你都会相信这是真的，迪阿斯巴的每一个人都会接受你的故事。那时，就不存在诱惑任何未来探险者的奥秘了。他们会认为，自己所了解的有关利斯的情况已经足够了。"

塞拉尼丝停下来，用忧虑的目光看着阿尔文，"非常抱歉，我们不得不这样做,并在你仍然记得我们的时候请求你原谅。你或许不接受我们的决定,但我们不能隐瞒你。至少你不会有遗憾,因为你会相信,你已经发现了可以发现的一切。"

阿尔文怀疑这些话不是真的。他相信,即使他认定迪阿斯巴的城墙之外没有任何有价值的东西存在,他也不会安于过迪阿斯巴的常规生活。何况,他并不想体验那种常规生活。

"你想什么时候对我动手?"

"立即。我们现在已经准备好了。把你的心向我打开,就像你以前做的那样。你将什么都不知道,直至发现自己已经回到迪阿斯巴。"

阿尔文沉默了一会儿,然后平静地说:"我想对希尔瓦说声再见。"

塞拉尼丝点点头。

"我理解。你待在这儿,我离开一会儿,到你准备好了再回来。"她走向通到下面屋子里的楼梯,把他们单独留在屋顶上。

过了些时候,阿尔文才对他的朋友说话。他感到极大的悲伤,但是也感到一种不屈不挠的决心,他绝不容许自己所有的希望破灭。他又一次朝下面那个曾给过他欢乐的村子看去,他可能永远再见不到它了。那辆地面车仍然在一棵枝丫茂密的树下停着,那个耐心的机器人正悬在车子上方的空中。几个孩子聚集在周围,仔细察看这个陌生的客人,但成年人中好像没有一个有兴趣。

"希尔瓦,"阿尔文突然说,"我非常难受。"

"我也很难受,"希尔瓦答道,他的声音因强烈的感情而颤抖,"我本来希望你能留在这儿。"

"你认为塞拉尼丝想要做的事对吗?"

"别责怪我母亲。她只是在做人家请求她做的事而已。"希尔瓦回答。尽管希尔瓦没有回答他的问题，阿尔文却无心再问。对他的朋友施加这么大的压力是不公平的。

"那就告诉我，"阿尔文问，"假如我设法不让我的记忆被更改，你们的人会怎么阻止我离开呢？"

"这很容易。若你设法逃跑，我们就会控制你的心灵，迫使你回来。"

阿尔文预料到会是这样，他并没有被吓倒。迫在眉睫的分离显然使希尔瓦心意烦乱，但阿尔文不敢向希尔瓦透露自己的计划。阿尔文非常仔细地勾画出那条能带他回迪阿斯巴的道路，对每个细节都推敲再三。

有一个危险是他必须面对的——若塞拉尼丝不信守诺言，窥探他的心，那他所有的精心准备都可能付诸东流。

他向希尔瓦伸出手，希尔瓦紧紧握住，但好像没法说出话来。

"我们到楼下去见塞拉尼丝吧，"阿尔文说，"我想在走前看看村里的一些人。"

希尔瓦默默地跟着他进入宁静凉爽的屋子，然后走出门厅。塞拉尼丝在那儿等着他们，看上去镇定而又果决。她知道阿尔文正竭力隐瞒着什么。她已经采取了预防措施。

"你准备好了，阿尔文？"她问。

"都好了。"阿尔文答道，他的声调引起了她的注意，她目光锐利地看了看他。

"那么，你最好像以前做过的那样，使自己的心变成一片空白吧。那样你就会什么也感觉不到，什么也不知道了。最后你会发觉自己已回到迪阿斯巴。"

阿尔文转向希尔瓦，用塞拉尼丝无法听清的很快很小声的话说："再见，希尔瓦，别担心……我会回来的。"然后他重新面对塞拉尼丝。

"对你想要做的事，我并不怨恨，"他说，"无疑你相信那是最好的处置办法，但我认为你是错的。迪阿斯巴和利斯不应该永远分开，有朝一日它们可能会迫不及待地需要彼此。所以，我将带着我所了解到的一切回家——我认为你是无法阻止我的。"

他不再等她说话。塞拉尼丝始终一动不动，但他感觉到自己的身体慢慢脱离了自己的控制。那股将他自己的意志驱逐开去的力量大得超出他的预料。他无奈地朝屋子里走回去。有那么一会儿，他恐惧地认为他的计划完蛋了。

接着便传来一道钢和水晶的反光，两条金属手臂箍住了他。他的身体开始反抗，他料到他的身体必定是要反抗的，但反抗毫无用处。他的身体脱离地面，他瞥了希尔瓦一眼，希尔瓦惊呆了。阿尔文脸上露出傻笑。

那个机器人挟着他飞到地面之上十多英尺的地方，比人跑的速度快多了。塞拉尼丝没过多久便明白了他的诡计。她松开控制，他的身体不再挣扎。但她还没有被打败，很快就发生了使阿尔文害怕的事。

在他心里，现在有两个阿尔文在进行战斗，其中一个在恳求机器人，求它把他放下来；而另一个——那个真正的阿尔文——在屏着呼吸等待，只不过对那股他知道自己绝非其对手的力量略作反抗。他已经投入了一场赌博，他无法预知他的机器助手是否会服从自己下达给它的复杂命令。他曾对机器人说过，无论在什么情况下，它都不要服从他的进一步的命令，直至他安全回到迪阿斯巴——另一个阿尔文的恳求就是这进一步的命令。

要是机器人服从了这进一步的命令,阿尔文就只好听天由命。

机器人毫不犹豫地沿着那条他无比仔细地勾画出来的道路快速前进。另一个阿尔文还在愤怒地恳求它放开,但真正的阿尔文现在知道自己是安全的。不一会儿,塞拉尼丝也明白了这一点,因为她发现阿尔文脑子里的两股力停止交战了。阿尔文又一次得到了安宁,如同许多世代之前,一个被绑在船桅上的流浪者听到塞壬①的歌声,在暗紫色的海上渐渐远去。

①半人半鸟的海上女妖,常以美妙的歌声诱惑过路海员,使所乘船只触礁沉没。

十五

　　阿尔文直到那个自动路站再次出现才松了口气。在车里还是有危险的,利斯人或许能阻止车前进,甚至能使车倒行,使他无奈地回到起点。但他的回程就跟出去时一样,一路平安无事。他离开利斯四十分钟后,回到了雅兰·蔡墓。

　　市议会的监督员们在等他,他们身穿黑色制服,这种衣服他们已有几个世纪没穿了。有接待人员在场,阿尔文并不觉得奇怪,也不觉得惊恐。他已经克服了那么多障碍,再多一个也无所谓。自他离开迪阿斯巴以来,已经学到了许多东西。随着知识的增长,他的自信心也增强了,他此时的自信几近于目中无人了。何况他现在还拥有一个强大的助手,尽管它有点怪。利斯那些最有能耐的人也无法破坏他的计划,所以他相信迪阿斯巴也奈何自己不得。

　　相信这一点是有依据的,但它却建立在某些超越理性的东西之上——那就是慢慢在他心里形成的对自己命运的信念。他那神秘的出生,他在做前人未曾做过的事情上所取得的成功,新的前景在他眼前展开,种种障碍均未能阻止他前进——所有这些事都增强了他的自信。对于自己命运的信念是上帝能给予人的最有价值的馈赠之一，但是，阿尔文不知道，这个信念曾将多少人引向毁灭。

"阿尔文，"市里派来的那批人的头头儿说，"我们得到命令，无论你去哪儿我们都得陪着，直至市议会听取你的陈述并做出裁决。"

"我被指控犯了什么罪？"阿尔文问。他仍然处于从利斯脱逃的激动和欢欣之中，还未非常认真考虑新情况。或许基特隆招供了。他对那位杰斯特出卖自己的秘密深感气恼。

"尚未做出指控，"那头头儿回答说，"若有必要，指控将在听取你的陈述后提出。"

"什么时候听取我的陈述？"

"很快，我想。"那头头儿明显很不自在，似乎拿不准该怎么处置这件不受欢迎的事。他一会儿将阿尔文当作市民来对待，一会儿又记起自己看管者的职责，摆出一副过分冷淡的态度。

"这个机器人，"他指着阿尔文的伙伴突然说，"它是打哪儿来的？是我们的机器人吗？"

"不是，"阿尔文答道，"我是在利斯发现它的。我把它带到这儿来见见中央计算机。"

这个镇定的回答引起了极大的骚动。迪阿斯巴外面有东西存在，这个事实本身就很难接受，而阿尔文竟然还带回一个利斯机器人，并想将它介绍给城市的大脑，这就更加糟糕了。那些公务人员惊恐万状，面面相觑，使阿尔文忍俊不禁。

当他们穿过公园往回走时，看管他的那帮人始终小心翼翼地走在后面，焦虑不安地小声交谈着什么。阿尔文考虑好了他的下一步行动，他首先必须做的是，把他不在期间发生的事情彻底搞清楚。塞拉尼丝告诉过他，基特隆失踪了。在迪阿斯巴，藏身之地数不胜数,由于那位杰斯特对城市的了解比任何人都详细,所以在他愿意重新露面之前,是不大可能找到他的。也许,阿尔文想,自己可以在基特隆必定会看到的地方留个信,安排一次和他的会面。但是,有看守们在身边,这么做似乎不可能。

他必须承认,监管他的人十分谨慎。他到达自己的住处时,几乎忘记了那些监督员的存在。他认为,只要不试图离开迪阿斯巴,他们就不会干涉他的行动,而眼下他并不想离开。说实话,他相当肯定,现在沿原路回利斯是不可能的。可以确信,此时,那个地下交通体系已经被塞拉尼丝和她的同伴们关闭了。

那些公务人员并没有跟他进屋,他们知道屋子只有一个出口,所以待在屋外就行了。由于没有得到关于那个机器人的指示,他们就让它陪着阿尔文。他们不想对一个机器人进行任何干预,就算它的构造明显不同于本地的机器人。他们无法从那个机器人的行为中分辨出,它究竟是服从阿尔文指挥的仆从,还是凭自己意志行动的自主机器人。由于这方面无法确定,他们乐得不去管它。

等墙壁在身后闭合,阿尔文将他心爱的长沙发显现出来,猛地倒在沙发上。他要在自己熟悉的环境中尽情享受一番。他把自己上次画的和雕的东西从记忆装置里调出来,用批评家的眼光仔细审视它们。假如它们以前并不使他满意,那现在他就加倍不快,他再也无法以它为傲。创造了它们的那个人已今非昔比;在阿尔文看来,在离开迪阿斯巴的几天里,他好像经历了用一生时间才能经历的那么多事。

他消除了所有他在青春期创作的作品——将它们永远消除,而不是仅仅让其回到记忆库。房间又空空荡荡了,除了那张长沙发和仍然用深不可测的大眼睛望着他的那个机器人。机器人对迪阿斯巴有什么想法？阿尔文寻思。接着他便想起来了，它对这儿并不陌生，因为在人类与群星保持接触的最后日子里，它已经知道这个城市了。

找到回家的感觉之后，阿尔文就开始跟朋友们通话。他首先找到了埃里斯顿和埃塔尼娅，但他这样做是出于责任感，而不是真正想要再见到他们并和他们说话。当通话机告诉阿尔文他们不在时，他并不遗憾，不过，他给他们留了一个简单的口信，说他回来了。这完全没有必要，因为此时全城都知道他已经回来。之所以这样做，是因为他希望他们意识到，他是把他们放在心上的。阿尔文正在开始学会体谅人，尽管他还没有认识到，这跟大多数美德一样，只有自然而然地表现出来才有价值。

接着，他冲动地拨打了基特隆很久前在洛伦尼堡留给他的那个号码。当然，他并不指望有人接听，只希望基特隆可能留了口信。

他猜对了，但那个口信却是他完全料想不到的。

墙壁融化了，基特隆正站在他面前。这位杰斯特显得疲惫而又紧张，不再是将阿尔文送上通向利斯之路的那个自信的人了。他的眼光闪烁，说话急匆匆的，仿佛只能待很短一会儿时间。

"阿尔文，"他开口道，"这是录音，只有你才能收到。你能随意处置这段录音，我不介意。

"我回到雅兰·蔡墓时，发现阿莉丝特拉跟着我们。她必定已跟市议会说过，你离开了迪阿斯巴，是我帮了你。市议会派出的人很快就开始找我，我决定躲起来。我躲惯了——以前，在我所开的一些玩笑未能得到赏识的时候，我就躲过。"阿尔文想，这段话里倒还看得到老基特隆的影子。

"他们一千年也不会找到我,可是别的什么人差点儿就把我找到。在迪阿斯巴有外地人,阿尔文。他们只可能来自利斯,他们在找我。我不知道这意味着什么,我并不喜欢他们。他们差点抓住我——尽管他们一直生活在一个陌生的城市里——这表明他们拥有心灵感应能力。我能与市议会斗,但利斯人可是我不愿面对的未知危险。

"因此,我将走出市议会很可能会逼我走出的一步,因为他们以前就威胁过我。我将到无人能够跟踪我的地方去。我将在那儿逃避将要在迪阿斯巴发生的一切变迁。也许我这么做是愚蠢的,但只有时间才能证明这一点。我总有一天会知道答案的。

"现在,你可能猜出我已经回到创造大厅,进入了安全的记忆库。无论发生什么情况,我都信赖中央计算机和它保持迪阿斯巴亘古不变的力量。要是有任何东西篡改中央计算机,那我们就全都完了。若没有,那我何惧之有?

"五万或十万年后,我就会再次进入迪阿斯巴。但这在我看来,只是一转眼的工夫。我很想知道,到那时,我将看到一个怎样的城市——要是你在城里,那可就怪了。但我想,有朝一日我们会再次相遇。我实在不知道我是期待那次相遇呢,还是害怕呢?

"我从未了解过你,阿尔文,虽然有段时间我自认为我是了解你的。只有中央计算机知道你这个特异人对迪阿斯巴的价值。在你之前也出现过特异人,但他们后来消失了,只有中央计算机知道其中的真相。

"我想,我准备逃进未来的一个理由是,我没有耐心。我想要看到你已开始做的那些事情的结果,但是,我又急于逃过中间的几个阶段——我觉得那几个阶段可能是不愉快的。我很有兴趣知道,片刻后将出现在我周围的那个世界里,人们记忆之中的你究竟是一个创造者呢,还是一个破坏者……抑或你到底是否能够留在人们的记忆之中?

"再见,阿尔文。我曾想给你一些忠告,但我看你是不会听的。你将走你自己的路,你总是这样的——你的朋友们将是你的工具,需要时就用,不需要时就会被抛弃。

"我说完了,再想不到什么要说的话了。"

基特隆——已经作为一种模式被存储到城市记忆库单元中——带着顺从和悲哀的神情朝阿尔文看了一会儿,随即屏幕又成了空白。

阿尔文在基特隆的影像消退之后,一动不动地待了许久。他努力反躬自省,在他的一生中,以前是很少这么做的,因为他无法否认基特隆所说的那些话的正确性。在他的一切行动计划和冒险活动中,他从未停下来考虑过自己所干的事情会给朋友造成什么影响。他给他们带来焦虑,而且有可能很快带来更加糟糕的后果——这一切全都因为他那永不满足的好奇心,总想搞清楚他本来不该知道的那些事。

他从来都不喜欢基特隆,这位杰斯特严谨的个性使他们之间无法建立亲密的关系。可现在,当他想着基特隆的那些临别赠言时,他无比悔恨。因为他的所作所为,这位杰斯特从这一世代逃到了不可知的未来。

但是,阿尔文想,他确实无须为此而责备自己。这件事只是证明了他已经知晓的一点——基特隆是个懦夫。也许基特隆并不比迪阿斯巴的其他任何人更怯懦,他比别人不幸,是因为他拥有卓越的想象力。阿尔文可以为他的命运承担某些责任,但绝不应承担全部。

在迪阿斯巴还有谁受到了他的伤害，或者因他而痛苦呢？他想到了杰塞拉克，他的老师，他准是杰塞拉克最难教诲的学生，而杰塞拉克对他一直非常耐心。他想起了他的父母多年来所给予他的那一点儿慈爱之情，现在他回过头去看，那慈爱要比他以前想象的多。

接着，他想到阿莉丝特拉。她爱他，他高兴时就接受她的爱，不高兴时就置之不理。但他能有什么别的选择吗？难道干脆一脚把她踢开，她就会幸福些？

他现在明白为何他从未爱过阿莉丝特拉，或者爱过他在迪阿斯巴认识的任何女人。这是利斯教给他的又一课。迪阿斯巴业已忘却了许多东西，其中就包括爱情的真谛。在艾尔利，他看到母亲们将孩子放在膝上摇晃。他觉得，对所有幼小无助的孩子的细心保护，在本质上与爱情是一致的。可现在，在迪阿斯巴却没有一个女人懂得或关心曾被爱情视为终极目的的东西是什么。

在这个不死之城里，没有真正的感情，没有深刻的激情。也许正是因为这些东西短暂易逝，所以才弥足珍贵。

阿尔文认识到自己命运的必然。他一直被自己的种种冲动所左右。假如他知道什么是比喻的话，他就会将自己比作一个骑在野马背上的骑手。它曾将他带到许多陌生的地方，而且还可能继续这样做，但是在它疯狂的奔跑中，它显示了自己的力量，并带他去了他真正想去的地方。

阿尔文的沉思冥想被墙壁屏幕发出的鸣响猛地打断了。声音的音色告诉他，这不是打进来的电话，而是什么人来看他了。他发出了请进信号，很快杰塞拉克就出现在他面前。

他的老师显得很严肃，但并非不友好。

"阿尔文,他们请我带你去市议会,"他说,"他们等着听你的陈述。"随即,杰塞拉克看到了那个机器人,于是好奇地仔细察看起它来。"这就是你在旅行中带回来的伙伴?我想它最好和我们一起去。"

这正中阿尔文下怀。机器人已经使他脱离了一次险境,他可能还要用到它。他想,这个机器人对他的冒险和如今微妙的处境究竟抱什么想法呢?他希望自己能够了解它那紧紧关闭的内心里到底想些什么。阿尔文觉得它目前正在观望、分析,并得出自己的结论。在确定时机成熟前,它不会做任何一件由自己的意志所决定的事。然后,也许颇为突然,它会做出行动决定。不过,它决定要做的事可能与阿尔文的计划格格不入。阿尔文的唯一助手是由最脆弱的利益纽带和他连接在一起的,并随时可能抛弃他。

阿莉丝特拉在通向外面街道的坡道上等他。即使阿尔文想要责备她泄露了自己的秘密,他也无心这样做。她的痛苦太显而易见了——当她跑上前来迎他时,眼眶中溢满了泪。

"呵,阿尔文!"她叫道,"他们要把你怎么样?"

阿尔文深情地握住她的双手,这使他们俩都吃了一惊。

"别担心,阿莉丝特拉。"他说,"一切都会好起来的。就算是最坏的处置,市议会也只能将我送回记忆库——可我认为还不至于此。"

她的美丽和悲伤是那么摄人心魄。阿尔文觉得,自己的身体一如既往地对她的到来做出了反应。他轻轻松开手,转身跟杰塞拉克到市议会厅走去。

阿莉丝特拉望着他离开时,她的心感到了深深的孤寂,但不再痛苦。她现在知道自己并没有失去他,因为他从未属于她。

接受了这个事实之后，她开始有意识地使自己摆脱徒然的悔恨。

阿尔文和陪着他的杰塞拉克从熟悉的街道去市议会厅，一路上，他对市民们好奇或恐惧的目光几乎毫不在意。他心中正在准备可能要说的话，并以对自己最为有利的方式编排好他的故事。他不时告诉自己，他一点儿都不惊慌，他仍然控制着局势。

他们在接待室只等了几分钟，但对阿尔文来说，时间已经太长，他不禁怀疑，要是他并不害怕，他的双腿为何会如此怪异地发软呢。在利斯，当他硬着头皮攀上那座远山的最后几道山坡时，他也曾体验过这种感觉。希尔瓦就是在那儿指给他看那道从山顶飞泻而下的瀑布的。他们先是看到在那个山顶上有光迸发出来，然后就被光吸引到了沙尔米兰。他想，不知道希尔瓦此时在干什么，他们以后会不会再见面。他们必须再见面，这一点对他突然变得非常重要。

大门完全打开，他跟着杰塞拉克走进市议会厅。二十位市议会成员已经围着月牙形桌子坐好了。看到空位一个也没有，阿尔文心里觉得美滋滋的——市议会全体成员聚集在一起，无一缺席，这必定是许多世纪以来破天荒头一回。市议会难得召开会议，开会通常完全是礼仪性的，所有一般性的事务都靠打几个可视电话来处理。若有必要，就由市议会主席和中央计算机碰个头。

市议会的大多数成员阿尔文都认识。有这么多熟面孔，他感到很宽心。他们跟杰塞拉克一样，看上去并非不友好——只是忧虑与困惑。毕竟他们是讲道理的人。如果阿尔文证明他们是错的，他们可能会气恼，但阿尔文不相信他们会对他抱有怨恨。这一猜想放在以前或许不能成立，但在迪阿斯巴，人类睚眦必报的劣根性已得到一定改进。

　　他们会公正地听取阿尔文的陈述，但他们怎么想无关紧要。现在，阿尔文的法官不是市议会，而是中央计算机。

十六

没有仪式。主席宣布开会,然后就转向阿尔文。

"阿尔文,"主席相当和蔼地说,"我们想要你跟我们谈谈,自你十天前失踪以来,你究竟干了些什么?"

阿尔文想,使用"失踪"这个词是很能说明问题的。即便此时,市议会还不愿承认他实际上是到迪阿斯巴外面去了。他怀疑他们究竟是否知道城里有外地人来过。如果他们知道,就应该表现出更大的惊慌。

他一五一十地讲述了自己的经历,不带任何戏剧性夸张。在他们听来,这已经够不可思议和难以置信了,无须添油加醋。只有一个地方他没有照实讲——他对自己逃离利斯的方法只字未提,因为他觉得自己可能会再次使用这一方法。

在他陈述的过程中,市议会成员的态度发生了变化。看他们如何改变态度是非常有趣的。起先他们持怀疑态度,他们拒绝接受对他们所相信的一切的否定,拒绝接受对他们那些最深刻的偏见的亵渎。当阿尔文说到他渴望探索城外世界、并深信存在这样的世界时,他们都瞪大眼睛凝视着他,仿佛他是头陌生而又不可理喻的动物。说实在的,在他们心里,他就是这么一头动物。但是,最后他们不得不承认,他是对的,而他们错了。随着阿尔文的故事的展开,他们的怀疑慢慢消融了。他们可能并不喜欢他告诉他们的情况,但他们不能否认其真实性。要是他们想否认,只需看看阿尔文那个默不作声的同伴就行了。

阿尔文的故事只有一个方面激起了他们的愤怒,但那可不是针对他的。阿尔文说到利斯人一心想要避免受到迪阿斯巴的感染,塞拉尼丝为了防止这一灾难而采取了种种步骤,这时,会议厅里响起了一片恼火的嘈杂低语声。迪阿斯巴城以自己的文化为骄傲,那是具有充足理由的。有人竟然觉得他们低人一等,这是市议会成员们无法容忍的。

阿尔文非常小心,不让自己所说的任何事情对他们有所冒犯——他想尽可能将市议会争取到自己一边来。在整个听证过程中,他竭力给人造成这样一种印象:他看不出在他的所作所为之中有什么犯错的地方;他有所发现,指望为此受到赞扬而不是责难。这是他所能采取的最佳方案,因为这使大多数想要指责他的人找不到指责他的借口。它还产生了这样的效果——尽管他无意这么做——即,将指责的矛头转移到了业已消失的基特隆身上。对听者而言,阿尔文本人显然太年轻了,他无法认识到自己所做的事情有什么危险。然而,那位杰斯特肯定心里有数,他是以一种完全不负责任的方式行事的。他们尚不知道基特隆本人在多大程度上是与他们看法一致的。

杰塞拉克作为阿尔文的老师,也理应受到指责,有几个市议会成员不时用沉思的目光扫视着他。可杰塞拉克似乎并不放在心上,虽然他充分了解他们在想些什么。教导自黎明时代以来最具独创性的心灵,这是一种荣誉,什么人都无法将其夺走。

阿尔文陈述完自己冒险活动的经过后,试图做一点劝说工作。他必须设法使这些人确信，他在利斯了解到的东西是真实可信的，但现在他怎么能够使他们对自己从未看见过并几乎无法想象的东西真正有所了解呢？

"看来，"他说，"人类的两个现存于世的支脉分开了这么漫长的时期，是个巨大的悲剧。也许，我们有朝一日会知道这悲剧是怎么发生的，但现在更为重要的是修复断裂的关系——防止断裂再次发生。在利斯时，我对他们所持有的他们优于我们的观念表示了抗议，他们确实可以教给我们许多东西，但我们也可以教给他们许多东西。很明显，我们都有值得对方学习的地方。"

他满怀期待地看着那一排面孔，鼓起勇气往下说。

"我们的祖先，"他继续说，"建立了一个远及群星的帝国。人类在那些星球间任意来往——而现在，他们的后人竟害怕越出迪阿斯巴城墙一步。要我告诉诸位这是为什么吗？"他停了下来。在那间巨大的空荡荡的房间里，所有人都一动不动。

"那是因为我们害怕——害怕某件在历史之初发生过的事。在利斯，有人把事实真相告诉了我，虽然我猜想那事发生在很久之前。难道我们必须始终像懦夫似的躲在迪阿斯巴，佯装此外没有任何东西存在——就因为在十亿年前那些入侵者把我们赶回了地球？"

他戳到了他们隐秘的恐惧——他从来没有和他们一起怀有那种恐惧，因此他无法充分理解那种恐惧的力量。现在让他们高兴怎样就怎样吧，他已经说出了他所看到的事实。

主席严肃地看着他。

"在我们考虑好该怎么做之前，"主席问，"你还有什么话要说？"

"只有一件事。我想把这个机器人带到中央计算机那儿去。"

"为什么？你知道,中央计算机已经知悉这个会议厅里发生的每一件事。"

"我还是想去,"阿尔文礼貌而执拗地回答,"我请求得到市议会和中央计算机的许可。"

主席还没来得及作出答复,一个清晰而镇定的声音响彻了议会厅：

阿尔文毕生从未听见过那个声音,但他知道那是什么在说话。那些信息机——它们是那台拥有超级智力的中央计算机的外延部分——能对人说话。但它们并不是这种充满智慧和权威的口音的主人。

"让他到我这儿来。"中央计算机说。

阿尔文看着主席。他并不想炫耀自己的胜利,只是简单地问主席："你允许我离开吗？"

主席环视议会厅,看到无人反对,于是无可奈何地回答："很好。让监督员陪你去吧,我们讨论好了就把你重新带到这儿来。"

阿尔文微鞠一躬,表示感谢。大门在他前面打开,他慢步走出议会厅。杰塞拉克陪着他。门再次闭合后,阿尔文转身面对老师。

"你看市议会现在会怎么做?"他急切地问。杰塞拉克露出了微笑。

"你还像以前那样性急,是吗?"杰塞拉克说,"我不知道我的猜测有多大价值,可我想他们会封闭雅兰·蔡墓,不让任何人再作你那样的旅行。这样迪阿斯巴以前的状态就能持续下去,不受外部世界的骚扰。"

"那正是我所害怕的。"阿尔文痛苦地说。

"你还想阻止他们这么做?"

阿尔文没有马上回答。他知道杰塞拉克了解他的想法,但是,他的老师没法预见他的行动计划,因为他什么计划都没有。他现在只能随机应变,应对每个随时可能出现的情况。

"你责怪我吗?"不一会儿,他说。杰塞拉克被他的声调吓了一跳。那种声调透露出谦卑的意味,明白无误地暗示阿尔文有生以来第一次期待着同胞的赞许。杰塞拉克被感动了,但他非常明智,不会信以为真。阿尔文现在面临很大的压力,所以还不能贸然断言他性格的变化是不是暂时的。

"这个问题很难回答,"杰塞拉克慢悠悠地说,"我想要说,所有的知识都是有价值的。无法否认,你已经给我们的知识增添了许多内容。可是,你也增加了我们的危险。从长远看,哪个更重要呢? 你静下心来考虑过这个问题吗?"

师生两人忧伤地对望了片刻。然后,他们猛地转过身来,一起沿着议会厅外的长过道走去,护送他们的人仍然耐心地在后面跟着。

阿尔文知道,这个世界并不是为人创造的。在闪耀着的强烈蓝光下——那炫目的强光灼痛了眼睛——长长的宽阔走廊似乎伸向极远的地方。

迪阿斯巴的机器人在其无尽的一生中,肯定一直在这些通道上走来走去。但是,几个世纪里,在这些通道中响起人的足音还是第一次。

这儿是地下城,机器人之城。没有它,迪阿斯巴就不存在。前方几百米处是一个直径一英里以上的圆形大厅,它的顶部由巨大的圆柱支撑。那些圆柱必定还承受着动力中心难以想象的重量。根据地图，中央计算机就在这儿永久思索着迪阿斯巴的命运。

圆形大厅到了，它甚至比阿尔文大胆想象的还要大。可是，中央计算机在哪儿呢？不知怎么，在他的预想中，他所遇见的将是一个巨大的机器人，尽管他知道这个想法无比天真。他停下脚步，因为他的下方出现了令他惊奇不已的景象。

他们走过的那条通道的尽头是圆形大厅——无疑是人类所建造的最大的地下大厅。两侧都有长长的坡道一直通到下方。下方灯火通明的宽阔地面上排列着几百台巨大的白色机器，阿尔文完全没有料到，一时间竟觉得仿佛看到了一座地下城。那情景他永远不会忘记。他期待看到的东西——人类自从学会和机器侍仆相处以来就熟悉的那种金属闪光——压根儿就不存在。

这儿是机器进化史的终点，其过程与人类进化同样漫长。机器进化的起始阶段已消失在黎明时代的迷雾之中。人类在黎明时代首先学会使用动力，并把机械的喧闹声送到世界各处。蒸汽、水、风……所有这些动力都被利用过一段时间，然后就被抛弃了。在许多个世纪里，各种形式的能量轮流运转着世界——随着每一次变革，老的机器被忘却了，新的机器取而代之。历时数千年，完美的机器终于被制造出来——这一理想曾经只是梦，后来成了愿景，最终成为现实。

这儿就是那个理想的最终体现。它的实现也许花了人类一亿年时间。机器达到了终极，就能永远自我运转、维持，并为人类服务。

阿尔文不再自问在眼前这些默默无声的白色机器中，哪一台是中央计算机了。他知道中央计算机是由所有这些机器共同组成的——它远远超出了这间大厅的范围,迪阿斯巴无数其他的机器人均是它的一部分,无论是动的还是不动的。人的大脑是数十亿个各自分开的细胞的总和,中央计算机的有形组成部分则遍布整个迪阿斯巴。这个大厅可能只是一个信息交换系统,所有那些分散的装置就是通过它保持联系的。

阿尔文拿不准接下去该往哪儿走,他瞪眼看着通向下面的坡道和寂静无声的圆形大厅。中央计算机必定知道他已经来了,就像它知道迪阿斯巴所发生的每一件事一样。阿尔文只能等待它的指示。

那个现在他已熟悉、但仍然畏惧的声音离他非常近,护送他的那些人应该听不见。"走左坡道下来,"它说,"我会指示你的。"

他慢慢走下左坡道,那个机器人飘浮在他的上方。杰塞拉克和那些监督员都没有跟着他。他寻思,或许他们得到了留在原地的命令;或许他们认定,从他们所在的高处照样可以监视他,用不着费力气走下这条长长的坡道;又或许,他们到了离迪阿斯巴的中心圣地这么近的地方,已经再也不敢往前走了。

走下坡道,那个低低的声音又给阿尔文做出了指示。他走到沉睡的巨型机器之间的一条大道上。那声音又向他说了三次话,直到不久后他到达目的地。

阿尔文站在一个比大厅中大多数机器都小的机器面前,但他觉得自己就像个侏儒。阿尔文看看它,又看看自己的机器人,一时难以相信二者都是人类的造物,而且拥有同一个名字。

那个机器前挡着一块宽大的透明板。

阿尔文将前额紧贴着光滑的、暖得出奇的透明板,向里面的机器窥望。起先他什么也看不见。随后,他手搭凉棚,才辨认出千万淡淡的光点。光点排列成三维点阵,一道一道地往外扩展。他觉得莫名其妙,古代人看星星想必就是这种感觉。尽管他看了几分钟,忘却了时间的消逝,但那彩色的光却始终停在原处,一动不动,其灿烂也始终不变。

阿尔文意识到,这里就是整个城市的大脑。

他第一次对维持城市运转的动力有了些模糊的了解。在此之前,他从未思考过合成器的奇迹是如何产生的,迪阿斯巴的一切需要就是由合成器像流水一般源源不断地供应的。他千万次地见识过合成器所创造出的东西,但很少想到,在某个地方必定存在那些被创造出的东西的原型。

一切创造物的模式都被储存在中央计算机的大脑中,只需使用者的意愿去触发,使它们显现出来。

阿尔文等着耳边的声音向他发出新的指示。他寻思,中央计算机是怎样知道他的来到,看见他并听到他的声音的呢? 任何地方都没有感官存在的迹象——普通机器人用来感知周围世界的屏幕或不会动的水晶眼睛一概没有。

"陈述你的问题。"他耳朵里那个低沉的声音说。这个大得惊人的机器竟然这么柔声细气地表达自己的思想,真是咄咄怪事。但紧接着,阿尔文便意识到,也许此时中央计算机只用了不到百万分之一的运算能力在跟他打交道。他只是那台掌管迪阿斯巴的中央计算机在同一时间里所注意到的无数偶然事件之一。

对一个掌控你周围整个空间的东西说话是很困难的。阿尔文的话好像一说出口就在空荡荡的空气中消失了。

"我是什么?"他问。

要是他对城里的一台信息机提出这个问题,他知道将会得到什么答复。说实在的，他经常这么问，它们也总是这样回答："你是人。"但此时他是跟一个完全不同级别的智能打交道，无须在语义的精确性上煞费心思。中央计算机知道他的意思，但这并不意味着它会做出回答。

回答正是阿尔文所害怕的。

"我不能回答这个问题。做出回答就会泄露我的建造者的目的，因此此问无效。"

"那么，我的角色在城市建造时就安排好了？"

"所有人都可以说是这样。"

这个回答使阿尔文停了下来。这可是千真万确的，迪阿斯巴的人类居民就像城里的机器人一样是被精心设计出来的。阿尔文是个特异人，这一事实使他变得稀罕，但稀罕并不一定有好处。

他知道，关于他的神秘出生，他是无法在这儿获悉任何进一步的信息的。试图要弄这台具有超级智能的中央计算机，或者希望它会泄露它曾受命加以隐瞒的信息，那是徒劳的。阿尔文并不失望，因为他觉得自己已经开始窥到事实真相了。

他看了看从利斯带来的那个机器人，心里琢磨下一步该怎么办。假若它知道他正打算要做的事，它有可能会做出激烈的反应，所以重要的是不让它听到他想跟中央计算机说的话。

"你能辟出一片隔离区来吗？"

刹那间，他便感觉到一种"死寂"——所有声音全都被盖住了。中央计算机的声音，此时出奇地干脆：

"现在没人能够听见我们了，你想说什么就说吧。"

阿尔文向机器人扫了一眼，它在自己的位置上一动不动。机器人并没有心怀异志，就像忠诚的仆人一样静候一旁。

"我跟这个机器人是怎样相遇的,这你已经听说过了。"阿尔文开始说,"对于过去,对于我们所知道的迪阿斯巴城存在之前的时代,它必定拥有不可估量的知识。由于他曾跟随主旅行,所以它甚至能告诉我们地球之外其他星球的情况。不幸的是,它的语言线路被封堵住了。我不知道封堵得有多么彻底,但我请求你清除它的封堵。"

阿尔文的声音死板而又空洞,因为隔离区吸收了每一个字,使其无法形成回声。在不可见并且听不到回响的虚空之中,他等待着自己的请求被听从或被拒绝。

"你的请求涉及两个问题,"计算机回答,"一个是道德的,一个是技术的。这个机器人是被设计出来服从某一个人的命令的,我有何权利僭越,即使我能这么做?"

这个问题是阿尔文预料之中的,对此他业已准备好了答复。

"我们不知道主的禁令的具体内容,"他答道,"若你能跟那个机器人谈谈,你或许能说服它,告诉它对它实施封堵的那些条件现在已经改变。"

当然,这是明显不过的办法。阿尔自己曾经试过,但没有成功,但他希望具有无限智力的中央计算机能够做到他未能做到的事。

"那完全取决于封堵的性质,"计算机回答,"封堵完全可以被设置为一旦遭到干预,就将记忆单元的内容消除。但是,我想主是不可能具有足够的技术来设置这种封堵的,做这件事需要某些专业技术。我将问一下你的机器人,在它的记忆装置中是否设置有消除线路。"

"可是,"阿尔文突然惊恐地说,"如果只问一下是否存在消除线路就会造成记忆消除怎么办?"

"为预防这种情况，我将按标准程序行事：我将设置一套二级指令，告诉机器人，若存在这种情况就不要理会我的问题，就好像没有被问什么问题一样。"

阿尔文后悔自己给计算机出了个难题。但他思考片刻后，决定不再纠结。至少他有一点疑虑被打消了——中央计算机是充分准备好应付可能存在于那个机器人记忆装置中的陷阱的。阿尔文不希望看到那个机器人变成一堆废物；不仅如此，他还想将它原封不动地送回沙尔米兰。

在两个智能机器人默默地进行交流的时候，他尽可能耐心地等待着。这是两个头脑之间的接触，这两个头脑都是由人类天才在消失已久的黄金时代创造出来的，在那个黄金时代，人类取得了登峰造极的成就。现在，任何现存于世的人都无法充分了解这两个头脑。

过了很久之后，中央计算机那空洞的、无回声的声音又开始说话了：

"我已进行了部分接触，"它说，"至少我已知道封堵的性质，我想我也知道了它之所以被封堵的原因。只有一个办法可以打破封堵。在伟大者来到地球之前，这个机器人是不会再说话的。"

"可那是无稽之谈！"阿尔文抗议道，"主的另一个门徒也相信伟大者，竭力向我们讲解他们是什么样的。可它说的大多是废话。伟大者从未存在过，也永远不会存在。"

这似乎完全是条死胡同了，阿尔文感到痛苦、失望、无能为力。

一个精神失常、十亿年前就去世的人的命令阻塞了他探求真相的道路。

"你说伟大者从未存在过。"中央计算机说,"你可能说得对,但是这并不意味着他们将永远不会存在。"

又是一段长时间的静默,阿尔文思索着这句话的含意,同时,那两个机器人的头脑再次进行微妙的接触。随即,未经任何预示,他已经置身于沙尔米兰了。

十七

　　那个乌黑的巨大碗形凹地，就像阿尔文上次所见的一样，吸收着阳光，却压根儿不把阳光反射到眼睛里。阿尔文站立在要塞的废墟之中，眺望着那个湖。纹丝不动的湖水表明，那头庞大的水螅现已成为一团散逸的微生物云，不再是一个有智慧的有机体了。

　　那个机器人仍然在他身边，但希尔瓦却不见踪影。他没有时间思考那突如其来的变故意味着什么，或者为朋友不在而担忧，因为眼前随即发生了一件令他心醉神迷的事，以至于所有其他思虑都从心里清除干净了。

　　天空开始一分为二，一道狭长的慢慢变宽的锲形裂缝，宛如黑夜与混沌一样开始强行进入宇宙。那道锲形不可抗拒地扩展，直至遮蔽了四分之一的天空。凭阿尔文掌握的那些天文学知识，他无法抗拒这样一个念头：他和他的世界处于一个巨大的蓝色拱顶之下，而现在什么东西正从外部突破那个拱顶。

　　锲形的裂缝停止扩展了。制造这道裂缝的神灵正在向下窥视它们所发现的那个微型宇宙，也许它们正在讨论，那个微型宇宙是不是值得一看。在神灵的审视之下，阿尔文并不觉得惊慌，也不觉得恐怖。他知道自己面对的是神灵或更高的智能,在它们面前,人会觉得敬畏,但绝不是恐惧。

现在它们做出了决定——它们将在地球和地球人身上花费掉一些时间。它们通过自己在天上所开的那个窗进来了。

犹如从天上某座熔炉中飞溅出来的火花,它们开始向地球飘落,越来越多,越来越多。最后,一道火的瀑布自天泻落,触地时迸溅起大团大团的液态光。

阿尔文喃喃地念出了一句祝福似的话语:

"伟大者来啦。"

火来到他身边,但并没有燃烧。到处是火,金色的火光充满了沙尔米兰那个巨大的碗形凹地。阿尔文惊奇地发现,那不是一股无形的光的洪流,而是有形状、有结构的。火开始显出清晰的形状,凝聚成一个个各自分开的炽烈旋涡。那些旋涡旋转着,越来越快,它们的中心向上升,形成一根根圆柱。在那些圆柱里,阿尔文瞥见神秘的、转眼即逝的朦胧形象。从这些光芒四射的、图腾般的圆柱中依稀传来乐曲声。无限遥远却萦绕不绝,悦耳动听。

"伟大者来啦。"

这次他听到机器人在说:"主的仆人欢迎你。我们一直在等你来。"他知道,机器人的记忆封堵被解除了。就在那一刻,沙尔米兰及其奇异来客不见了,他再次站立在迪阿斯巴深处的中央计算机前。

那全是幻象,并不比他在少年时代玩过的历险游戏中的幻想世界来得更真实。但那是怎么造出来的呢?他所看到的奇异影像是从什么地方来的呢?

"这是个不寻常的问题,"中央计算机平静地说,"我知道那个机器人头脑里必定对伟大者的形象有一定概念。要是我能够使它确信,它所接受的视觉印象恰好与那个影像相同的话,那么其余的就简单了。"

"你是怎么做到这一点的?"

"大体上是通过询问机器人伟大者是什么样的,然后抓住在它思想中所形成的模式来完成。那模式很不完整,我不得不即兴大加发挥。有一两次,我所创作的图像严重偏离机器人原有的概念,但在发生这种情况时,我能感觉到机器人越来越窘困,于是在它产生怀疑之前就对图像加以修改。你知道,我的运算速度是它的千百倍。从一个图像转换到另一个图像,其速度之快能使变换无从察觉。这就像在变魔术。我能渗透机器人的感觉线路,还能屏蔽它的关键功能。你所看到的只是最后被校正的图像——最符合主的启示的图像。它是粗略的,但已足够了。那个机器人对它的真实性深信不疑,于是封堵就被解除了,我能跟它的头脑进行全面接触了。它不再神智失常。它将会回答你所想问的任何问题。"

阿尔文仍处于茫然之中,他并没有装出对中央计算机所做的解释已经完全明了的样子。没关系,机器人的毛病已经奇迹般地被治好了,知识的大门已经向他豁然洞开,他可以登堂入室了。

他随即记起了中央计算机告知过他的话,于是就急切地问:

"你不是说过,僭越主的指令违反了道德么?"

"我已经发现主为何下达那些指令了。你现在已经可以对主的毕生经历进行详尽的调查。你会看到,主声称创造过许多奇迹。他的子弟们相信他,他们的信任增大了他的权力。当然,所有奇迹都能被简单地解释清楚。我惊奇地发现,那些在别的方面很聪明的人,竟会听凭自己相信这样的谎言。"

"就是说,主是个骗子?"

"不,并不那么简单。若他纯粹是个招摇撞骗之徒,就不会取得这样的成功,他发起的运动就不会持续那么长的时间了。他是个好人,他的教导有许多是正确明智的。到最后,连他自己都相信自己创造的那些奇迹了,但是他知道,有一个目击者可以将所有的谎言推翻。机器人知道他的全部秘密,它是他的喉舌和同伴,但如果它掌握的秘密泄露出去,他的权力基础就会被摧毁。所以他命令它绝不可泄露它的记忆,直至宇宙末日那天伟大者到来。欺骗和诚实竟然这样混杂在一起,存在于同一个个体身上,真令人难以置信,但事情就是如此。"

阿尔文寻思,机器人对自己摆脱了古老的束缚会有何感觉。它肯定是一个非常复杂的机器人,不会将这种感情理解成怨恨。它可能对主奴役它感到愤怒,并对阿尔文和中央计算机使它恢复清醒感到同等的愤怒。

隔离区被去除了,再也不用保密了。阿尔文一直在等待的这个时刻终于来到了。他转向机器人,并开始问它问题。自他听说主的历险故事以来,这些问题始终萦绕在他心头。

机器人开始作答。

杰塞拉克和那几个监督员还在耐心地等着,这时阿尔文走到了他们身边来。在坡道顶上他们走进通道之前,阿尔文回过头朝那个地下大厅眺望了一眼,他愈发觉得这是一座地下城——在他下面,是一个由奇特的白色机器组成的死城,一个在强光照耀下变得苍白了的城市。它可能是死的,因为它从来没有活过,但是它以强大的能量搏动着,这种能量远远强于一切生命的能量。只要世界存在,这些默默无声的机器就会始终在这儿,它们永远不会偏离天才的人们在很久之前给予它们的思想。

在回市议会厅的路上,尽管杰塞拉克想方设法询问阿尔文,但对阿尔文跟中央计算机的谈话,他还是没有了解到任何东西。阿尔文缄口不言并不仅仅是出于谨慎,他仍然深陷于对他所见景象的震惊之中。他太兴奋了,无法进行任何连贯的谈话。杰塞拉克只好尽可能耐着性子,希望阿尔文不一会儿便会从这种心醉神迷的状态中解脱出来。

从机器人城的耀眼强光中出来,迪阿斯巴的街道似乎沐浴着一种苍白黯淡的光。不过,阿尔文对此视而不见。他对从自己身边掠过的那些巨大塔楼的熟悉的美丽身姿,抑或他的同胞市民们的好奇目光并不放在心上。真不可思议,他想,发生在他身上的一桩桩事情是怎么将他带到现在的呢?自从遇见基特隆以来,种种事情就像是在自动地朝一个预定的目标发展。控制台、利斯、沙尔米兰——在每一个阶段他都可以装作什么也没看见,掉头走开,但是有什么东西始终引导他继续走下去。他是他自己命运的创造者,还是命运对他特别恩宠?也许这只是一种偶然性、一种或然律的作用。任何人都可以发现他的足迹所循的这条路。在过去的许多世代里,别的人必定无数次走得几乎跟他一样远,比如那些较早的特异者——在他们身上发生过什么事呢?也许,他只是所有特异者中最幸运的那一个。

他解除了那个机器人的束缚。在从街道往回走的路上,阿尔文与它建立了越来越亲密的关系。机器人一直能理解他的意思,但他不知道机器人是否会服从他的命令。

现在,那种不确定感一去不复返了,他可以像跟另一个人谈话似的跟它谈话。不过,由于他边上还有人,他指示它别使用口头语言,而是用那种他能够明白的简单思想。机器人能够以心灵感应的方式彼此自由交谈,而人却不行——利斯的人除外。这是迪阿斯巴业已丧失或有意放弃的另一种能力。

他们在市议会厅前厅等待时,阿尔文同机器人继续进行着这种无声的谈话。他眼下的处境和他在利斯的处境相似——在利斯,塞拉尼丝和她的同伴们想方设法要使他屈服于他们的意志。他希望用不着再发生冲突,但即使冲突发生,他现在对付冲突的能力也远比过去强多了。

向市议会成员们扫了第一眼,阿尔文就知道他们做出了什么决定。他既不惊讶,也不失望,在听主席作总结发言时,他没有表现出议员们料想他可能会有的任何情绪。

"阿尔文,"主席开始说,"我们就你的发现所造成的局面进行认真考虑后,已达成了一致意见。因为没有人希望我们的生活方式发生任何变化,而且在千百万年里,城里出生的人能离开迪阿斯巴的只有你一个,所以通向利斯的隧道体系是不必要的,而且可能是一个危险。因此,隧道通到自动路的进口已被封闭。

"其次,由于有可能存在离开城市的其他路径,所以我们将对控制台记忆装置进行一次搜索。搜索已经开始。

"我们还考虑了对你需要采取什么措施,假如有此需要的话。鉴于你还年少,以及你出生的独特性,我们认为并不能因你所做的事就使你受到责难。说实在的,你发现了一个威胁我们生活方式的潜在危险,为本市做出了贡献,对此我们还要向你表示感谢。"

大厅里响起了一片表示赞同的低语声,议员们的脸上露出了满意的表情。一件棘手的事情很快就被处理妥了,他们回避了对阿尔文进行申斥的必要性,现在他们又可以照样生活下去,并感觉自己——迪阿斯巴的市民代表——业已尽了自己的职责。运气好的话,他们可能要过几个世纪才会再次履行这一职责。

主席满怀期待地看着阿尔文,也许他希望阿尔文会投桃报李,对市议会让他轻松过关表示感谢。可他失望了。

"我可以问一个问题吗?"阿尔文彬彬有礼地说。

"当然可以。"

"中央计算机同意你们所采取的措施吗?我想你们该取得它的同意吧?"

通常而言,这个问题是不恰当的。市议会没有义务证明自己所做决定的正当性,或对做出决定的过程进行解释。但是,中央计算机出于自身的某个奇特的理由,业已和阿尔文本人进行过秘密谈话,这便给了他某种特权。

这个问题显然令主席有点尴尬,他的回答非常勉强:

"我们自然和中央计算机商量过。它要我们做出自己的判断。"

此话不出阿尔文所料。中央计算机在和他谈话的同时,也和市议会进行了磋商——事实上,在同一时刻,它还照管着迪阿斯巴成百万件其他的事。它和阿尔文一样,知道眼下市议会所做的任何决定都是不重要的。市议会认为危机已经被处理妥当,但未来却已在不知不觉间超越了他们的控制范围。

看着这些傻乎乎的、自以为是迪阿斯巴统治者的老人,阿尔文并没有感到自己多么优越,也没有感到对即将到来的胜利的期待。他已经见过这个城市的真正统治者,并在那个灿烂的地下世界肃穆的寂静里和它说过话。那次相见业已将他灵魂之中的妄自尊大几乎都剔除掉了,但他仍然留有足够的勇气做最后一次冒险——超过以前所有冒险的大冒险。

当他离开市议会时,他寻思:自己平静地默认了他们封闭前往利斯的通道,并没有表现出愤怒,这是否使他们感到惊讶呢?他不再处于监视之下了,至少不再受到公开的监视。只有杰塞拉克跟他出了市议会厅,走上五光十色、熙熙攘攘的街道。

"嗯,阿尔文,"他说,"你的表现非常出色,可你骗不了我。你在打什么算盘?"

阿尔文微微一笑。

"我知道你是会犯疑的,要是你跟我来,我就会让你明白,去利斯的地下通道为什么已经无足轻重。我想要搞另一个实验,对你不会有什么害处,但你可能不喜欢。"

"很好。看来你仍然把我当老师看待。不过,我们的角色现在好像对换了。你准备带我去什么地方?"

"我们去洛伦尼堡,我要让你看看迪阿斯巴外面的世界。"

杰塞拉克脸色发白,但他的两条腿还站得住。然后,他僵硬地微微点了点头,跟着阿尔文踏上了平稳滑行的自动路路面。

他们沿着时时刻刻将冷风刮进迪阿斯巴的隧道前进,杰塞拉克并没有表现出恐惧。现在隧道已经变了样,堵住通向外部世界出口的石头格栅已经去除。那道格栅本来就不太大,中央计算机应阿尔文的请求,没说一句话就将它去除了。以后,它有可能指示监控装置重新将那道格栅回忆起来,并使之恢复原状。但此刻,在陡直的城市外墙上,隧道口打开了,没有被堵住,也没有看守。

杰塞拉克在差不多快走到那条通风道的尽头时,才意识到外部世界现已展现在他面前。他看着开阔的圆形天空,脚步越来越犹豫,越来越慢,最后干脆停下来了。阿尔文想起,阿莉丝特拉就是从这个地方转身逃跑的,他不知道自己能否哄杰塞拉克再向前跨出一步。

"我只想请你看看,"他恳求道,"并不要你离开城市。这是你肯定能办得到的!"

在艾尔利短暂逗留时,阿尔文曾看见一位母亲在教自己的孩子走路。他用打气的话哄诱杰塞拉克,使他的老师勉勉强强、一步步沿着那条通道向前走,这使他情不自禁地想起那一情景。杰塞拉克跟基特隆不一样,他并不是胆小鬼。他是准备好跟自己的畏缩情绪做斗争的,可那是一场耗费精力的斗争。当他走到能望见整个沙漠的地方时,已经精疲力竭了。

沙漠的美丽景象让老人的恐惧一扫而空。这景象跟杰塞拉克在这一世或任何前世所见过的所有景象有天壤之别。连绵起伏的沙丘和遥远古老的山峦组成的辽阔景观,显然使他着了迷。此时已是下午,再过一会儿,迪阿斯巴从未有过的夜晚就要光临这片大地。

"我请你来这儿,"阿尔文说,他说得很快,好像没法控制住自己的急躁似的,"是因为我认为你比任何人都更有权看到我去过的那个地方。我要你看到这片沙漠,我还要你做证人,以便市议会了解我做了些什么。

"正如我对市议会所说,我把这个机器人从利斯带回家,希望中央计算机能破除由被称作'主'的那个人强行对它的记忆库实施的封堵。中央计算机用一种我并不完全理解的方法解除了封堵。现在,我可以了解这个机器人的所有记忆,也可以使用它的所有技能。我就要使用它的一种技能啦,你瞧。"

机器人得到一个无声命令,从隧道口飘了出去。随后,它逐步加快速度,才几秒钟就变成了阳光里的一个遥远的金属光点。它在沙漠中低飞,越过那些像凝结的波浪似的纵横交错的沙丘。在杰塞拉克看来,它正在进行搜索。这一判断是正确的,但它在搜索什么,杰塞拉克无法想象。

接着,那个闪烁的光点忽然离开沙漠,向高空蹿去,到离地一千英尺的高处停了下来。就在此时,阿尔文发出了一声满意的叹息。他飞快地扫了杰塞拉克一眼,仿佛在说:你可看到啦!

起先,杰塞拉克不知道会出现什么情况,他看不出任何变化。后来,他简直无法相信自己的眼睛,他看到一片尘埃像云似的缓缓从沙漠上升起。

没有比本该永远不会再有运动的地方出现的运动更可怕的事了,但在那些沙丘开始分开时,杰塞拉克感受到的不只是惊讶和恐惧。在沙漠之下,什么东西在搅动,就像一个从沉睡中醒来的巨人。不一会儿,杰塞拉克便听到泥土倒塌的轰隆声和岩石被不可抗拒的力量击碎的刺耳声响。然后,一股巨大的沙土流突然喷发至数百英尺高的空中,地面被遮住看不见了。

尘埃慢慢开始回落到一道沙漠表面撕开的锯齿形裂口中。但杰塞拉克和阿尔文仍然目不转睛地凝视着空荡荡的天空,刚才只有那个机器人曾在那儿停留过。此时,杰塞拉克终于知道,阿尔文为何对市议会的决定全然不放在心上,为何在获悉去利斯的地下通道已被封闭时,没有显露出强烈的愤怒。

泥土和岩石的覆盖能够模糊却不能完全掩盖那艘太空船的伟岸轮廓,它还在从那片被撕裂了的沙漠中向上升。

阿尔文开始说话。他说得很快,仿佛时间不多似的:

"这个机器人是设计出来做主的伙伴和仆人的,而且,它还是主的太空船的驾驶员。在到利斯前,主先在迪阿斯巴港着陆。现在,迪阿斯巴港就在那儿的沙土下。即便在主那个时代,此港多半也已被弃置。我想,主的船是最后到达地球的太空船之一。他在去沙尔米兰之前,在迪阿斯巴住了一段时间。在那个时候,路必定还是通的。但他永远不再需要那艘飞船了,它一直就在那儿的沙土下等待。如同迪阿斯巴本身,如同这个机器人——如同既往时代的建设者认为真正重要的每件东西一样——那艘飞船是由自身的记忆库维持的。只要它具有动力源,它就永远不会磨损或毁坏。保存在它记忆单元里的图像永远不会消失,那图像控制着它的形体结构。"

太空船现在离得很近了,那个对它进行控制的机器人引导它朝洛伦尼堡驶来。杰塞拉克可以看出,它大约一百英尺长,两头是锐利的尖角。但厚厚的土层覆盖着船身,不知道它有没有窗户或其他开口。

部分船体外壳突然朝外打开,他们被溅了一身泥垢。杰塞拉克瞥见一个空空的小房间,房间打开了门,远端还有一扇门。此时,飞船悬浮在离通气管口只有一英尺的地方,就像一头敏感的动物似的,小心翼翼地接近那个通气管口。

"再见,杰塞拉克。"阿尔文说,"我不能回迪阿斯巴去向朋友们告别了,请代我向他们道别。请告诉埃里斯顿和埃塔尼娅,我希望很快就回来。要是我回不来,我感谢他们所做的一切。我感谢你,尽管你可能不赞同我应用你教给我的知识的方式。

"至于市议会……请告诉他们,一条曾被开通的道路,只靠一纸决议是无法重新将它封闭起来的。"

现在,那艘太空船只是天空上的一个黑点了。刹那间,杰塞拉克就完全看不到它了。他绝对没有看见它是怎么走的。但是,不一会儿,天上便响起一个声音——大量空气被骤然吸入天空中一个长长的真空隧道,发出轰隆隆的巨响。

十八

当气闸门滑开时，展现在阿尔文面前的豪华景象，是他很少见过的——看样子，主至少不是个苦行主义者。过了一些时候，阿尔文才想到，这个小小的世界必定是主在许多次星际长途旅行中唯一的家。

并不存在明显可见的控制装置，但是那道覆盖了远处墙壁的巨大椭圆形屏幕表明，阿尔文站立的这个房间不寻常。屏幕前面三张低矮的长睡榻排列成一个半圆，舱房的其余部分放着两张小桌子和一些铺着垫子的椅子——有几张椅子显然不是供人坐的。

舒舒服服在屏幕前坐好后，阿尔文四下寻找那个机器人。

令他吃惊的是，机器人不见了；然后他看到它好端端地藏在弯曲的天花板下一个凹龛里。现在它准备再次履行原有的职责了，好像它从未离开过似的。

阿尔文试着向它发出一个命令，那块巨大的屏幕颤动起来。洛伦尼堡出现在他眼前，那图像是经过透视处理过的，显得很奇特，而且明显是横卧着的。他又试着下达了几个命令，这让他看到了天空、迪阿斯巴城，以及那片辽阔的沙漠。阿尔文试验了一会儿，直到他能熟练地想看什么就能够看到什么。接着，他便准备出发了。

"送我去利斯。"这是个简单的命令，但此时他自己并不知道方向，那艘太空船怎么能服从这个命令呢？阿尔文没有考虑过这一点。但等他想起来时，机器人已经驾船以极快的速度穿越沙漠了。他耸耸肩，满心感激地接受这一事实：他现在拥有比他自己更加聪明的仆人了。

很难判断不断涌现在屏幕上的图像与现实的比例，但飞船每分钟必定掠过了许多英里。离城不远，地面的颜色蓦地变成沉闷的灰色，阿尔文知道他正从一片干涸的海床上驶过。迪阿斯巴必定一度离海很近，尽管连最古老的记载对此也绝无暗示。在迪阿斯巴建城之前，那些海洋必定早已消失了。

行驶了数百英里后，地面陡然上升，沙漠又出现了。阿尔文在一片平坦的沙地上方停下船。沙地上依稀显现出一个由交叉线条组成的奇特图案。那图案使他困惑了一小会儿，然后他便意识到，他所看的是某个被遗忘的城市的废墟。他没有逗留很长时间。想到数十亿人除了沙地中的残垣断壁外，没留下任何别的人类生存痕迹，他不禁心痛欲裂。

地平线的平滑曲线终于皱成山脉。那些山几乎刚一出现，就到了飞船的下方。船速渐渐慢下来了，飞船划出一条一百英里长的大弧线向大地降落。接着，利斯便出现在他下方。利斯的森林和无尽的河流构成一片无比美丽的景色，使他一时不想再往前走了。朝东看，大地为阴影所笼罩，巨大的黝黑湖泊浮于其上。但朝日落的方向看，湖水波光闪烁，将超乎他想象的缤纷色彩反射过来。

找到艾尔利并不困难——此乃幸事，因为再往前去，那个机器人就无法引导他了。阿尔文原先就预料到这点。现在发现机器人的能力也是有限的,他不禁有点高兴。他早就怀疑机器人不大可能听说过艾尔利,所以那个村子的位置不会储存在它的记忆单元里。

稍作试验之后,阿尔文将船停在他第一眼看见利斯时所站的山坡上。控制那艘太空船十分容易,他只要表明自己的大致愿望,机器人就会去料理细节。他认为,机器人不可能去理会那些危险的或者不可能执行的命令,他也无意发布那样的命令。阿尔文相当肯定,没有一个人会看见他来到了此地。这一点很重要,因为他不愿再和塞拉尼丝斗智。他的计划还有点模糊不清,但他在与利斯人建立友好关系之前不准备冒险。机器人可以当他的使节,而他则安然留在太空船里。

在去艾尔利的路上,机器人没有遇到一个人。他坐在太空船里,视线毫不费力地沿着那条熟悉的路移动,耳朵里响着森林沙沙的低语,真是不可思议。由于他还未能与机器人充分沟通,所以控制机器人时他还是相当紧张的。

到艾尔利时,天都快黑了。阿尔文始终让机器人走在阴影里,在它被发现之前,已经差不多快到塞拉尼丝家了。突然,阵阵怒气冲冲的尖细嗡嗡声响起,他的视野被急速扇动的羽翼挡住了。他不自觉地回缩身子,以躲避攻击。接着,他便意识到发生了什么事:克里夫对没长翅膀却会飞的东西再次表示自己的愤恨。

阿尔文不希望伤害那头美丽却愚蠢的动物,他让机器人停下来,尽自己所能忍受雨点般落在身上的打击。虽然他舒舒服服坐在一英里外的地方,但还是免不了身体退缩。当希尔瓦出来看个究竟时,阿尔文高兴极了。

主人一来,克里夫就离开了,仍然发出悻悻的嗡嗡声。在随之而来的寂静中,希尔瓦站着看了一会儿机器人,然后露出了微笑。

"你好,阿尔文,"他说,"你回来我很高兴。莫非你本人还在迪阿斯巴?"

阿尔文对希尔瓦头脑之敏捷和精确既嫉妒又羡慕,他有这种感觉已不止一次了。

"我不在迪阿斯巴。"他说,心里想,在他说这话的时候,机器人发出他的声音究竟有多清晰。"我在艾尔利,离你并不远。"

希尔瓦哈哈大笑。

"我想那也好。塞拉尼丝已经把你忘了,可是,议会嘛……嗯,那就是另一码事啦。眼下这儿正要开会——在艾尔利,这可是我们第一次开会呢。"

"你是说,"阿尔文问,"你们的议员们真的到这儿来? 你们有传心术,我原以为聚会是不必要的。"

"聚会是罕见的,但有时候,他们会很想聚会。我不知道这次危机的确切性质,但有三位议员已经来了,其余的议员很快就要来。"

阿尔文禁不住露出微笑,迪阿斯巴的事态又在这里照样出现了。他现在好像无论走到哪儿,就把惊愕与恐慌带到哪儿。

"我想,"他说,"要是我能跟你们的议会谈谈,那倒是个好主意——只要能保证我的安全。"

"要是议会答应不再接管你的心,"希尔瓦说,"你亲自到这儿来就会是安全的,否则你就待在你现在待的地方。我把你的机器人带到议员们那儿去——他们看见它,就会大大地心烦意乱。"

阿尔文控制机器人跟希尔瓦进屋时,既高兴又兴奋。他要在更平等的条件下和利斯的统治者们见面了。虽然他对他们并不怨恨,但知道自己现在是局面的主导者,而且手里掌握着他至今还没有充分加以利用的力量,他感到十分惬意。

会议室的门锁着,希尔瓦花了一定时间才引起他们注意。看来,议员们心事重重,要打断他们的沉思不容易。接着,墙壁勉勉强强地向两边滑移开来,阿尔文迅速令他的机器人向前移进会议室。

"晚上好,"他彬彬有礼地说,仿佛这次以替身进屋是世界上最自然的事似的,"我决定回来啦。"

他们的惊讶确实超出了他的预料。一位白发的年轻议员是第一个回过神来的。

"你是怎么到这儿来的?"这位议员喘着气说。

他吃惊的原因很明显。跟迪阿斯巴的做法一模一样,利斯必定也将那条地下通道堵死了。

"呵呵,我就像上次那样来这儿的啊。"阿尔文说,他无法抗拒拿他们取乐的诱惑。

议员们面面相觑。然后,白发的年轻议员又说话了:

"你没有遇到任何……困难?"他问。

"根本没有。"阿尔文说,他知道自己的回答会令他们更加惶惑。

"我回来了,"他继续说,"出于我自己的自由意志,因为我有一些重要消息要告诉你们。可是,鉴于我们以前意见不一,我此时正在你们看不到的地方待着。假若我以真身出现,你们能答应不再设法限制我的行动吗?"

一时没人说什么话。阿尔文寻思,他们在交换什么无声的想法呢？接着，塞拉尼丝代表大家说话了：

"我们不会再试图控制你了。"

"很好，"阿尔文答道，"我将尽快来艾尔利。"

他等到机器人回来，然后非常仔细地给机器人作了指示，并让它将指示向他复述一遍。他非常确信，塞拉尼丝不会食言；不过，他最好准备一套应急预案。

他离开太空船，气闸门在他身后无声地关闭。不一会儿，便响起了轻微的嘶嘶声，那是空气在太空船上升时发出的声音，就像是一声拖长了的喘息。刹那间，一片黑暗的阴影遮蔽了星星，然后太空船就不见了。

太空船消失之后，阿尔文才意识到自己有个地方失算了，这个失算看似微不足道，但却会给安排好的计划带来灾难。他忘了机器人的感觉要比他更敏锐，而且夜要比他料想的黑得多。他不止一次迷路，有几次差点儿撞到树上。森林里几乎是一片漆黑。有一次，一个很大的东西穿过灌木丛向他走来。小树枝发出轻微的折断声，两只翠绿的眼睛从他腰际的高度紧盯着他看。它轻声地叫唤，一条难以置信的长舌头在他手上舔过，他感到一阵刺痛。一会儿过后，一个强有力的身体亲昵地蹭了蹭他，不出一声就离开了。他不知道那究竟是什么东西。

不一会儿，村子的灯光便穿过前面的树林照过来了，但他不再需要灯光引路，因为他脚下的路变成了一条模模糊糊的蓝色火河。他踩在发光苔藓上，身后留下了一串缓慢消失的脚印。这是美丽而又令人心醉的景象，阿尔文俯身采了些奇异的苔藓，捧在手里的苔藓发了几分钟光，然后才暗下来。

希尔瓦在屋外第二次迎接他，并第二次将他介绍给塞拉尼丝和议员们。他们怀着慎重而勉强的敬意欢迎他。他们心里都纳闷儿那个机器人到什么地方去了,但嘴上并没说什么。

"我很抱歉,"阿尔文开口了,"我不得不以那种不体面的方式离开你们的国家。离开你们的国家差不多就跟从迪阿斯巴逃出来一样难。"他特意停了停,然后又快速说,"我把利斯的情况全给我的同胞说了,我尽力让他们对你们产生良好的印象。但是,迪阿斯巴人不愿跟你们发生任何关系。尽管我费尽口舌,但迪阿斯巴人还是希望避免受到劣等文化的污染。"

"你为何回到利斯来呢?"塞拉尼丝问。

"因为我想使你们和迪阿斯巴人相信,你们都错了。"他没有再说其他的理由——他的唯一朋友在利斯,而且需要他的帮助。

议员们仍然不吭声,等他说下去。他知道许多别的并未露面的人正通过他们的眼睛看,通过他们的耳朵听。他是迪阿斯巴的代表,全利斯的人都在观察他。这是巨大的责任,在这个责任面前,他觉得不能妄自尊大。他整理好思绪,接着便继续开始说话。

他说的内容主要是迪阿斯巴的一切。他按自己最近所见描绘了那个城市,它躺在沙漠的怀里,沉溺在梦想中。它的塔楼式建筑像彩虹在天空的衬托下闪闪发光。他回想起古代诗人所写的那些赞美迪阿斯巴的歌,他说到无数将毕生精力献给迪阿斯巴的人。他说,没有人能够耗尽该城的财富,无论其寿命有多长。他千方百计让他们领略过去的艺术家们创造的值得永久称赞的东西。

他们一直听到最后,都没有打断他,也没有提问。他讲完时,时间已经很晚了。阿尔文觉得,在他的记忆中,他以前从来没有这么累过。

紧张和激动终于征服了他,他突然间就睡着了。

他醒来时,发现自己置身于一个陌生的房间里。过了一会儿,他才想起,自己已不在迪阿斯巴。随着意识的恢复,周围渐渐亮起来了。不一会儿,他便沐浴在从现已变得透明的墙壁射进来的柔和的清晨阳光中。他躺着,处于睡意蒙眬的半醒状态,回忆着前一天发生的事情。

在轻柔的乐音中,一堵墙壁开始起褶,褶皱的形成方式非常复杂,使人眼花缭乱。希尔瓦从开口处跨了进来,带着一种半是觉得有趣,半是真切关心的表情看着阿尔文。

"阿尔文,你可醒啦!"他说,"也许你至少会告诉我你的下一步行动是什么,以及你是怎么回到这儿来的吧。议员们要去看那条地下通道,现在正在路上。他们不明白,你是用了什么办法经地道回来的。你是从地下通道来的吗?"

阿尔文跳下床,用力伸展自己的身体。

"我们最好赶上他们,"他说,"我不想让他们浪费时间。至于你问我的问题——一会儿我就告诉你答案。"

他们到达湖边时才赶上三位议员,双方稍有点不自然地打了招呼。议员们可以看出,阿尔文知道他们要去哪儿,不期而遇显然有点使他们不知所措。

"昨天晚上我恐怕使你们产生了误解,"阿尔文说,"我不是走老路来利斯的,所以你们想要封闭它,那是完全没有必要的。事实上,迪阿斯巴也封闭了他们那一头,但同样是不成功的。"

议员们的脸上流露出困惑的神情,一个个答案在他们脑子里闪过。

"那你是怎么来这儿的?"带头的那个议员说。他忽然恍然大悟,阿尔文可以确定,对方已经开始猜到真相了。他在猜此人是否已经截获了他心里刚往山那边发出的命令。但他没说什么,只是默默指指北面的天空。

一道细长的银光呈拱形飞越过山脉,在后面留下一条闪亮的痕迹,其速度之快,连视线都跟不上。它在利斯上方两万英尺的空中停住。

它没有减速,而是一刹那间停下来的。霹雳般的巨响自天而降,那是太空船冲击空气发出的声音。一小会儿后,那艘在阳光里闪烁着灿烂光芒的太空船停在了一百码外的山坡上。

很难说谁最吃惊,但阿尔文第一个恢复了常态。当他们朝太空船走——十分接近于跑——去时,他纳闷儿太空船平常是否也是以这种流星般的速度飞行。他在旅程中并没有感觉到这种速度。

阿尔文站在打开的门里,希尔瓦在他身边。阿尔文回过头看看那几位噤若寒蝉的议员。他寻思,他们正在想什么呢? 或者说,全利斯的人正在想什么呢? 从他们的表情看,他们几乎好像不会动脑子想事了。

"我即将去沙尔米兰,"阿尔文说,"一个小时左右我就回艾尔利。但在我离开的这段时间里,我请你们好好考虑一下。

"这可不是人们在地球上旅行所乘的那种飞机。这是一艘太空船,是有史以来所建造的速度最快的太空船之一。假如你们想知道我是在哪儿发现它的,那你们将在迪阿斯巴找到答案。可你们必须到那儿去,因为迪阿斯巴绝不会到你们这儿来。"

他转向希尔瓦,做了个手势。希尔瓦只犹豫了片刻,回头对周围熟悉的景象看了一眼,便举步迈入气闸门。

议员们目送他们远去,直到太空船在南面的天空中消失。这次飞行速度颇慢,因为去沙尔米兰只有一点点路。然后,那个为首的头发灰白的年轻议员哲人似的耸了耸肩,转向他的一个同伴。

"你总反对我们变革,"他说,"而且支持你的人一直占多数。但是,我认为未来并不操控在我们两方之中的任何一方手里。利斯和迪阿斯巴都已来到一个时代的尽头,我们必须好自为之。"

"恐怕你是对的。"那人阴沉沉地回答道,"这是一场危机。阿尔文让我们到迪阿斯巴去,他是认真的。迪阿斯巴人了解我们的情况,再隐瞒下去就没意思了。我想我们最好还是跟我们那些远亲建立接触——他们或许更急于合作。"

"可地下通道两头都已封死啦!"

"我们能打开我们这一头。用不了多久,迪阿斯巴也会这么做的。"

议员们——艾尔利和整个利斯的人——考虑了这个提议,虽然不情愿接受,但却找不到别的选择。

阿尔文播下的种子开始开花结果了,比他期望的速度更快。

他们到达沙尔米兰时,群山仍然被阴影笼罩着。从他们的高度往下看,要塞所在的那个巨大的碗形凹地显得非常小。地球的命运曾有赖于这个乌黑的小圆圈,现在看来简直不可思议。

阿尔文让飞船在湖边的废墟中停下来,苍凉凄寂之感立刻爬上心头。他打开气闸门,那地方的死寂之气蓦地涌入飞船。希尔瓦在整个飞行中几乎没有说话,此时他平静地问:"你为什么又到这儿来?"

阿尔文没有回答。直至他们差不多走到湖边,他才说:"我要让你看看这艘飞船。我还希望那头水螅能再次出现……我觉得我欠了它一笔债,我要把我的发现告诉它。"

"要是为了这事,"希尔瓦答道,"那你就得等待。你回来得太早啦。"

阿尔文早想到了:这件事可遇而不可求,所以即使失败他也不会失望。湖水纹丝不动。他们第一次来时见到的那种令他们费解的稳定搏动也不再有了。他在湖边跪下,向寒冷黑暗的湖水深处窥视。

在水面之下,小铃铛似的透明物体拖着几乎看不见的触须漂来漂去。阿尔文突然伸手到水里,舀上来一个,但他痛苦地轻叫了一声,马上将它丢了——那东西蜇了他一下。

到某一天——也许几年后,也许几个世纪后——这些无知无觉的果冻状物体会再次聚集,那头大水螅会突然再次出现。阿尔文想,要是它知道了他的发现,会怎样呢?它可能并不乐意了解主的真相。实际上,它可能会拒绝承认,它许多世代的耐心等待全是白费劲儿。

但它的等待真是白费劲儿吗?尽管这些生物可能受了骗,但它们漫长的苦守终于得到了回报——它们把既往时代的知识保存下来,否则这些知识就可能永远被湮没。

十九

　　希尔瓦和阿尔文沉思着默默走回太空船，不一会儿，要塞便再次成了山峦中的一个暗影。暗影迅速缩小，最后变成一只永远向上凝视太空的、没有眼睑的黑色眼睛，很快就消失在利斯的大背景中。

　　阿尔文并没有阻止太空船，他们仍在上升，直至整个利斯呈现在他们下方。阿尔文以前从没有到过这么高的地方。当他们最终停下来时，可以看见下面整个地球。利斯此时已非常小，只是在褐色沙漠衬托下一个翠绿色的斑点。但是在地球弧线上的不远处，有个东西像人造宝石似的闪着光。这是希尔瓦第一次看到迪阿斯巴城。

　　他们坐了很久，望着在他们下面旋转的地球。阿尔文希望利斯和迪阿斯巴的统治者能看看他此时所见的世界。

　　"希尔瓦，"他最后说，"你认为我现在做的事情正确吗？"

　　这个问题使希尔瓦吃了一惊，他没有想到他的朋友会突然产生这样的疑问。希尔瓦对阿尔文与中央计算机的会面以及那次会面给阿尔文的内心造成的冲击一无所知，要平心静气地回答这个问题并不容易。希尔瓦觉得自己正在不由自主地卷进阿尔文制造的旋涡里。

"我相信你是正确的,"希尔瓦缓慢回答,"我们两地的人民被分开的时间够久了。"但是阿尔文仍然忧心忡忡。

"有一个问题使我苦恼,"阿尔文痛苦地说,"那就是我们寿命长短的差异。"他不再说什么,但每人都知道对方在想什么。

"我也一直为此担忧,"希尔瓦实话实说,"可我认为,我们的人民重新彼此了解后,这个问题就会自行解决。我们的生命可能太短,而你们的生命则肯定太长了。我们最终将会达成妥协。"

这话说得对,但是过渡的几个世代将会很艰难。他又记起塞拉尼丝说过的那句苦涩的话:"你父亲和我死去几个世纪后,你也还是个年轻人。"好吧,他会接受的。即使在迪阿斯巴,友谊也不可能永恒。不管是活一百岁,还是一百万岁,到头来并没有什么不同。

阿尔文确信,人类的幸福需要将利斯和迪阿斯巴文化融合在一起;在这一事业中,个人幸福是无足轻重的。有朝一日,希尔瓦会先他而死,阿尔文毫不畏惧地接受了这一事实。

在他们下面,世界继续无休止地旋转。希尔瓦什么也不说,直到阿尔文打破了沉默。

"我第一次离开迪阿斯巴时,"他说,"并不知道自己会发现些什么。现在地球上的一切看来是那么渺小,那么无足轻重。我所做的每一个发现都引出了更大的问题,打开了更宽广的视野。我不知道何处才是尽头……"

希尔瓦从未见过阿尔文如此心事重重,他不想打断阿尔文的自言自语。在刚刚过去的几分钟里,他对自己朋友的了解增进了许多。

"机器人告诉我,"阿尔文继续说,"这艘太空船能在不到一天的时间里飞抵七太阳。你认为我该去吗?"

"你以为我能够阻止你吗?"希尔瓦平静地回答。

阿尔文莞尔一笑。

"这可不算回答,"他说,"谁知道外层空间里有什么呢?入侵者或许已经离开,但有可能存在对人类不太友好的其他智慧生命。"

"为什么?"希尔瓦问,"我们的哲学家就这个问题争论了许多世代。一个真正具有智慧的种族是不可能不友好的。"

"可那些入侵者……"

"我承认,他们是例外。假如他们确实是邪恶的话,那到现在必定已经自我毁灭了。"希尔瓦指着下面无垠的沙漠说,"我们曾经拥有一个帝国,可现在我们还有什么他们会觊觎的东西呢?"

阿尔文有点吃惊,竟然有人和他持有相同的观点,跟他自己的想法如出一辙。

"你们的人全都是这么想的?"他问。

"只是少数。但一般人并不担心这事,他们会说,入侵者若真想毁灭地球,那在许多世代前就已经做了。我想没有一个人真正害怕入侵者。"

"在迪阿斯巴情况可大不一样,"阿尔文说,"我们的人是胆小鬼。他们害怕离开自己的城市,他们要是听说我找到了一艘太空船,我不知道会出现什么局面。杰塞拉克现在可能已经通报了市议会,我真想知道他们正在采取什么措施。"

"这我可以告诉你:他们正在准备迎接第一个来自利斯的代表团。塞拉尼丝刚刚给我说的。"

阿尔文再次看了看屏幕。他一眼就能估量出利斯和迪阿斯巴之间的距离。尽管他让两个世界沟通的目的已经达到,但现在这似乎只是小事一桩。他非常高兴——至此,漫长世代毫无成果的隔绝肯定快要结束了。

他成功地完成了主要使命,阿尔文心头的疑云消除尽净,比他原来希望的更迅速、更彻底。通向最后的、最伟大的冒险的道路,现在已经清清楚楚地展现在他面前。

"你愿意和我一起走吗,希尔瓦?"他说。双方都很清楚他说的是什么。

希尔瓦目光坚定地看着他。

"这是用不着问的,阿尔文。"他说,"我跟塞拉尼丝和所有朋友都说过,我要和你一起走——那是一个小时前的事。"阿尔文向机器人发出最后指令时,他们正在极高的空中。太空船几乎停着不动,地球也许在一千英里之下,它看上去毫不起眼。阿尔文忍不住猜测,过去曾有多少太空船在这儿逡巡片刻,然后又继续上路。

他们察觉到飞船停顿下来了,好像机器人在检查那些已经多年未曾使用过的控制装置和线路。接着响起了一个非常轻微的声音,那嗡嗡声越来越尖,最后便消失在听觉范围之外。阿尔文感觉不到运动带来的变化,但他突然注意到群星在屏幕上掠过。地球重新出现在一个与正常位置稍有不同的位置上。太空船在"搜寻",像罗盘指针寻找南方似的在太空中游荡。太空船不停地变换着航向,直到最后停住,就像一支对准群星的巨大火箭。

由七太阳组成的色彩艳丽如彩虹的美丽大圆圈出现在屏幕中央。

还可以看见一点点地球,形似以落日的金色和绯红色余晖镶边的暗沉沉的月牙。阿尔文知道,他以前从未经历过的事即将发生。他等待着,紧紧抓住座位,时间一秒秒逝去,七太阳在屏幕上闪闪发光。

寂然无声,突如其来的一下猛烈旋转,视觉为之模糊。地球不见了,好似一只巨手将它一把撸开了。他们孤零零地置身于太空之中,跟群星和一个不可思议地缩小了的太阳在一起。地球消失了,就像从来没有存在过一样。

又是一下猛烈旋转,他听见了轻微的咕咕声,可一时间好像并没有发生什么事。随即阿尔文便意识到,太阳本身不见了,群星缓缓从飞船边滑过。他回头望望,看到的是一片漆黑的虚空——星星扎进那片黑暗,像掉落到水中的火花一样不见踪影。太空船的飞行速度远比光速快,阿尔文知道,他已不再是在地球和太阳所处的那片熟悉的空间之中了。

当突如其来的猛烈旋转第三次出现时,阿尔文的心脏几乎停止跳动。一时间,他周围的景象似乎扭曲到不可辨识的程度了。他突然领悟到:那景象是真实的,并不是他的错觉。

同时,能量发生器的咕咕声变成震撼飞船的怒吼——

那种声音是阿尔文生平第一次听到的由机器发出的抗议。接着,那吼声戛然而止。巨大的能量发生器工作完毕。旅程结束之前,不再需要它们了。前面的群星闪耀着蓝白色的光,消失在紫外线辐射之中。然而,凭借科学的魔法,七太阳仍然可见,尽管它们现在的位置和色彩发生了微妙的变化。太空船在空间和时间的边界之外,以无法想象的速度,沿着一条黑暗的隧道朝它们冲去。他们现在已冲出太阳系,其速度若不加控制,不久他们就会穿过银河系的心脏,进入银河系外更广阔的虚空。阿尔文和希尔瓦无法想象他们旅程的真实距离。伟大的探险事业彻底改变了人类的宇宙观,而到现在,数百万世纪之后,星际航行所带来的开拓精神也没有完全泯灭。

当前面的七太阳慢慢亮起来时,希尔瓦说出了他们俩的共同想法:

"阿尔文,"他说,"七太阳的排列方式可能是有意为之的。"

阿尔文点点头,"不可思议。"

"那个体系不可能是由人类建立的,"希尔瓦道,"但它必定是由智慧生物创造的。大自然绝不能使那七颗星形成完美无缺的圆。也许它标志着星系管理中心。或许——不知怎么,我觉得这样解释才正确——它就是一切艺术作品中最伟大的作品。但是,现在想想,那未免太愚蠢了。再过几个小时我们就会知道真相了。"

但是,我们究竟会知道多少真相呢?阿尔文想。当他以超乎想象的速度离开迪阿斯巴、也就是离开地球本身时,他又一次想起自己神秘的出生。自他第一次到利斯以来,他了解了许多东西。但他一直没有得到静下心来思索的时间。

现在除了坐等,他无事可做。那艘神奇飞船掌控着他的未来。它现在正带着他进入宇宙中心。现在是动脑子认真思考的时间。不过,他先要把两天前他们匆匆分手后发生的事告诉希尔瓦。

希尔瓦认真听了他的故事,没有加以评论,也没有要求他作任何解释。他好像立刻就明白阿尔文讲述的那些事,丝毫没有表现出惊讶。这倒并不是因为他失去了惊讶的能力,而是因为既往的历史充满了能与阿尔文的故事相媲美的奇迹。

"显然,"阿尔文讲完后,希尔瓦说,"中央计算机在建造时就接受了有关你的特别指令。现在,你必定已经猜到个中缘由了。"

"基特隆在解释迪阿斯巴的设计者是如何防止它的颓败时,给了我部分答案。"阿尔文说。

"你认为你——以及在你之前的其他特异人——是防止社会停滞的机制的一部分? 那么,杰斯特们是短期的矫正者,而你与你的同类则是长期的矫正者喽?"

希尔瓦将阿尔文的部分想法准确表达了出来,但阿尔文其实想得更多。

"我认为真相要更复杂。看起来,事情应该是这样:在迪阿斯巴城建立起来时,曾经有过意见冲突,有人想将它和外部世界彻底隔绝,而有人想保持一些接触。前一种人赢了,但后一种人并没有承认失败。我想,雅兰·蔡准是他们的领袖之一,但他并不够强大,无法公开采取行动。他尽量将地下通道保存下来,并保证每过一段漫长的时间,就有一个特异人走出创造大厅。事实上,我怀疑……"阿尔文停了停,眼里充满思虑。

"你在想什么?"希尔瓦问。

"这是我刚想到的——也许我就是雅兰·蔡。这是完全可能的。他可能将自己输入了记忆库,在迪阿斯巴的模式僵化前'复活',并将其打破。有朝一日,我会发现早期特异人的经历,这样会有助于填补认识的空白。"

"而且,雅兰·蔡——或者别的什么人——也指示中央计算机给予那些特异人以特殊帮助,不管他们什么时候被创造出来。"希尔瓦循着阿尔文的逻辑沉思道。

"说得对。具有讽刺意味的是,我能直接从中央计算机获得我所需要的一切信息,无须可怜的基特隆给我任何帮助。中央计算机告诉我的事情要比告诉他的多得多。但是,他无疑为我节省了许多时间,并教给我许多靠我自己永远无法了解的东西。"

"我想,你的理论能够解释绝大部分事实。"希尔瓦小心翼翼地说,"不幸的是,它仍然无法解释一切问题之中最重大的那个——建立迪阿斯巴的目的。我想知道你的同胞为何声称外部世界是不存在的。"

"我想要回答这个问题,"阿尔文答道,"可我不知道何时或如何回答。"

他们就这样争论着,憧憬着。六个外侧的太阳在隧道边缘消失了,最后只留下处于中心位置的太阳。它依然闪耀着,它那珍珠色的光芒使它明显区别于其他星星。它越来越亮,不一会儿,它已不再是一点,而是一个小圆盘了。那圆盘开始在他们前面变大。

舱室里响起深沉的钟鸣似的乐音。阿尔文紧抓住椅子扶手,尽管这样做并没有什么用。

巨大的能量发生器又一次轰然启动,令人猝不及防,眼前发黑。群星又出现了。太空船从超光速状态猛然降速。

他们已经置身于七太阳组成的星系之中,由七个彩色球体组成的大圆圈现在主宰着天空,这天空多么可爱啊!他们认识的所有星星、所有熟悉的星座全不见了,银河不再是一条淡淡的光带。他们现在置身于万物的中心。

太空船仍以极快的速度朝中心太阳飞驰,七太阳其余的六个太阳成了环绕天空的彩色灯塔。它们周围在作圆周运动的众行星就像是细小的火花。

中心太阳的光之所以呈彩虹色,其原因现在已清晰可见。

那颗巨大的星球被包裹在一层气体之中,它的光芒被柔化了,呈现出特有的色彩。周围的星云被扭曲成种种奇形怪状,眼睛无法看出其真实的面貌。但星云是存在的,凝视得越久,它就好像变得越广阔。

"嗯,阿尔文,"希尔瓦说,"可供我们选择的世界数不胜数。莫非你希望探测所有的世界?"

"幸亏无此必要,"阿尔文实话实说,"最佳做法是径直去中心太阳的最大行星。"

"我听说,有些行星大得人类无法踏足——人会被自身重量压垮。"

"我想那颗行星不是这样,因为整个星系都是人造的。我们可以不用降落就探测到行星上是否有城市或建筑。"

希尔瓦指指机器人,"我们的问题其实早已解决。请别忘记,我们的向导以前到这儿来过。我想知道它对此有何想法?"

阿尔文也寻思过这一点。但是,在经过如此久远的年代后,机器人现在返回主的老家,它的感觉难道会跟人的一样吗?

自打中央计算机解除封堵以来,机器人从未表现出有感觉或感情的迹象。它回答他的问题,服从他的命令,但他从未触及它的真实个性。

它仍然相信主教导它的一切。虽然它已看出,主那些奇迹是编造出来的,主对自己的信徒说了谎,但这些事实并没有影响它的忠诚。

现在,他们的遥远旅程即将结束。不用多久,他们就会知晓,这次飞行是否只是一场徒劳。

二十

　　他们正在接近的那颗行星就位于几百万英里之外,那是一个五光十色的美丽球体。它的表面没有一个地方是黑暗的,因为当它转到中心太阳之下时,其他太阳会一个接一个越过它的天空。阿尔文此时领会到主在临死前说的那句话的含意:"那些永恒光明的行星上的色彩,看上去真可爱。"

　　现在他们已经非常近了,他们能够看到陆地和海洋,以及一层淡淡的雾一般的大气。不一会儿,他们便意识到,陆地和海水之间的分界线出奇地规整——这颗行星的陆地形状并不是自然形成的。不过,对那些造出七太阳的人而言,让陆地呈现某种形状只是小事一桩。

　　"那根本不是海洋!"希尔瓦突然大喊,"瞧! 在它们里面能看到条纹!"

　　直到那颗行星靠得更近,阿尔文才明白他朋友说的是什么。他看出沿大陆边界出现了淡淡的带状条纹,它们明显处于他们原以为是海洋的区域里。这景象使他心里突然充满疑惑,因为他对那些条纹的含意知道得太清楚了。他以前在迪阿斯巴城外的沙漠里看到过这种条痕,它们告诉他,他所做的旅行只是一场徒劳。

"这颗行星跟地球一样干旱，"阿尔文有气无力地说，"它的海洋已经全部消失了——那些条纹是海洋蒸发后留下来的海床。"

"他们绝不会让这种事发生。"希尔瓦答道，"说到底，我想我们来得太迟了。"

失望太强烈了，阿尔文连再说话的自信都没有，只是默默看着前面那个巨大的天体。那颗行星以缓慢得令人吃惊的速度在飞船下方转动，它的表面迎向他们。现在他们能够看到建筑物了——除了海床，到处是小小的白色物体。

这个世界曾是宇宙的中心。现在它一片死寂，空气中一无所有，地面上没有一个活动的生物。太空船在那片冻结了的岩石之海的上方徐徐飞行。

不一会儿，太空船停下来了，仿佛那个机器人终于找到了记忆之源。在他们下面，是一根雪白的岩石圆柱，竖立在一座巨大的大理石圆形露天竞技场中央。阿尔文等了片刻后，命令飞船在圆柱脚下着陆。

阿尔文此时还怀着在这颗行星上找到生命的希望。但当气闸门打开时，那个希望就霎时消失得无影无踪了。他有生以来从未到过一个绝对无声的地方，即使在荒凉凄寂的沙尔米兰。在地球上总有些细小的声音——活物的运动，或风的叹息。这儿却全然没有这些声响——或者说，永远不会再有这些声响。

"你为何把我们带到这儿来？"阿尔文问机器人。

"主就是从这儿出发的。"机器人答道。

"我就猜它会这么说。"希尔瓦说，"主不光彩地逃离了这个世界……现在请看他的信徒给他建造的纪念碑吧！"

那根巨大的石柱也许有一个人身高的一百倍，没有什么特征，也没有镌刻什么碑文。阿尔文想，主的门徒聚集在这儿向他表示敬意，这一幕上演了多少万年呢？他们可知道，他是在流亡途中死在遥远的地球上的呢？

现在这已无所谓了。主和他的门徒们同样被埋葬在遗忘之中。

"出去吧。"希尔瓦怂恿道，他尽力让阿尔文摆脱沮丧的情绪，"我们穿越了半个宇宙才看到这个地方，至少要跨出飞船门吧。"

尽管自己并不乐意，但阿尔文还是笑了笑，跟着希尔瓦出了气闸门。一到外面，他的精神就开始振作了。即使这个世界是死的，它必定也有许多令人感兴趣的东西，有许多有助于他破解某些既往之谜的东西。

空气有股霉味，但尚能呼吸。尽管天上有许多太阳，但气温很低。只有那个像白色圆盘似的中心太阳是真正提供热量的，但在穿透行星周围的雾霭的过程中，阳光丧失了大部分热量。其他太阳提供的只是自身的色彩，而不是温度。

那座纪念碑告诉不了他们任何东西。碑体的坚固材料上留有久远岁月的印记。他们可能是曾经来过这里的数十亿人中的最后两个，这真是不可思议。

希尔瓦正要提议，他们该回飞船，飞到周围那些建筑中的最近一座上去，这时阿尔文注意到，在圆形露天竞技场的大理石地板上有一道狭长的裂缝。他们沿着裂缝走了相当远的距离，裂缝一直在加宽，不久宽度就大得人的两条腿无法跨立了。

他们来到裂缝的源头。竞技场的中央表演场被砸出一个巨大的浅坑，其直径超过一英里。其原因显而易见。许多世代之前——肯定是在这个天体被抛弃后很久—— 一个巨大的圆柱体飞船降落在这儿,后来再次飞离此地,进入太空。这颗行星上留下了对它的记忆。

他们是什么人呢? 他们从何处来? 阿尔文百思不得其解。他绝不会知道,他和这些较早的来访者究竟是错过了一千年,还是一百万年。

他们默默走回自己的飞船(假如放在曾经停在这儿的那艘大飞船旁边,它会显得无比渺小!),缓缓飞过中央表演场,一直飞到竞技场外那座雄伟的建筑前。他们在华丽的大门前着陆,希尔瓦和阿尔文都发现了地上的石块。希尔瓦指着它们说:

"这些建筑看上去不安全。瞧掉落的那些石块——它们还屹立不倒,这可真是奇迹。要是这颗行星上有风暴,这些建筑在许多世代前就被夷为平地了。我看,进入这些建筑是不明智的。"

"我不会进去的,我将派机器人进去——它比我们跑得快多了,就算屋顶塌了也能及时跑开。"

希尔瓦对他的谨慎表示赞同,但是,他也给阿尔文提出了建议——在机器人出发去侦察之前,阿尔文让它向太空船发出一套指令,以便在机器人发生意外的情况下,他们能安全返回地球。

不久,他们俩都确信,这个天体提供不了任何东西。机器人对这些空空荡荡的迷宫进行探测时,他们在屏幕上看到了长达数英里空空如也、满地尘埃的走廊和通道。由具有智慧的生命——无论它们的身体是什么样子——所设计的建筑,都必定遵照某些基本规律。一段时间后,即使最标新立异的结构或设计,也不会激起惊奇之感。人的心灵被千篇一律的重复所催眠,没有能力吸收任何新事物了。看上去,这些建筑好像是用来居住的,住在里面的生命体大小跟人相近,他们很可能就是人类。只能由会飞的生物进入的场所确实多得惊人,但这并不意味着这座城市的建造者是长翅膀的,他们可能使用反重力装置。在迪阿斯巴,这种装置一度被普遍使用,但现在已销声匿迹。

"阿尔文,"希尔瓦最后说,"我们可以花一百万年来探察这些建筑。显然,它们并不仅仅是被抛弃了——它们拥有的一切有价值的东西都被搬走了。我们是在浪费时间。"

"那你说怎么办?"阿尔文问。

"我们该去这颗行星的其他两三个区域,看它们是否与这儿相同——我猜应该差不多。然后,我们应当对其他行星做一番快速观测。假如它们与这个天体根本不一样,或者我们看到什么不同寻常的东西,我们就着陆。我们能做的仅此而已。"

此话千真万确。他们试图做的是与智慧生命接触,而不是考古研究。前一件事几天内即可完成——假如这儿存在生命的话,而后一件事却要大批人和机器人花费几个世纪的劳动。

两个小时后,他们离开了那颗行星。谢天谢地,一走了之吧。阿尔文认为,这个由无穷无尽的建筑组成的世界即使在生命熙来攘往的时候,也是令人沮丧的。这儿没有公园,没有生长植物的开阔空间。这儿是个彻底的不毛之地,生活在这儿的生命是难以想象的。阿尔文决定,要是下一颗行星与此一模一样,他或许马上就会放弃对它的探察。

但实际上,下一颗行星与这一颗截然相反。

下一颗行星离太阳较近,即使从太空看,它也显得很热。它被低低的云层所笼罩,表明雨量充足,但是看不到存在海洋的迹象。那儿也不存在智慧生命的迹象,他们围绕那颗行星兜了两圈,没有看到一样人工制造物。整个星球,从两极到赤道,都被一张绿得刺眼的地毯所覆盖。

"我想在这儿我们应该非常小心,"希尔瓦说,"这个天体有生命。我不喜欢那种植物的颜色,最好还是待在船里,压根儿别打开气闸门。"

"连机器人都不派出去?"

"是,连机器人都不派。你忘记疾病啦?虽然利斯人知道怎么对付疾病,可我们现在远离家乡,这儿可能存在我们无法预知的危险。我想这是个疯狂的世界。它以前可能是大花园或公园,在它被抛弃后,植物便开始无拘无束地生长。这地方有人居住的时候,绝不会是这个样子。"

阿尔文不怀疑希尔瓦。在下面那种混乱状态中,必定存在某种邪恶的东西,它敌视利斯和迪阿斯巴建立的秩序和规则。无休无止的生存战斗已经在这儿进行了数十亿年,对战斗的幸存者,还是保持警惕为妙。

他们小心翼翼地飞临一片平地上空,那片地十分规整,让人生疑。平地周边的地面较高,全部覆盖着茂密的树林,林下是灌木丛。在那些树木的上部枝丫中间,有许多长翅膀的东西在飞,它们的飞行速度极快,分辨不出究竟是鸟还是昆虫——也许两者都不是。

那片平地一直延伸到地平线,看上去好像覆盖着一层薄薄的金属丝般的草。他们下降到离平地不足五十英尺的空中,没有任何动物的迹象,希尔瓦对此有点惊讶。他想,也许他们的到来把它们吓得躲到地底下去了。

他们在离那片平地很近的空中盘旋。阿尔文竭力使希尔瓦相信,打开气闸门将会安然无事,而希尔瓦却耐心地解释着诸如细菌、真菌、病毒之类的概念——阿尔文难以想象这些概念,更难想象它们会出现在自己身上。争论了几分钟后,他们注意到一件事:那块之前正显示着前方森林的屏幕现在成了一片空白。

"你把屏幕关了?"希尔瓦问,他的反应总是比阿尔文快一拍。

"没有。"阿尔文答道。当他想到唯一的另一种解释时,一阵凉意蹿上脊背。"你把它关了?"他问机器人。

"没有。"机器人是同样的回答。

阿尔文放下心,叹了一口气,他原以为机器人可能要按照自己的意志行动——他可能面临一场机器人的叛变——现在,这个念头打消了。

"那屏幕为何空白了?"他问。

"图像接收器被遮蔽了。"

"我不明白。"阿尔文说,他一时间忘了那个机器人只会按明确的命令行动,或回答明确的问题。他很快回过神来,问:"遮蔽接收器的是什么?"

"我不知道。"

机器人的回答总是简洁得令人恼火。阿尔文还没来得及继续盘问下去,希尔瓦就打断了他。

"叫它把飞船升起来——慢慢升。"他说,他的声音显得很急迫。

阿尔文复述了那个命令。他们没有感觉到飞船在运动。随即,视像屏幕上便慢慢重新形成了图像,尽管图像有一阵子是模糊扭曲的。关于是否应该着陆的争论结束了。

那片平坦的地方不再平坦了。一个庞大的隆起霎时在他们下面形成——顶端被撕裂开,太空船就是从那儿挣脱的。从罅口中伸出的巨大假足在无力地挥动,仿佛要将刚从它们手里逃脱的猎物重新抓住。阿尔文既恐怖又着迷地瞪着它。他看到一张一开一合着的鲜红的嘴,嘴巴四周长着鞭子似的触须,触须齐刷刷地挥舞着,将够得到的一切都往张开的嘴里赶。

没有抓到想要抓的东西后,那东西慢慢沉到地底下去了——这时阿尔文才意识到,下面的那片平地只是一个死海表面之上的一层薄薄的浮渣。

"那是什么……东西?"他喘息着说。

"我得下去仔细看看才能告诉你,"希尔瓦答道,"那可能是某种原始动物——也许是我们在沙尔米兰那位朋友的亲族。它肯定不具有智慧,否则它就不会去吃太空船了。"

阿尔文深感震惊,尽管他知道他们不可能有危险。他寻思,在下面那片死海之下,究竟还生活着别的什么东西呢?

"我愿意在这儿多待一会儿。"希尔瓦说,显然被刚才所见的情景迷住了,"进化在这儿必定产生了非常有趣的结果。不仅是进化,还有退化。当这颗行星被抛弃后,一些较高级的生命体退化了,到现在已经达到平衡……你打算走了吗?"那片景色在他们下面向后退去时,他的声音听起来满含遗憾。

在平原上方五千英尺的空中,那颗行星给了他们最后一个惊讶——他们遇上了一队随风飘飞的巨大气球。每个半透明的气球下都长着卷须,卷须悬垂着,形成了一片倒置的森林。看来,有些植物在摆脱地面上的剧烈冲突的过程中,学会了征服空气——它们制成了氢气,并将氢气储存在叶片里,这样它们就能使自己升至相对平静的低空。

然而,即使在空中,它们也并不一定能找到安全。在它们下垂的茎叶上,栖居着各种各样蜘蛛似的动物。那些动物在自己栖居的空中孤岛上,继续进行着生存战斗。阿尔文看到一个巨大的气球突然破裂,从空中掉落,它那残破的气囊充当了粗劣的降落伞。他寻思,这是偶然发生的事呢,还是这些奇怪生物体的生命轮回的一部分?

希尔瓦在他们等待接近下一颗行星时睡着了。出于机器人无法向他们解释的某种理由,太空船以缓慢的速度航行——至少比飞越宇宙的速度慢很多。太空船几乎飞了两个小时,才到达阿尔文选定作第三次停留的那个天体。行星际的飞行竟会持续那么长时间,这使阿尔文有点吃惊。

他们降落进入大气层时,他叫醒了希尔瓦。

"你看那是什么?"他指着屏幕问。

在他们下面是一片黑色和灰色的荒凉景象,没有显示出任何植物存在的迹象。低矮的山峦上和不深的山谷中点缀着形状完美的半球体,其中有些排列成复杂对称的图案。

他们在上一颗行星学会了谨慎。悬在大气层高处仔细考虑了所有可能性之后,他们决定派机器人下去察看。通过机器人的眼睛,他们看到一个半球体越来越近。最后,机器人飞到离它那非常光滑、毫无特征的表面只有几英尺的地方。

没有发现入口存在的迹象,也没有可以推断其用途的蛛丝马迹。那个半球体很大,高一百英尺以上。其他半球体中,有些比它还要大。那可能是座建筑,但从表面却看不到门。

迟疑了一会儿之后,阿尔文命令机器人上前去触碰它的圆顶。令他大为惊愕的是,机器人拒不从命。机器人造反了,或者说乍看起来是这样。

"你为什么不按我的吩咐做?"阿尔文惊魂甫定后问。

"触碰是禁止的。"机器人回答道。

"是谁禁止的?"

"我不知道。"

"那能否撤销这道禁令? 它是内嵌在你的原始程序中的吗?"

这些圆顶的建造者很可能就是机器人的制造者,他们可能将禁令加入机器人的原始程序之中了。

"不是。"

"你是什么时候接受那道禁令的?"阿尔文问。

"在我着陆时接到的。"

阿尔文转向希尔瓦,新的希望之光在他的眼睛里闪烁。

"这儿存在具有智慧的生命体! 你能感觉到吗?"

"不,"希尔瓦答道,"在我看来,这地方好像跟我们去过的第一个天体一样,是死的。"

"我要下船到机器人那儿去。去听听谁在对机器人说话。"

希尔瓦对此不作争论,但他看上去不大高兴。他们将太空船停到离圆顶一百英尺、离正在候命的机器人不远的地方,打开了气闸门。

阿尔文知道,气闸门是不会随便打开的,除非太空船的计算机觉得外部的空气足够支持呼吸。过了片刻,他就发现太空船搞错了——空气非常稀薄,他感到呼吸非常困难。他深吸了口气,发觉尚能吸入勉强可以维持生命的氧气,但他觉得最多只能在这儿忍受几分钟。

他们呼哧呼哧地喘着粗气,走向机器人,又向那个谜一般的半球体走去。他们跨了一步,随即便一齐止步——他们心里响起一个惊雷似的、强有力的声音:

危险！别靠近！

这句话不是说出来的,而是以纯粹的意识传入他们脑中。阿尔文确信,任何生物,无论其智力水平如何,都会在其内心深处接到这个警告。

这是警告,不是威胁。它似乎在说,这里面存在危险,我们——它的建造者——不希望有谁因为不知情冒失闯到里面而受到伤害。

阿尔文和希尔瓦后退了几步,面面相觑,都在等对方说出自己心里的想法。希尔瓦首先对情况作了总结:

"我说对了,阿尔文,"他说,"这儿不存在具有智慧的生命体。那警告是自动发出的——是由于我们靠得太近而触发的。"

阿尔文点头同意。

"我纳闷儿的是,他们竭力想要保护的究竟是什么?"他说,"在这些圆顶之下,可能有什么东西。"

"我们到过的这三颗行星之间差别迥异:他们把第一颗行星上的东西全都搬走,将第二颗行星弃之不顾,但在这儿,他们却煞费苦心。也许他们指望有朝一日能回来。"

"可他们从未回来过……他们离开是很久之前的事了。"

"他们可能改变了主意。"

阿尔文想,这真奇怪,他和希尔瓦怎么都不知不觉开始用上"他们"这个字眼了。他们究竟是何许人? 他们以前在第一颗行星上盛极一时——在这儿则更为强大。这是一个被精心保护起来的世界,静静等待有朝一日被再次唤醒。

"我们回太空船去吧。"阿尔文喘息着说,"在这儿我没法正常呼吸。"

气闸门在他们身后一关上，他们就又感到舒服了。两个人讨论着下一步该做什么。最后他们决定察看一大批半球体，希望找到一个不会发出警告的，他们可以进去一探究竟。假如一个也找不到——阿尔文不愿多想，不到万不得已时，他是不会正视这种可能性的。

但是，不到一个小时，他就不得不面对这种可能性了。他们派机器人下去察看了好几个半球体，都与第一个是同样的结果。这时，他们经过了一个地方，那里跟这个井井有条的世界格格不入。

在他们下面，有一道宽阔的山谷，山谷里稀稀疏疏点缀着几个半球体。在山谷中心，有一个明显的大爆炸遗迹——那次爆炸将碎石向四面八方抛掷数英里，并在地面上炸出一个浅坑。

在坑边，是一艘太空船的残骸。

二十一

他们在残骸附近着陆,然后保持均匀呼吸,朝那艘高耸在他们之上、巨大而又残破的太空船走去。那艘太空船只有短短的一截——不是船首就是船尾——留存,其余部分或许都在爆炸中被摧毁了。他们走近残骸,阿尔文心里慢慢产生了一个想法,这个想法越来越明确,最后变得确定无疑。

"希尔瓦,"他说,他发觉边走边说话很困难,"我认为这就是降落在我们到的第一颗行星上的太空船。"

希尔瓦点点头。他已经猜到这一点了。他想,对冒冒失失的来访者而言,这可是一堂很好的实物教学课。他希望这对阿尔文能起点作用。

他们走到飞船外壳边,抬头望着暴露在外的船体内部。

那就像是朝一座巨大的被切成两半的建筑里窥看——破裂了的地板、墙壁和天花板构成了一幅扭曲的太空船横断面图。阿尔文寻思,死在太空船里,至今仍然躺在它的残骸之中的那些奇异的生命体究竟是什么呢?

"我不明白,"希尔瓦冷不丁地说,"飞船被严重毁坏,可这一部分却仍然遗存。它的其余部分到哪儿去了呢? 飞船是不是在外部空间断裂成两半,其中一部分掉落在这儿了?"

他们再次派机器人探察残骸周围的区域,这才得到答案——在太空船旁边的小山上,有一排低矮的石堆,每个石堆长十英尺。

"看来他们是在这里着陆的,"希尔瓦沉思地说,"而且无视了那个警告。他们就跟你一样爱刨根究底。他们试图打开那个半球体。"

他指着浅坑另一边那个表面平滑的球体——原本露出地面的半球体,因为地面已被炸掉,就成了一个几乎完整的球体。

"他们的飞船被摧毁了,死了许多乘员,但他们设法进行了修复,切除了一部分受损船体,最终离开了这里。这是一个多么艰巨的工程啊!"

在那些石头之下,至少有着一个问题的答案——不管这些生命体可能是什么,他们业已获得了安息的权利。

他们慢慢走回太空船,希尔瓦几乎没有听清阿尔文轻声说出的话:

"我希望他们回家了。"

"现在去哪儿?"他们再次来到太空时,希尔瓦问。

阿尔文在回答之前,若有所思地瞪着屏幕。

"你认为我该回去?"阿尔文问。

"回去是明智的。我们的好运气可能不会维持很长时间,谁知道这些行星还会有什么别的惊人之事在等着我们呢?"

这是头脑清醒、行事谨慎的人说的话,阿尔文在几天前是不会留心的,但现在他却准备给予更多的注意。不过,为了现在这一时刻,他已经走了很远的路,在没有穷尽七太阳星系的奥秘之前,他是不会掉头回去的。

"从现在起我们就待在飞船里,"阿尔文说,"任何地方都不着陆。这样肯定会很安全。"

希尔瓦耸了耸肩,仿佛在说,对接下去有可能发生的事,他不愿承担任何责任。其实,他同样急切地想要把探险继续下去,尽管他早已放弃了在任何行星上遇到智慧生命的希望。

一个双天体出现在他们前面——一颗带有一个较小卫星的巨大行星。那颗大行星可能跟他们到过的第二个天体一模一样——同样被一层青绿色所覆盖。在这儿着陆不会有任何好处,这种情况他们已经领教过了。

阿尔文让飞船飞到接近那颗卫星表面的地方。无需机器人的警告,他就知道这儿没有大气,所有阴影的边缘都极为清晰,夜与昼之间没有渐变的层次。这是他看到的第一个有黑夜现象的天体。

他们在山岭之上飞行了很远。那些山岭参差突兀,保持着久远年代的面貌。这是一个从来不知沧桑巨变、从未受到风雨侵蚀的天体。在这儿,不需要记忆库来保持万事万物的原貌。

可是,要是没有空气,就不会有生命,不是吗?

"当然。"当阿尔文问这个问题时,希尔瓦说,"就生物学而言,这个想法一点也不荒谬。没有空气,生命是不可能产生的。但生物产生之后,如果空气消失,生物就会进化出特殊的形态以适应环境。这种情况必定发生过千百万次——当一颗有生物居住的行星丧失大气之后,就会出现这种情况。"

"可是,你会指望在真空中存在具有智慧的生命体吗?它们难道不会阻止空气丧失吗?"

"如果在空气丧失之前,它们已经拥有足够的智慧,那就可能做到。但是,如果大气是在它们尚处于原始状态时消失的,那它们要么适应,要么灭亡。适应之后,它们就有可能形成极高的智慧。"

阿尔文认为,就这颗卫星而言,希尔瓦的这番话纯属理论。在这颗卫星上,没有一个地方可以看到生命的迹象——无论其是否具有智慧。但是,若这里根本不存在生命,这个天体的存在目的何在呢? 他现在确信,七太阳的整个复杂体系是人为的,这个天体必定是其庞大设计的一部分。

可以想象,这个天体可能纯粹是用来装饰的——给它那巨大同伴的天空里提供一个月亮。但它被放置在这儿也可能有别的用处。

"瞧,"希尔瓦指着屏幕说,"瞧那儿,在右边。"

阿尔文改变了飞船的航向,他们周围的景色迅速变换。他们的飞行速度太快,图像过了一段时间才稳定下来——飞船掠过的,是明确无误的生命证据。

明确无误,但也令人费解。那是一排占据着广阔空间的细长圆柱,圆柱之间相距一百英尺,柱高是其两倍。那一排圆柱延伸至远处,看上去渐远渐小,直至远方的地平线将其吞没。

阿尔文操纵着飞船右拐,沿着那排圆柱飞行。他边飞边纳闷儿,不知这排圆柱是作什么用的。它们的外观一模一样,队列无一处中断,穿越山峰和山谷,一路向前挺进。没有任何迹象表明它们曾支撑过什么东西。它们光滑无纹饰,由底至顶逐渐变细。

那排圆柱突然改变了走向,转过一个直角。阿尔文冲出几英里后才反应过来,赶紧将飞船掉过头,朝新方向飞去。

那排圆柱继续越过山峦和原野,其间距始终保持一致。在离上次改变方向的地点五十英里处,又突然转过另一个直角。阿尔文想,照这个转法,我们很快就会回到开始的那个点。

那排无休无止的圆柱使他们中了催眠术——直到超过中断处数英里,希尔瓦才大声喊叫起来,要阿尔文将飞船掉头。他们缓缓下降,在希尔瓦发现的中断处上方兜了个圈子之后,他们心里生出一个极大的疑问——虽然起先谁也不敢向对方说出来。

有两根圆柱在靠近基底的地方断裂了,直挺挺地倒在岩石上。中断处旁侧的两根圆柱也似乎在某种巨大外力的作用下向外弯折。

阿尔文知道他们正飞在其上的是什么了。这东西他在利斯常常看到,但此刻之前,规模上的惊人变化使他认不出它来了。

"希尔瓦,"他说,仍然不敢将自己的想法讲出口,"你可知道这是什么?"

"难以置信,我们可能是在围绕畜栏的边缘在飞。这东西就是围栏—— 一道不够坚固的围栏。"

"饲养宠畜的人,"阿尔文说,并发出人们有时用来掩饰畏惧的神经质的笑声,"应该知道如何将它们始终置于控制之下。"

希尔瓦对他那强装的嬉笑口吻未作回应。他瞪着那道破裂的栅栏,眉头紧锁。

"我不明白,"他最后说,"在这颗行星上,要去什么地方搞到食料呢? 它为何破栏而出? 我真想知道它是什么种类的动物啊。"

"也许它被留在这儿,因为饥饿才破栏而出,"阿尔文猜测道,"或者什么东西惹恼了它。"

"我们飞得再低些,"希尔瓦说,"我要看看地面。"

他们降低高度,直到太空船几乎触及光秃秃的岩石。这时,他们才看到那块平地布满了无数直径不超过一两英寸的小洞。但是,在栅栏外面,地面上却没有这种神秘的小洞。它们到围栏线处就突然消失了。

"你说得对,"希尔瓦说,"它是饿了。不过它不是动物——称它植物更正确。它已经将围栏内土地的养分都耗尽了,因此不得不到别处去寻找新的食物。它或许挪动得很慢,也许花了多年时间才把那两根柱子折断。"

阿尔文很快就在脑中勾勒出那植物破栏而出的画面。

他并不怀疑,希尔瓦的分析基本上是正确的,某个挪动得非常缓慢,以至于眼睛看不出它在动的植物妖魔,与禁锢它的栅栏进行了一场慢慢吞吞却又不屈不挠的战斗。

即便在这么多个世纪之后,它可能仍然活着,自由自在地在这颗行星的表面游荡。但是,寻找它却是件 无比困难的事,因为这意味着要对整个星球表面进行搜索。他们在豁口周围方圆几英里内作了一次漫无目标的搜寻,发现了一大块圆形的布满小洞的地面,其直径差不多有五百英尺。显然那东西曾在这个地方停留进食,但他们不知道这个有机体是怎么从坚硬的岩石里汲取养料的。

他们再次升至太空,一股厌倦之情袭上阿尔文心头。他看到了那么多东西,而了解到的却又那么少。在所有这些行星之上,令人惊奇的事情数不胜数,但他所寻找的东西却在很久之前就离开了。他知道,到七太阳星系的其他天体上去将是毫无意义的。即便宇宙中仍然存在智慧生命,他也不知道现在该到何处去找。看着尘埃般散布在屏幕上的群星,他知道自己没有时间探察所有的星星。

前所未有的孤独感将他压倒了。他现在能够理解迪阿斯巴对浩瀚宇宙的恐惧了。

他转向希尔瓦寻求支持。可希尔瓦正紧攥双拳，一脸茫然，他的头侧向一边，好像绷紧了每一根神经，在倾听周围的动静。

"怎么啦?"阿尔文急切地问。他不得不重复问了一遍，希尔瓦才听到他的问话。

"有个东西要来了，"希尔瓦缓慢地说，眼睛凝视着虚空，"是我不知道的东西。"

阿尔文觉得船舱里突然变得非常冷，那个关于入侵者的噩梦重新浮现在脑海中。他强打精神，告诉自己不要恐慌。

"它友好吗?"阿尔文问，"我们逃到地球上去怎么样?"

希尔瓦没有回答第一个问题，只回答了第二个。他的声音很轻微，但并没有透露出惊慌或恐惧。他的声音里饱含惊讶，仿佛遇到了非常奇异的东西，使他顾不上回答阿尔文的问题了。

"太迟了，"他说，"它已经在这儿了。"

自从范纳蒙德第一次获得意识以来，银河系已经绕着中轴旋转了许多次。对那些漫长年代和看管过他的那些生物，他一点儿也回想不起来了。但是他还记得，它们将他孤零零地留在群星上后他所经受的孤独。自那以后的许多个世纪里，他从一颗恒星漫游到另一颗恒星，缓慢地演进，并增强自己的力量。

他在无数天体上找到过生命遗留下来的残骸，不过具有智慧的生命体他只发现过一次——他是在恐怖之中逃离黑太阳的。但宇宙非常大，寻觅才刚刚开始。

尽管距离非常遥远，但从银河系中心迸发出来的巨大力量越过几个光年对范纳蒙德发出了召唤。那跟星星发的光截然不同，它突然出现在他的意识场中，犹如一颗穿越万里无云的天空的流星。

接着他便知道，自己的漫长寻觅结束了。

阿尔文抓住希尔瓦的双肩猛烈摇晃，竭力把他拖回现实中来。

"告诉我发生了什么事?!"阿尔文恳求道，"你要我做什么?"

希尔瓦眼睛里那种茫然的神情慢慢消失了。

"我还是搞不明白，"他说，"但没有理由害怕。我确信这一点。不管那是什么，它不会伤害我们。它好像只是对我们感兴趣。"

阿尔文正要作答，突然，一种热乎乎的、刺痛的感觉在他全身传开。这种感觉只持续了几秒钟，但当它消失时，他觉得什么东西正在共用他的大脑。他还意识到，希尔瓦的头脑就在近旁，同样被什么东西缠上了。那种感觉很新奇，因为阿尔文第一次实实在在体验到了传心术——这种能力在他的同胞中已经大大退化，现在只能用于控制机器人。

之前当塞拉尼丝试图控制他的心灵时，阿尔文立即予以反抗，但他这次没有挣扎。挣扎不会有用。他知道这东西是友好的，无论它是什么。他让自己放松，不加抗拒地接受这一事实：一个比自己强大无数倍的智慧生命正在窥探他的心灵。

范纳蒙德立刻感到，在那两个心灵之中，一个要比另一个更容易进入。他知道，对自己的出现，那两个心灵都充满了惊讶。真是难以置信，他们竟无法像他一样拥有从不忘却的本领! 忘却就像死亡一样，是范纳蒙德所无法理解的。

交流非常困难。他们的许多思想都极其陌生。他们对他的恐惧使他感到困惑。他想起自己第一次得知黑太阳时的感觉。

但是他们对黑太阳一无所知。他们的问题开始在他心里形成：

"你是何物？"

他做出了自己所能给予的唯一答案：

"我是范纳蒙德。"

出现了停顿（他们的思想要花多长时间才能形成啊！），接着他们又重复提出了那个问题。他们没有听明白。这可奇怪了，因为他的名字是他们的同类给他取的。

他们渺小的思想又挣扎着进入他的意识：

"建造七太阳的人现在何处？他们出了什么事？"

他不知道。他们几乎无法相信他。他们的失望显而易见。但是他乐于帮助他们，因为他们所探求的跟他的相同，他们使他有生以来第一次有了伴侣。

阿尔文不信他有生之年还会经历比这次无声交谈更奇异的事。他无法相信，自己竟会成为这场交谈的经历者。他不得不承认，希尔瓦的头脑在某些方面要比他强得多。他能做的只有等待而已。激流般喷涌而出、超出他的理解范围的思想让他晕头转向。

不一会儿，脸色苍白、神经紧张的希尔瓦挣脱了与那个意识的接触，转向他的朋友。

"阿尔文，"他说，他的声音透露着困乏，"我压根儿搞不明白。"

阿尔文的自尊心稍有恢复，这种感觉在他脸上必定有所表现，因为希尔瓦突然露出了同情的微笑。

"我无法搞清楚范纳蒙德是什么。"希尔瓦继续说，"他是一个拥有渊博知识的生物，但他的头脑可能与我们截然不同，所以

221

我们无法理解。"

"你了解到了什么?"阿尔文有点着急地问,"他知道七太阳的情况吗?"

希尔瓦的思绪似乎仍在非常遥远的地方。

"七太阳是由许多种族建造起来的,包括人类自己。"他心不在焉地说,"他向我陈述了这一事实,但他好像并不了解它的含义。他具有关于过去的认知,但并不能对其做出阐释。曾经发生过的一切似乎都杂乱无章地塞在他心里。"

希尔瓦沉思了片刻,然后脸上又焕发出了光彩。

"只有一个办法——我们必须千方百计将范纳蒙德搞到地球上去,好让我们的哲学家对他进行研究。"

"那样做安全吗?"阿尔文问。

"安全。"希尔瓦答道,"范纳蒙德是友好的。事实上还不止如此,他几乎像是满怀深情呢。"

一个模糊的想法在阿尔文脑中清晰起来:他想起了克里夫和那些经常逃跑、使希尔瓦的朋友们恼火的小动物。

希尔瓦找到了一个新宠物。

二十二

　　杰塞拉克默默想道,仅仅在几天之前,这次会议还是完全不可想象的。在马蹄形会议桌前,来自利斯的六位客人面对市议会的议员们坐着。想起不久前阿尔文就站在同一个地方,聆听市议会宣布决定——迪阿斯巴必须再次对世界关闭——那简直是一种讽刺。

　　市议会自身也发生了改变。市议会成员中至少有五人不见了。他们无法面对现在的责任和问题,走上了基特隆所走的那条路。杰塞拉克想,这是迪阿斯巴业已失败的证明。许多市民逃进了记忆库,希望当自己醒来时,危机已经过去,迪阿斯巴又恢复了熟悉的老样子。但到时候,他们可能会失望的。

　　杰塞拉克已被增选为市议会成员,以填补空席。虽然他是阿尔文的老师,备受质疑,但他的出席显然必不可少,因此无人提议将他排除在外。他坐在马蹄形桌子的一端,这个位置使他不仅能从侧面仔细观察从利斯来的客人,还能看到自己那些议员同事的脸——从他们的表情可以看出许多名堂。

　　阿尔文无疑是正确的——市议会慢慢认识到这个令人不快的事实。来自利斯的代表的思维速度比迪阿斯巴最出色的头脑都要快得多。

这并不是他们的唯一优势,他们还表现出一种高度的协作精神。杰塞拉克猜想,那必定是由于他们的心灵感应能力所致。他寻思,他们是否正在解读议员们的思想,但接着便断定他们不会违背他们的庄严保证——没有这一保证,这次会议的举行是不可能的。

杰塞拉克认为,会议并没有取得多少进展。勉强接受了利斯存在的市议会,好像仍然未能认识到发生了什么事。但是,议员们明显被吓坏了。他猜想,客人们也是如此,尽管他们尽量掩盖了这一事实。

杰塞拉克本人倒没有那么害怕——他仍然怀着种种恐惧,但他终于能正视它们了。因为阿尔文冒失——抑或是勇敢的举动,他的世界观被改变了,打开了新的视野。他不相信自己有一天能驻足于迪阿斯巴的城墙之外,但现在他终于理解了驱使阿尔文这么做的那种冲动。

沉思使他没有察觉主席在向他提问,但他很快清醒过来。

"我想,"他说,"以前从来没有出现过这种局面,纯属偶然。我们知道曾经有过十四位特异者,他们被创造出来必定有着某种明确的目的。我认为,这个目的就是确保利斯和迪阿斯巴不至于永远分离。阿尔文达成了这个目的,但他还做了另外一些事,我想那些事是不在计划之中的。中央计算机能证实这一点吗?"

中央计算机立即做出了回答:

"议员们知道,我不能对设计者给我的指令加以评论。"

杰塞拉克接受了这一温和的责备。

"事实不容置疑。阿尔文去了外层空间,到他回来时,你们可以阻止他再次离开，但我怀疑你们能否取得成功，因为他可能在外面了解到了大量情况。假如你们害怕的事情已经发生，那我们之中谁都对此无能为力。地球是完全孤立无援的——数百万个世纪以来，她都是如此。"

杰塞拉克停了停，目光从桌子一头扫到另一头。他的话没人爱听，他也不曾指望他们爱听。

"可我不明白我们何以要惊慌？地球面临的危险并不比以往更大。凭什么认定两个乘坐太空飞船的人会激怒入侵者？若我们不再自欺欺人，就必须承认，入侵者在许多世代之前就能把我们的星球毁灭掉。"

台下陷入沉默。大家并不赞同他的说法。这是异端邪说——以前杰塞拉克本人就会这样谴责这种论点。

满脸不悦的主席打断了他：

"不是有这么一个传说吗——入侵者只是在人类不再进入太空的前提下才饶过地球，使其免于毁灭？现在我们不是打破了这一前提吗？"

"传说？是的，"杰塞拉克说，"我们不加质疑就接受了许多东西，传说就是其中之一。但是，这个传说并无根据。这么重要的事情在中央计算机中竟然没有记录，真是难以置信。我问过中央计算机——虽然只是通过信息机问的——市议会可以直接问一下。"

杰塞拉克不愿因擅闯禁区而第二次遭责备，所以他等着主席的回答。

主席一声不吭。来自利斯的客人们突然在座位里惊跳起来，脸上满是怀疑和惊恐。他们好像在凝神倾听——某个遥远的声音正在将信息灌注到他们的耳朵中去。

议员们等着。那无声的交谈进行时,他们的恐惧与时俱增。

接着,利斯代表团团长奋力从出神状态中挣脱出来,一脸歉疚地转向主席。

"我们刚从利斯接收到了一些非常奇怪、令人不安的消息。"他说。

"阿尔文回地球了?"主席问。

"不……不是阿尔文,而是别的什么东西。"

将那艘太空船降落在艾尔利的林中空地上时,阿尔文想,在人类历史上,是否曾经将这样一件货物带回地球的太空船——假如范纳蒙德确实存在于飞船的有形空间的话?

他们从飞船里出来时,塞拉尼丝和五位议员正在等待他们。阿尔文上次来时见过其中一位议员,他猜,上次见到的另两位参议员眼下在迪阿斯巴。他想知道代表团情况如何,迪阿斯巴对这么多年来首批来自外界的闯入者会作何反应。

"阿尔文,"塞拉尼丝干巴巴地说,"你有做出重大发现的天赋,但你这次的发现也许要很久才能被超越。"

阿尔文惊讶不已,"莫非范纳蒙德已经来了?"

"是的,几小时前就来了。有证据表明,他是在你发现他的那一刻来到利斯的,所以他所能达到的速度是无限快的。事情还不止于此——在最近这几个小时里,他教给我们的历史知识比我们已知的史实还要多。"

阿尔文惊奇地看着她,随即他便明白了:范纳蒙德对这儿的人必定形成了难以想象的冲击。这儿的人感觉敏锐,心神相通。他们以惊人的速度对范纳蒙德的出现做出反应,也许有点害怕。

"你们知道他是什么?"阿尔文问。

"知道。他很简单,尽管我们还不知道他的由来。他是纯精神的,他的知识似乎是不可限量的,但他也很幼稚。"

"当然!"希尔瓦大声说,"我猜得到!"

阿尔文有些困惑。

"虽然范纳蒙德具有无限大的心灵,但他是不成熟的,还未得到充分发展。他的实际智力还不如普通人,"她讥笑道,"但他的思维过程快得多。他非常善于学习。他还具有某些我们尚不了解的能力。整个过去似乎都以一种难以描述的方式向他的心灵开放。他可以运用这种能力,循着你的航路回到地球。"

阿尔文默默地站着。

"你是说,"他问,"范纳蒙德心智很不成熟?"

"以他的标准来衡量,是这样的。他坚持说是人类创造了他。毫无疑问,他的出生跟过去的神秘事件密切相关。

"格雷瓦的历史学家们正在询问他。他们竭力想勾画出过去的大致轮廓,但那项工作需要花很多年的时间。范纳蒙德能极为详尽地描述过去,但由于他不理解他所看到的东西,所以和他一起工作非常困难。"

阿尔文很纳闷儿,塞拉尼丝是怎么知道这一切的呢? 然后他想到,或许每一个醒着的利斯人都在观看这项巨大研究的进展。他知道,自己现在在利斯已经成了显赫的大人物,就像在迪阿斯巴一样。他为此感到自豪,但这种自豪也混杂着挫败感。在利斯,有些东西是他永远无法分享的,也是永远无法了解的。人心之间的直接联系之于他,就像音乐之于聋子,色彩之于盲人。然而,利斯人现在却正和这个不可想象的异类交流思想。这个异类是他引到地球上来的,但他永远无法用自己所拥有的任何官能对它进行探测。

这儿没有他的用武之地。询问结束后，人家会告诉他答案。他打开了通往无限知识的大门，现在却为自己所做的一切感到畏惧。为了心灵的安宁，他必须回到迪阿斯巴那个熟悉的弹丸之地，寻求它的庇护。这太讽刺了——那个一脚把城市踢开，到群星中冒险的人，将像一个受到惊吓跑回母亲身边的孩子似的回家。

二十三

迪阿斯巴对重新看到阿尔文并不太高兴。城里仍然一片闹腾，活像个被用杆子猛烈搅动过的大蜂窝。它仍然不愿面对现实，但那些拒绝承认利斯和外部世界存在的人不再有藏身之地了——记忆库已停止接收他们。那些死抱住残梦、到未来寻求庇护的人，现在走进创造大厅也没有用。他们对中央计算机提出的要求一个也不会实现，中央计算机对自己为何不理会他们也不会做出解释。那些想要避难的人不得不伤心地回到城市，去面对现实中的种种问题。

阿尔文和希尔瓦在离市议会厅不远的公园边缘着陆。直至最后一刻，阿尔文还拿不准他是否能将飞船驶进城，因为那要穿过将城市天空与外部世界隔开的屏障。迪阿斯巴的天穹跟它所有别的东西一样是人造的，抑或至少部分是人造的。

但迪阿斯巴的守护者让阿尔文通过了屏障。当迪阿斯巴展现在他下方时，他知道自己已到家了。无论宇宙及其奥秘如何召唤他，这儿都是他诞生成长的地方。迪阿斯巴永远不会使他满足，但他总会回来——他穿越了半个银河系才懂得这个简单的道理。

在太空船着陆之前，人群已经聚集起来。阿尔文寻思，他的同胞现在会怎样迎接他的归来呢？打开气闸门前，他通过视像屏幕望着他们。他很容易从他们的脸部表情看出他们的态度。占据主导地位的是好奇——在迪阿斯巴，这种好奇本身就有点新鲜。和好奇夹杂在一起的是忧虑，同时还有明确无误的恐惧。阿尔文有点闷闷不乐地想，没有一个人高兴看到他回来。

然而，市议会却在积极欢迎他——尽管并非出于纯粹的友好之情。虽然他引发了这次危机，但是解决危机也必须仰仗他。他在描述七太阳之旅以及与范纳蒙德的相遇时，他们专心致志地倾听。接着，他回答了无数问题。他的耐心或许使他的盘问者感到惊讶。他很快发现，他们心里最主要的恐惧是针对入侵者的，但他们从不提及这点。当他直截了当地谈到这个话题时，他们明显表现出不快。

"要是入侵者仍然存在于宇宙中，"阿尔文对市议会说，"那么我肯定会在宇宙的中心遇上他们。但是，在七太阳中间并不存在智慧生命。这一点，我们在范纳蒙德做出证实之前就已经猜想到了。我认为，入侵者在许多世代之前就已消亡了。年岁至少和迪阿斯巴一样老的范纳蒙德对他们一无所知。"

"我有个想法……"一位议员突然说，"范纳蒙德可能就是入侵者的后裔。就某些方面而言，他超出了我们眼下的理解范围。他忘却了自己的出身，但这并不意味着他不会在某一天再次变成危险。"

仅作为旁观者出席的希尔瓦没等得到许可就说话了。阿尔文第一次看到他动怒。

"范纳蒙德窥见了我的内心，"他说，"我也看到了他心里的一些东西。我的同胞已经了解了他的许多情况。虽然他们还没有搞清楚他究竟是什么,但有一点是肯定无疑的——他是友好的。找到我们,他很高兴。我们根本用不着害怕他。"

希尔瓦激烈地陈述之后,出现了短暂的沉默。看得出,市议会厅里的紧张气氛缓和些了,仿佛那些到会者心头的阴云被驱散了。

阿尔文在听辩论时清楚地看到,市议会成员分成了三派。占少数的保守派仍然希望时间能倒转,旧秩序得以恢复。他们无视一切理由,奢望迪阿斯巴和利斯能被说服,重新彼此相忘。

进步派也占少数。市议会里居然有进步派,这一事实使阿尔文既高兴又惊讶。他们并不完全欢迎外部世界的侵入,但他们决定充分利用这一机会。他们当中有些人竟然提出,可能有办法突破心理屏障。在如此漫长的时间里,心理屏障对迪阿斯巴的封闭甚至比有形的屏障更为有效。

市议会的大多数成员采取了谨慎的观望态度。他们意识到自己无法制定总体计划,也不能实施任何明确的政策。

会议结束后,杰塞拉克走到阿尔文和希尔瓦身边。自打他们上次在洛伦尼堡分手以来,杰塞拉克似乎变了个样。

杰塞拉克好像年轻了些,仿佛生命之火得到了新的燃料,在他的血脉中更炽烈地燃烧起来。虽然他年事已高,却愿意接受挑战。这种挑战是阿尔文给迪阿斯巴带来的。

"我有件事要告诉你,阿尔文。"他说,"你知道杰拉尼参议员吧?"

阿尔文一时摸不着头脑,但随后便记起来了。

"当然知道。他是我在利斯最早见到的人之一。他不是代表团的成员吗?"

"是的,我们彼此已经很熟了。他是个出色的人,对人心的了解超乎想象地透彻——尽管他告诉我,按利斯的标准,他只是个初学者。他在这儿时,着手制定了一个方案——这个方案跟你的心意是很接近的——他希望对那股将我们始终禁锢在城里的强制力做出分析。他相信一旦他发现它是如何施加的,他就能将它去除掉。我们大约有二十个人已经和他合作了。"

"你是其中之一?"

"是的。"杰塞拉克答道,"这么做很艰难,但却令人振奋。"

"杰拉尼是怎么做的?"

"他是通过历险活动来进行分析的。他想出了一整套历险活动,在我们投身这些活动时研究我们的反应。在我这把年纪,我从没有想到我会重新参与孩提时代的娱乐!"

"那是些什么历险?"希尔瓦问。

"想象的梦幻世界,"阿尔文大声说,"至少,其中大多数是想象出来的,尽管有些或许有历史事实作为依据。这种历险活动在城市的记忆单元里有几百万,你可以随心所欲地选择任何种类的冒险。当冲动被注入你的内心时,那些游戏在你看来就好像完全是真的。"

他转向杰塞拉克。

"杰拉尼让你进行了哪些历险?"

"你可以料到,大多是关于离开迪阿斯巴的。有些历险活动将我们带回最早期的生活之中——差不多是我们所能了解到的城市初创时期。杰拉尼认为,越接近这股强制力的起源,他就越容易破坏它。"

这个消息使阿尔文备受鼓舞。假如说他业已打开了迪阿斯巴的大门,那他的工作只是完成了一半,因为如果不解除那种强制力,他就不会看到有人敢走出那扇大门。

"你真的想离开迪阿斯巴吗?"希尔瓦问。

"不，"杰塞拉克毫不犹豫地回答，"我害怕这个想法。但是我认识到，我们以为迪阿斯巴是全部实体世界，这完全是错的。逻辑告诉我，必须做些什么来纠正这个错误。从感情上说，要离开这个城市，我现在还完全做不到——也许我永远都做不到。杰拉尼认为自己能将我们中的一些人弄到利斯去，我愿意帮助他做此试验——尽管我觉得试验有一半的可能会失败。"

阿尔文满怀敬意地看着年事已高的老师。他不禁将杰塞拉克与基特隆加以比较——虽然以他对人性的新的理解，他已经不想谴责那位杰斯特的所作所为了。

他确信，杰拉尼会完成他已着手做的事。杰塞拉克或许太老了，无论他多么愿意从头开始，他都没有能力打破毕生所形成的模式了。不过这并不重要，因为在利斯心理学家们的巧妙指导下，别的人会取得成功。一旦有少数几个人从十亿年的旧框框中挣脱出来，那么其余的人跟着效仿就只是时间问题了。

他想，当屏障被完全拆除之后，迪阿斯巴会怎样呢？利斯又会怎样呢？必须想办法将双方最好的东西保存下来，并使之融合为一种新的、更健康的文化。这是个无比繁重的任务，需要双方将智慧和耐心全都献出来。

两种文化的碰撞已经显现——利斯来的客人们彬彬有礼地拒绝住在给他们提供的城内住所里。他们在公园里搭起自己的临时住所，那儿的环境使他们想起利斯。希尔瓦是利斯来客中唯一的例外。虽然他不爱住在迪阿斯巴的屋子里，但他勇敢地接受了阿尔文的热情款待，阿尔文承诺他们不会在此久待，这让他稍稍宽心。

希尔瓦在利斯从不觉得孤独，但他在迪阿斯巴却尝到了孤独的滋味。他对迪阿斯巴的不习惯远胜于阿尔文对利斯的不习惯——迪阿斯巴那无限的纷繁复杂,以及好像挤满了他周围空间的无数陌生人,压得他透不过气来。他认识利斯的每一个人,无论曾经谋面与否。但他即使活上一千辈子,都休想认识迪阿斯巴的每一个人,一想到这一点,他就十分沮丧。唯有他对阿尔文的忠诚,才使他留在一个跟他毫无共通之处的世界里。

他经常煞费苦心地去分析他对阿尔文的感情。他知道,这种感情与他对一切弱小的、正在苦苦挣扎的动物的同情系出同源。很多人觉得阿尔文刚愎自用,固执己见,以自我为中心,不需要别人的爱,即使别人给了他爱,他也不会回报。但希尔瓦对阿尔文的看法更深刻——在他眼中,阿尔文是个探险者,所有的探险者都在寻求他们渴望得到的东西。但他们很少能找到自己所寻求的东西,就算得到后,带给他们的快乐也比不上探寻过程本身。

阿尔文在寻求什么,希尔瓦不得而知。驱动他的力是在许多世代之前建造迪阿斯巴的天才们设定的,抑或是由反对他们的更加伟大的天才们设定的。像众人一样,阿尔文在某种程度上也是一台机器,他的行为方式是由他的遗传基因预先决定的。他同样需要理解和同情,也同样会感到孤独和沮丧。对他的同胞而言,他是个完全不可思议的人,所以他们有时候忘了他仍然具有他们的种种情感。只有来自完全不同环境的人,才会对阿尔文有另一种看法。

在来到迪阿斯巴的几天里,希尔瓦遇到的人比他之前见到的所有人还要多,但他并不了解他们。他们从不开放自己内心的隐私,希尔瓦为他们感到难受,尽管他知道他们并不觉得需要同情。他们没有认识到自己失去了什么。他们无法理解在利斯的心灵感应社会中将人与人联结在一起的那种大家庭的温暖,那种归属感。大多数与他谈过话的迪阿斯巴人,都将他看作是一个过着无比单调乏味生活的人——尽管他们彬彬有礼地竭力掩饰这一点。

希尔瓦很快就认识到,阿尔文的保护人埃里克顿和埃塔尼娅是好心但糊涂的小人物。听阿尔文称他们为父亲和母亲,他觉得非常别扭。父亲和母亲这两个字眼在利斯仍然保留着它们古老的生物学含意,但生死规律已经被迪阿斯巴的创造者们废止。有时候,在希尔瓦看来,这座看似繁华的城市实际上死气沉沉,因为这里没有真正意义上的新陈代谢。

他寻思,现在,在结束长期隔绝之后,迪阿斯巴将会怎样呢?他认为,这个城市最好是将使其迷醉了这么多世代的记忆库毁掉。那些记忆库是神奇的——它们代表了创造它们的科学的胜利,但它们是一种病态文化。迪阿斯巴所固有的恐惧有些是以现实为基础的,但有些却只存在于想象之中。通过探测范纳蒙德的内心,希尔瓦已对此略知一二。几天之后,迪阿斯巴也会知道,而且会发现许多有关它过去的事都是神话。

然而,若记忆库被摧毁,城市将会在一千年之内死亡,因为迪阿斯巴人已经丧失了繁殖能力。这将是一个两难的抉择,不过,希尔瓦已经初步想到了一种可能的解决办法。任何技术问题总是有答案的,而他的人民是生物科学的专家。

不过,迪阿斯巴首先必须知晓它失去了什么。对它的教育要花许多年——也许是许多世纪——但教育正在开始。第一堂课的冲击很快就会深深震撼迪阿斯巴,就像利斯本身受到它的冲击时一样。尽管两种文化有着天壤之别,但它们的根是一样的,而且它们具有共同的未来。当两个世界的人民以镇静而坚毅的目光凝视他们所丧失的过去时,他们都会变得更加成熟。

二十四

　　那座圆形露天竞技场是为了容纳迪阿斯巴全部醒着的居民而设计的，一千万个座位几乎座无虚席。当阿尔文从斜坡的制高点俯瞰巨大的场地时，他无法抑制地想起了沙尔米兰。两个碗形坑形状相同，大小也几乎相同。假如让沙尔米兰那个坑装满人，它看上去就会跟这个竞技场非常相像。

　　但两者之间存在一个本质区别——沙尔米兰的碗形大坑是现实存在的，这座圆形竞技场却并不存在，而且从来没有存在过。它只是个幽灵，一个沉睡在中央计算机记忆之中的电子模式，需要时才被召到现实中来。阿尔文知道，实际上他仍在自己房间里，出现在他四周的无数人也同样都在自己家里。只要他不离开这个地方，幻觉就完美无缺。他可以相信，迪阿斯巴已经消失了，它的所有市民全被集中在这个大坑里。

　　整个城市生活停下来，让所有市民参加大集会，这种事情一千年来未曾有过一次。阿尔文知道，在利斯，同样的集会也正在举行。那儿举行的是心灵的聚会，但也许实体的集会与之同时出现，就像这儿的集会一样。

　　他能够认出周围的大多数面孔。对他们来说，阿尔文所在的小小舞台在一英里之外、一千英尺之下。现在,整个世界的注意力都集中在那个舞台上。阿尔文知道,演说开始时,他会清清楚楚地听到并看到台上的一切,跟迪阿斯巴的其他人一样。

舞台上弥漫着雾气,卡利特拉克斯从雾中现身,他所率领的小组负责根据范纳蒙德带到地球的信息将过去再现出来。这是一个几乎不可能实现的惊人之举,在希尔瓦的心灵感应术帮助下,阿尔文才瞥见他们所发现——抑或是发现了他们——的那个怪物的内心。对阿尔文而言,范纳蒙德的思想毫无意义,犹如某个大洞穴中所发出的一千种合在一起的叫喊声。然而,利斯人却能够将这些声音分解开,录下来,以供闲暇时分析。流言蜚语已经传开——虽然希尔瓦对此既不否认也不作证实——他们所发现的东西奇怪之至,跟十亿年来全体人类所知的历史几乎没有任何相通之处。

卡利特拉克斯开始讲话。就跟迪阿斯巴的每个人一样,在阿尔文听来,他那清晰精确的声音就像来自数英寸外。随即,阿尔文以一种超自然的方式站到了卡利特拉克斯的身边,同时又保持着自己在圆形竞技场斜坡高处的位置。这桩怪事并未使他困惑,他毫不犹豫地就爽快接受了。

卡利特拉克斯很简单地讲述了已知的人类历史。他说,处于黎明时代的文明之中的人在身后没留下任何东西,除了少数伟大的名字,以及种种正在湮没的关于帝国的传说。远在黎明时代,人类就想要得到群星,后来终于得到了。数百万年间,人类在银河系不断扩张,将一个又一个恒星系置于自己的控制之下。然后,入侵者从宇宙边缘的黑暗中跃出,对人类进行打击,并夺取了人类业已赢得的一切。

撤回太阳系是痛苦的,而且必定持续了许多世纪。经过与入侵者在沙尔米兰周围进行的激战，地球免于陷落。当一切结束后，留给人类的就只有记忆，以及诞生人类的那个星球。

打那以后，世界在很长的时间里都波澜不惊。具有讽刺意味的是，曾经希望统治宇宙的人类放弃了它自己那颗小小星球的大部分地方，并分裂成利斯和迪阿斯巴这两种隔绝的文化——像一片沙漠中两块生命的绿洲。

卡利特拉克斯停了下来。阿尔文就跟参加这个盛大集会的每个人一样，觉得那位历史学家正直勾勾地看着自己。

"以上所说的，"卡利特拉克斯说，"就是我们有记载以来，我们所相信的历史的梗概。我现在必须告诉你们，它们是虚假的，每一个细节都是虚假的。"

他等着人们领会他话中的含意。接着，他又字斟句酌地说起来。他将从范纳蒙德心里所获知的事实公之于利斯和迪阿斯巴两方。

连人类曾经到达群星的说法也并不真实。人类的小帝国被冥王星的轨道限制住，因为事实证明，星际空间是人类没有能力逾越的障碍。当外星文明到达人类社会时，人类的整个文明就被限制在太阳系内，而且仍然非常年轻。

人类受到的冲击必定十分巨大。尽管遭到失败，但人类从不怀疑，有朝一日，自己将征服外层空间。人类还相信，也许宇宙中确实存在与自己智力不相上下的种族，可优于自己的种族是不存在的。现在人类知道，这两种信念都是错误的，在外层空间的群星间，存在着智力远超人类的生命体。在许多个世纪里，人类先是乘坐别的种族的太空船，后来是乘坐用借鉴来的知识建造的飞船，对银河系进行了探索，人类发现了许多自己无法匹敌的文化，还在许多地方遇到了完全超出自己理解能力的文明。

人类伤心地回到太阳系，苦苦思索。人类决定接受挑战，慢慢形成了一个满含希望的计划。

人类最大的兴趣一度是物理学，但后来却将注意力转移到遗传学和心灵研究上。不管付出多大代价，人类都矢志把自己推向进化的极限。

实验消耗了人类几百万年间的全部精力。所有的奋斗、所有的牺牲和辛劳，只变成了卡利特拉克斯讲话中为数不多的几个字眼。人类迎来了最伟大的胜利——人类消除了疾病，只要愿意就可以永远生活下去；人类还掌握了传心术。

人类准备依靠自己的能力再次进入银河系的广阔空间。人类将和自己一度离开的那些星球上的种族聚首。人类将在宇宙历史中充分发挥自己的作用。

关于帝国的种种传说，就是来自那个时代。也许那是所有历史中为时最长的一段。那是一个多种族的帝国，至少延续了一百万年。它必定经历过许多危机，甚至经历过战争。

"我们可以为我们祖先的这段历史而骄傲。"卡利特拉克斯继续说，"但是，人类在这段时期也发起并进行了导致帝国崩溃的一系列试验。

"这些试验的哲学基础是，宇宙真实的模样只能由摆脱了肉体限制的心灵——事实上，是纯粹的精神——去获知。在地球上许多古老的宗教信念中，这是一个普遍的观念。这个非理性的观念到头来却成为科学最伟大的目标，这似乎有点不可思议。

"在自然宇宙中，从来没有产生过脱离肉体的智慧，帝国却在着手创造一个。我们已经遗忘了使这一创造成为可能的那些技术和知识，而帝国的科学家们却掌握了一切自然力量，掌握了一切时间和空间的秘密。由于我们的心灵是神经系统的副产物,所以他们千方百计创造这样一个大脑:它的组成部分是非物质的,但其模式就像浮雕般呈现在空间里。这样一个大脑——假如可以称之为大脑的话——将使用比电更高级的动力来工作,将彻底摆脱物质的束缚。它比任何有机体的智慧更强大,只要宇宙中尚存一丝能量,它就能存在下去。这个大脑一旦被创造出来,就会具有即使其制造者也无法预见的潜能。

"人类提议应该尝试创造这样一个存在。这是对宇宙中的智慧生命的最大挑战。经过几个世纪的争论,这个提议被接受了。为了实现这一目标,银河系所有的种族都联起手来。

"这个梦想历经一百多万年都没有实现。文明兴起又衰落,世世代代漫长辛勤的工作一而再、再而三地付诸东流,但这个目标从未被忘却。有朝一日我们会了解这方面的详细情况,但今天,我们只知道它的结局是一场几乎毁灭银河系的大灾难。

"范纳蒙德的思想里有一段不可触及的历史。在这段历史的开头,是处在荣耀巅峰的帝国;但仅在几千年之后,帝国崩溃了,群星黯淡了,仿佛耗尽了心力。恐惧笼罩在银河系之上。

"不难猜测那个时期发生过的事。纯粹的精神被创造出来了,但要么出于疯狂,要么更可能是出于别的原因,它对物质抱着不可调和的敌对态度。所以它得名'疯狂之心'。它蹂躏宇宙长达几个世纪,直到帝国用我们无法猜想到的力量将它控制住。帝国在其覆灭时所使用的武器将群星的资源耗用殆尽。关于入侵者的传说——尽管不是全部——就是来自于那段历史。

"'疯狂之心'是不会被摧毁的,因为它是不死的,它被驱赶到银河系边缘,以一种我们无法了解的方式被囚禁在那儿。它的囚牢是一个被称为黑太阳的奇特的人造星球,它在那儿一直待到今天。当黑太阳死亡时,它将重获自由。那一天何时来到,无从知晓。"

卡利特拉克斯不出声了，仿佛陷入了沉思。他对世界上所有的眼睛都在看着他这一事实全然不觉。在漫长的沉默中，阿尔文扫视着周围挤挤挨挨的人群，试图看清他们心里在想什么。他的大部分同胞表情凝重，似乎在做着激烈的思想斗争。他们仍无法否定虚假的过去，接受不可思议的现实。

卡利特拉克斯又开始说话了，他以平静柔和的声音描述了帝国的最后那些日子。

"尽管银河系被'疯狂之心'搞得一塌糊涂，但帝国仍然具有无比丰富的资源，它的精神没有垮。怀着令人惊异的勇气，伟大的试验又重新开始了。当然，有许多人反对这件事，并预言它将导致进一步的灾难，但是他们的意见被否决了。这个项目不断取得进展，在付出了惨痛的代价之后，它终于成功了。

"新种族具有无可估量的潜在智力，但完全像孩子般幼稚。我们不知道这是不是它的创造者所期望的，但他们很可能知道这是不可避免的。它达到成熟需要数十亿年，其间无法采取任何措施来加速这个进程。范纳蒙德是这个种族的第一名成员，在银河系别的地方必定还有其他成员。但我们认为，被创造出来的新种族只有寥寥几个成员，因为范纳蒙德从来没有遇到过他的同胞。

"创造出纯粹的精神是银河系文明最伟大的成就，人类在其中发挥了主要的、也许是支配性的作用。我并没有提到地球本身，因为地球只是一幅大挂毯中的一根细线而已。地球上的人们冒险精神枯竭了，变得高度保守，最终竟反对创造范纳蒙德的那些科学家。

"帝国的试验结束了。人们环视着被毁坏的群星，做出了决定:他们将把宇宙留给范纳蒙德。

"这里有一个奥秘,一个我们永远破解不了的奥秘,因为范纳蒙德无法帮助我们。我们所知晓的只是:帝国和什么东西——非常奇特,非常庞大——在宇宙之外,在空间本身的另一端,进行过接触。那东西是什么,我们只能猜测,但我们的祖先必定被它的急切呼唤所吸引。于是,我们的祖先进行了一次远行。通过范纳蒙德的思想可以看到这次伟大而神秘的冒险的开头部分。下面是我使之重现的图景。现在你们看到的是十多亿年前的过去——"

人类将要离开自己的宇宙,犹如很久之前离开自己的星球。离开的不仅是人类,还有和人类一起建造了帝国的成千个其他种族。他们聚集在银河系边缘。他们与目的地之间,是一条几个世代都走不完的路。

他们集结了一支强大得无法想象的舰队,其旗舰是那些太阳,其最小的舰船即众行星—— 一次整个球状星团的集结。星团的所有恒星系和所有恒星系的无数天体即将起程穿越无限的空间。

"就这样,帝国离开了我们的宇宙,到别处去迎接自己的命运了。当它的继承人——那些纯粹的精神——到达成年时,它可能会重新回来。但那一天必定在离我们很远的未来。

"这就是对星系文明史最简单浅显的梳理。我们自己的历史,在我们看来似乎非常重要,但它只不过是放在最后的微不足道的结束语而已——而且我们至今也不能将它的所有细节描述清楚。有许多较为古老、缺乏冒险精神的种族拒绝离开自己的家乡，我们的直系祖先就是其中之一。这些种族大部分衰落了，现在已经灭绝。我们自己的星球勉强逃过同样的命运。在过渡期里——过渡期实际上延续了数百万年——有关过去的知识遗失了，抑或是被有意摧毁了。被摧毁的可能性似乎更大。很难相信，在许多世代里，人类沦落到虽然掌握科技却丧失了科学精神的"原始"状态。在此期间，人类以歪曲历史来消除自己的失败感。入侵者的神话完全是编造的，虽然与'疯狂之心'所做的斗争无疑给那些神话提供了素材。没有任何东西将我们的祖先赶回地球，除了他们怯懦的灵魂。

"我们得到这个发现时，一个问题使来自利斯的我们感到特别困惑。沙尔米兰之战从来没有发生过，但沙尔米兰却是存在的，而且存在至今。更有甚者，它是曾经建造的最大的毁灭性武器之一。

"我们花了些时间解开了这个困惑，但答案却非常简单。很久以前，我们地球有一个巨大的卫星，即月亮。当月亮在潮汐力和重力的拉曳下最终开始下坠时，摧毁它就成为必须。沙尔米兰就是为了这个目的建造起来的。"

卡利特拉克斯冲着听众略带悲哀地一笑。

"这样的传说有许多，半真半假，还有一些漏洞百出，至今尚未搞清楚。不过，那是心理学家而不是历史学家研究的问题。就连中央计算机的记录也不能全信。对非常遥远的过去，它的记录具有明显篡改的迹象。

"在地球上，只有迪阿斯巴和利斯在那个衰落时期里生存下来——迪阿斯巴靠的是完美无缺的计算机系统，利斯则靠的是它的人民的非凡精神力。但是，这两种文化都被它们所继承的那些恐惧和神话所歪曲。

　　"再也不能让恐惧盘踞在我们心头了！作为历史学家,我的责任并不是预言未来,而只是观察和阐释过去。但历史的教训足够清楚:我们脱离现实生活太久了,现在该重新开始我们的生活了。"

二十五

　　杰塞拉克在迪阿斯巴的街道上走着,他忍不住纳闷儿:这个迪阿斯巴跟他在其中度过一生的那个城市确实天差地别,他都认不出来了。但他知道,这就是迪阿斯巴。

　　街道狭窄,房屋低矮。公园不见了——也许应该说,它并不存在。这是改变之前的那个迪阿斯巴,向世界和宇宙开放的那个迪阿斯巴。城市之上的天空是淡蓝色的,点缀着缕缕白云,在风中缓缓旋转。这里是亿万年前还比较年轻的地球。

　　在城市之上数英里的空中,来来往往的太空船将迪阿斯巴和外部世界连接起来,用自己留下的尾迹给天空佩上饰带。杰塞拉克瞪大眼睛,朝那神秘而又不可思议的开放的天空凝望了很久。忽然,恐惧袭上他的心头。他觉得自己赤裸裸的受不到任何保护,自己头上这片安宁的蓝色穹窿只不过是一层最薄的壳——它外面就是充满神秘与威胁的太空。

　　这种恐惧并没有强烈到使他的意志瘫痪。在内心深处,杰塞拉克知道,他的整个经历是一个梦,一个不会对他造成伤害的梦。他将随梦漂流,品味它所带来的一切,直至他再次在自己所熟悉的那座城市中醒来。

他走进迪阿斯巴中心,朝着在他自己那个年代矗立着雅兰·蔡墓的那个地点走去。在这个古老的城市里,这儿并没有墓——只有一座低矮的圆形建筑,许多拱形门通向建筑内部。在一扇门边,有个男人在等着他。

要是在从前,杰塞拉克肯定会惊愕得不知所措,但现在已经没有什么东西能使他吃惊了。他现在该和那个建造了迪阿斯巴的人见面了。不知怎么,这似乎是件很自然的事。

"我想,你认出我了。"雅兰·蔡说。

"当然,你的雕像我看过上千次了。你是雅兰·蔡,这是十亿年前的迪阿斯巴。我知道我在做梦,在这儿的你和我都不是真实的。"

"那你就无须为发生的任何事情惊恐了。跟我来吧,记住,没有任何东西能伤害你,因为你什么时候想在迪阿斯巴醒来就会醒来,返回你所属的那个时代。"

杰塞拉克顺从地跟随着雅兰·蔡进入那座建筑,他的心就像海绵一样不加挑剔地吸收着一切。他知道,以前他会在恐惧中退缩,但现在他不觉得害怕了。因为他知道这段经历并不是真实的,而且雅兰·蔡就像是一道护身符,会抵御可能出现的任何危险。

很少有人从那条通道进入建筑内部。当他们默默地站在那个长长的流线型筒状物旁时,身边没有其他任何人。杰塞拉克知道,那个筒状物能带他出城,开始一趟原本会使他肝胆俱裂的旅程。他的向导指着那扇打开的门,杰塞拉克在门口只停留了片刻,然后就进了门。

"你看到了吧?"雅兰·蔡微微一笑说,"现在放心好了。记住,你是安全的,没有东西会触碰你的。"

杰塞拉克相信他。当隧道口无声地关闭时,他察觉自己开始微微战栗。他所乘坐的机器开始加速,疾驰着奔向地球深处。在他跟这位来自过去的神话人物交谈的过程中,他的恐惧被忘得一干二净。"尽管天空对我们是开放的,可我们却竭力将自己埋到地球里面。"雅兰·蔡开口道,"你不觉得奇怪吗?这就是病态的开始,你在你的时代看到了它的结局。人类千方百计躲藏起来。他们被存在于外部空间的东西吓坏了,不久就把通向宇宙的所有大门都关闭了。"

"但我在迪阿斯巴上空看到了太空船。"杰塞拉克说。

"你不会看到它们多久了。我们和群星失去了联系。我们花了几百万年向外扩张,可重新回家只用了几个世纪。再过一段时间,我们连地球本身几乎都要放弃了。"

"你们为什么这么做呢?"杰塞拉克问。他知道答案,但不知怎么,觉得非问一下这个问题不可。

"我们需要一个庇护所,保护我们免受两种恐惧的侵袭——对死亡的恐惧,以及对太空的恐惧。我们是一个病态的种族,因为再也不想去宇宙中的其他任何地方,所以我们装作不知道它的存在。我们看到了发生在群星间的混乱,渴望和平与安定。因此,迪阿斯巴必须关闭,不让任何新事物得以进入。

"我们设计了你所知道的那个城市,编造了一段虚假的过去,以掩盖我们的怯懦。我们并不是这一做法的始作俑者,但我们是第一个将这事做得如此彻底的种族。我们重新设计了人的精神,去除了雄心壮志和较为强烈的感情,让人满足于现在拥有的世界。

"建造这个城市及其所有的机器人历时千年。每个人完成了自己的任务后,记忆就被清除得一干二净,精心设计的虚假记忆就被植入每个人的心里,个人特性被储于城市的记忆库之中,直至再次召唤它出来的时间到来。

"于是,终于到了这么一天,迪阿斯巴城里一个真正意义上的活人都不存在了;存在的唯有中央计算机,它服从我们所输入的命令,并控制了记忆库。跟过去有过接触的人一个也没有了。于是,在这一刻,历史开始了。

"接着,我们按预定的顺序一个接一个被从记忆库里召唤出来,重新赋予血肉。迪阿斯巴就像一台刚被建造、首次投入使用的机器,开始履行它的职责。

"可是,我们中的一些人从一开始就心存疑虑。永恒太漫长了,我们看到了将自己完全隔绝于宇宙之外的危险性。所以我们在暗中进行了必要的更改。

"特异人是我们的发明。他们会以漫长的间隔出现,去发现迪阿斯巴之外是否有什么值得努力去接触的东西。我们从来没有想到,过了这么漫长的时间,他们中的一个才取得成功,也没有想到,他的成功竟会如此巨大。"

杰塞拉克不明白,雅兰·蔡怎么能对发生在他的时代之后十亿年的事情说得如此头头是道。

旅程即将结束。他们乘坐的潜行车放慢了速度。雅兰·蔡开始以急迫而威严的口气说话,这种口气以前从来没有过。

"过去结束了。当你被创造出来时,杰塞拉克,那种对外部世界的恐惧是与生俱来的。在这方面,你和迪阿斯巴其他人一样。你现在知道,那种恐惧是没有根据的,那是人为地强加在你身上的。我——将恐惧给予你的雅兰·蔡——现在解除你的这一束缚。你明白吗?"

在说最后这些话的时候,雅兰·蔡的声音变得越来越响亮。

当他的梦将要结束时,那辆带着他高速行驶的潜行车在杰塞拉克四周颤动起来。在视像消失时,他仍能听到那咄咄逼人的声音在他的脑子里回荡:"你不用再害怕了,杰塞拉克。你不用再害怕了。"

他挣扎着醒来,犹如潜水者从海洋深处向海面浮升。雅兰·蔡不见了,但在一段时间里,有些他熟悉却又听不出是谁的声音在对他说着鼓励的话。他觉得自己被一些友好的手搀扶着。接着,现实就像黎明一样骤然降临。

他睁开眼睛,看见阿尔文、希尔瓦和杰拉尼焦急地站在自己身边。但他没有留意他们,而是被展现在他面前的惊人景象深深吸引了——森林,河流,开阔的天空,蔚蓝的苍穹!

他在利斯。他并不害怕。

此时此刻,没有一个人打扰他。心满意足地看清这都是真实的之后,他转向同伴。

"谢谢你,杰拉尼,"他说,"没想到你成功地催眠了我。"

那位心理学家对悬在空中的一个小机器人作了些细微的调节。

"刚才你让我们很担心,"杰拉尼实话实说,"你有一两次开口问了些无法给予合理回答的问题。我怕我不得不提前结束催眠。"

"要是雅兰·蔡没使我信服,那你们怎么办?"

"我们就让你始终处于无意识状态,将你带回迪阿斯巴。在迪阿斯巴,你会自然醒来,永远不知道你曾到过利斯。"

"雅兰·蔡的影像是你输到我心里去的? 他所说的话有多少是真实的?"

"我相信,大部分是真实的。我担心的是,历险游戏会使人信服,却不具有历史精确性。不过,卡利特拉克斯对其进行了审查,没有发现错误。它跟我们所了解的有关雅兰·蔡和迪阿斯巴起源的情况一致。"

"现在,我们能真正开放迪阿斯巴城了。"阿尔文说,"我们最终会让每个希望离开的人离开迪阿斯巴。"

"那将需要一段漫长的时间,"杰拉尼干巴巴地说,"请别忘记,利斯幅员并不辽阔,容纳不了蜂拥而来的迪可斯巴人。我不认为你们的人都会来这儿,但的确有此可能。"

"那问题会自行解决,"阿尔文回答道,"利斯可能是蕞尔小国,但世界是广阔的。我们为何不尝试改造沙漠呢?"

"你还在做梦啊,阿尔文。"杰塞拉克笑道。

阿尔文没有回答。过去的几个星期,他一直在反复思考这个问题。他陷入了沉思,当大家下山朝艾尔利走去时,他落到了其他人的后面。

接下来的几个世纪将会是一段漫长的无聊岁月吗?

答案在他自己手里。他挣脱了命运的束缚。现在,他或许可以开始新的生活了。

二十六

　　梦寐以求的目标终于达到后,生活必须按照新的目标加以设计,这让阿尔文不禁有些怅然。他一个人在利斯的森林田野间游荡,品味着心中的悲哀。就连希尔瓦也没跟他在一起。人有时候必须远离他人,即使是自己最亲密的朋友。

　　他的游荡并不是漫无目的,虽然他压根儿不知道自己接下去会探访哪个村子。他并没有寻找特定的地方,而是在寻找一种心境——说具体点,是寻找一种生活方式。迪阿斯巴现在不需要他了。他引入城市的酵素正在飞快发酵,他无法加速或阻碍正在那儿发生的变化。

　　这片安宁的土地也会发生变化。他常常寻思,自己在好奇心的驱使下,打开了两种文化之间的通路,这么做是否错了?但是,让利斯知道真相——它也跟迪阿斯巴一样,建立在恐惧和虚假之上——肯定是件好事。

　　有时候他会想,新的社会将采取什么形式。他相信,迪阿斯巴必须从记忆库的囚牢中挣脱出来,重新恢复生死循环。他知道,希尔瓦确信这一点是能够办到的,尽管希尔瓦的建议技术性太强,阿尔文不大明白。也许,在迪阿斯巴,爱情会结出果实的那一天将再次来到。

阿尔文想,这或许就是他真正寻求的东西。他现在知道,即使权力、野心和好奇心得到满足,心灵的渴望也依然存在。在实现爱和欲的结合之前,谁也不能算真正生活过。那种结合他从来没有梦想过,直至来到利斯。

他曾在七太阳的行星上走过。他是十亿年里这么做的第一人。然而,现在这一切对他已毫无意义。有时候他想,要是他能听见一个新生儿的哭声,并知道那是他自己的孩子,他就会交出自己的一切。

在利斯,他有朝一日会发现自己想要的东西。利斯人的热情和宽容,正是迪阿斯巴所缺乏的。但是,在他可以休息之前,在他可以找到安宁之前,他还得做出一个决定。

权力早已到了他手里。他仍然拥有那份权力。那是他一度寻求并接受的一种责任,但现在他知道,只要这权力仍然归他所有,他就无法得到安宁。然而,抛开它,将会是对信赖他的人的背叛。

在一个大湖边缘的小村子里,他做出了决定。那些涟漪之上的彩色房屋构成了一片近乎幻境的美丽景象。这儿有温暖舒适的生活,有他在孤凄壮丽的七太阳之中所思念的一切。

人类有一天会再次准备进入太空。人类会在群星间写下怎样的新篇章,阿尔文不得而知。他所关心的事情不在于此。他的未来在地球上的这个地方。

但是,在转身背向群星之前,他将会再作一次飞行。

当阿尔文控制住那艘上升的太空船时,城市已经离得很远,认不出是人工所建的东西。行星的曲面已然在望,不一会儿,他们就看到了那条朦胧的晨昏线。他们上方是群星,虽已丧失一切荣耀，但仍然光辉灿烂。

希尔瓦与杰塞拉克一声不吭，他们在猜测，阿尔文为何作此飞行，为何请他们同往。当凄寂萧索的地球景象展现在他们下方时，他们谁都不想说话。空旷压迫着他们，对过去那些由于其自身的疏忽而毁灭了地球之美的人，杰塞拉克突然感觉到一阵蔑视与愤怒。

他希望一切都如阿尔文所愿，是可以改变的。权力与知识仍然存在——人类需要的只是使海洋重新波涛翻滚的决心。水仍然存在，在地球深处的隐蔽之处。抑或，可以建造工厂来制造水，假若必须这么做的话。

在未来的岁月里，有那么多事要做。杰塞拉克知道，自己正站在两个时代之间。他能感觉到周围人类的脉搏又开始加快。迪阿斯巴会面对种种重大问题。重塑历史可能需要几个世纪，但当这项工作完成之后，人类将迎来崭新的开始。

但是，杰塞拉克认为，很难相信人类会重新征服银河系。即使这一点实现了，意义又何在呢？

阿尔文打破了他的沉思，杰塞拉克从屏幕前转过头来。

"我要你们看看这个景象。"阿尔文平静地说，"你们永远不会再有机会了。"

"你准备离开地球？"

"不，我不想再去太空了。即使银河系仍然存在其他文明，我也怀疑它们是否值得努力去寻找。这儿要做的事数不胜数。我现在知道，这儿就是我的家，我再也不想离开它。"

他看着下面广阔的大沙漠，但脑中想到的却是海水。从现在起的一千年后，沙漠上将出现一望无际的海水。人类重新发现了自己的世界，只要人类留在地球上，就会将它变得非常美丽。此后……

"我们不准备离开地球去群星。我们需要经历一段漫长的时间,才能再次面对群星的挑战。我一直在想,我该怎么处理这艘太空船? 要是它留在地球上,我就会始终受到使用它的诱惑,永远不会有心灵的安宁。可我不能浪费它,我觉得它是被托付给我的,我必须用它为世界造福。

"所以,这就是我决定要做的事:我将派它到银河系外去,由机器人操纵它,去探明我们的祖先经历过什么。要是可能的话,还要探明他们抛弃我们的宇宙去寻找的究竟是什么。他们放弃了那么多去寻找它,那准是什么奇妙无比的东西。

"那机器人永远不会疲倦,无论旅程有多漫长。有朝一日,我们的同类会接收到我的信息。他们会知道,我们正在这地球上等待他们。我希望到他们归来的那一天,我们还配做他们的同类,无论他们变得多么伟大。"

阿尔文不出声了,在脑中想象着那样的未来,但这个未来他可能永远看不到。在人类重建自己的世界时,这艘太空船将穿行于星系之间。千万年之后,它会归返。也许他还会在这儿迎接它,就算不行,他也照样心满意足。

"我想你是明智的。"杰塞拉克说。接着,一种古老的恐惧从他心底升起,但这是最后一次了。"可是,"他说,"如果太空船和我们不愿遇到的什么东西接触上呢……"他的声音弱下去,露出自嘲的微笑,将对入侵者的最后一丝恐惧从脑中驱除。

"你忘啦,"阿尔文说,"我们马上会得到范纳蒙德的帮助。我们不知道他拥有哪些能力,但在利斯,似乎人人都认为他的潜能是无限的。是这样吗,希尔瓦?"

希尔瓦没有立即回答。范纳蒙德确实是一个巨大的谜。同利斯的哲学家接触后,范纳蒙德自我意识的演化已经加快,这一事实看来是确定无疑的。他们对未来同那颗幼稚的超级心灵合作抱有巨大的希望。他们相信,他们能够大大缩短他的演化时间。

"我说不准,"希尔瓦很坦白地说,"不知怎么,我认为我们不该过分依赖范纳蒙德。我们现在能帮助他,但在他的整个生命历程中,我们只是一个转瞬即逝的小插曲。我想他的最终命运跟我们的命运是毫无关系的。"

阿尔文惊讶地看着他。

"你为何有这种感觉?"阿尔文问。

"我无法解释,"希尔瓦说,"这只是一种直觉。"他还想再说些什么,可他沉默了。这种事情是讲不清、道不明的。尽管阿尔文不会嘲笑他,他却不愿多谈。

在他和范纳蒙德进行那种无法描述、也无法与人共享的接触时,这一感觉不知怎么渗入了他的内心。范纳蒙德知道自己那孤独的命运是什么吗?

黑太阳的能量有一天会消耗殆尽,它会释放自己的囚徒。到那时,在宇宙末日,当时间本身颤动着停止时,范纳蒙德和"疯狂之心"必定会在群星的尸体间彼此相遇。

那场冲突会使造物本身落下帷幕。但那是一场跟人类毫无关系的冲突,它的结局人类永远不会知晓……

"瞧!"阿尔文突然说,"这就是我要你们看的东西。你们明白它的含义吗?"

此时,太空船处于地极上方,他们下面的行星是个完整的半球。杰塞拉克和希尔瓦在刹那间同时看到世界相对两侧的日出与日落。这景象如此完美,如此惊心动魄,他们毕生都会记住这个时刻。

在这个宇宙里，群星依然年轻，曙光必将来临。有朝一日，人类会再次沿着他们曾经走过的那条路走下去。

后 记

读过我第一部长篇科幻小说《不让夜幕降落》的读者将会看出,在现在这部作品中,我采用了一些相同的素材。为此,我要作几句说明。

《不让夜幕降落》自1937年开始动笔,经过四五次易稿后,于1946年完成,由于种种作者无法控制的原因,其出版拖到了几年之后。虽然此书颇受读者好评,但它存在着处女作所具有的大部分缺点,我从一开始就对它不满意,而我的不满与年俱增。再者,在此书问世以来的二十年里,科学的进步使书中许多观点变得幼稚可笑,科技所展示的种种前景及可能性,是构思此书时完全无法想象的。特别是信息技术方面的某些发展,将引起人类生活方式的革命,这种革命甚至要比原子能业已引起的革命更加深刻。我希望把这些发展,纳入我试图写出、但一直未能取得成功的作品中去。

从英国经海路去澳大利亚的旅行,给了我一个抓紧做好这项未竟工作的机会。我是在即将动身去大堡礁前完成这项工作的。知道自己将要潜入水中,在驯良程度令人怀疑的鲨鱼群中度过几个月,这对我下决心动笔也是一个促动。约翰逊博士说过，能使一个男人定下心来的事情莫过于知道自己第二天早上要被吊死。这话说得可能对，也可能不对，但就我而言，我可以确定：这本书之所以在那个特定的时间完成，在心头盘旋了将近二十年的那个幽灵之所以最终被驱除，其主要原因，就是我想到一去大堡礁可能就回不来了。

　　本书中有四分之一的内容在《不让夜幕降落》中出现过，但我相信，即使读过那本书的读者也会发现，实际上这是一部崭新的小说。如若不然，我至少希望他们会同意：作者有权进行再思考。我向他们承诺，这是我就处于地球漫长黄昏之中的不死之城迪阿斯巴所说的最后的话。

阿瑟·克拉克

1954年9月（伦敦）

1955年3月（悉尼）